철혈백작
리카이엔

철혈백작
리카이엔

〈완결〉

9

윤지겸 퓨전 판타지 소설

Chapter 1.

새로운 왕조

달도 보이지 않은 짙은 어둠 속에서 몇 개의 그림자가 높은 폴덴바인 백작성의 성벽을 넘었다. 성벽 안쪽에서 바깥쪽으로 뛰어, 너무나 가볍게 바닥으로 내려앉는 모습이 날개 달리 새라도 된 듯한 모습이었다.

검은 옷에 검은 복면을 뒤집어쓴 열 개의 그림자. 체형으로 보아 모두가 남자였는데, 그중 한 명은 어깨에 다른 누군가를 들쳐 메고 있었다.

가장 선두에 선 복면인이 재빨리 사방을 살핀 후, 뒤에 있는 동료들을 향해 수신호를 보냈다. 앞에서부터 순차적으로 알아들었다는 듯 고개를 끄덕이고, 제일 마지막에 있던 복면인이 주먹을 높이 드는 순간 열 명의 복면인은 그대로 땅을 박찼다.

보이는 것이라고는 드넓게 펼쳐진 밀밭, 시야를 막는 것이라고는 드문드문 보이는 야트막한 천막밖에 없는 평원을 달린 끝에 복면인들이 도착한 곳은 한 채의 큼지막한 창고 앞이었다. 농기구들을 공동으로 보관하는 창고였는데, 창고 앞에 열 마리의 준마가 묶여 있었다.

복면인들이 각자의 말을 향해 달려가는 순간이었다. 선두에 있던 복면인이 갑자기 주먹을 번쩍 치켜들며 발을 멈췄다. 뒤따르던 이들 역시 동시에 우뚝 멈춰 선다.

선두의 복면인이 어느새 검을 뽑아 들고 주변을 살폈다. 갑자기 코끝을 자극하는 짙은 피비린내가 풍겨온 탓이었다.

그리고.

"그 코 한 번, 좋다. 완전 개 코네, 개 코."

갑자기 어디선가 들려오는 외침에 복면인들이 황급히 원을 그리듯 둘러서며 바깥쪽을 경계했다.

그리고 창고 뒤쪽에서 또 다른 그림자들이 하나둘 모습을 드러내기 시작했다.

"어이, 형씨들. 내가 거기 계시는 분한테 용건이 좀 많은데 그냥 조용히 꺼져 주면 안 될까?"

마치 건달들이 시비라도 걸 듯, 껄렁한 말투로 툭툭 내뱉는 사내는 다름 아닌 볼프였다. 볼프의 옆에는 페르온이 차분한 눈빛으로 이쪽을 노려보고 있었고, 그 두 사람의 앞에 기사단장 안톤이 서 있었다.

이야기는 여전히 볼프가 이끌어 갔다.

"달도 안 뜬 한밤중에 괜히 땀 빼기 싫으니까, 그냥 조용

철혈백작
라카이엔

히 꺼져라."

하지만 복면인들을 여전히 말이 없었다. 그저 차갑게 가라앉은 눈으로 이쪽을 노려볼 뿐이었다.

"하아, 안 되겠네. 오늘 좀 맞자!"

말이 끝나기가 무섭게 안톤이 땅을 박찼다.

파아악!

땅을 박차는 소리가 울린 것은 단 한 번, 하지만 순식간에 거리를 좁히며 정면으로 쇄도하는 기사들의 수는 모두 스무 명이었다.

그리고 그것이 신호라도 된 양, 복면인들도 몸을 날렸다.

파밧!

가벼운 발소리가 울리는가 싶더니, 복면인들이 사방으로 흩어지기 시작했다.

"서라!"

볼프가 반사적으로 외치는 동시에, 다시 한 번 크게 땅을 박찼다. 그리고 내려서는 순간, 볼프의 철창이 시리도록 푸른 빛을 번뜩이고 있었다.

츄아아악!

호쾌한 바람 소리가 울려 퍼졌다. 그리고 제대로 된 비명조차 없이 복면인 하나가 무너져 내렸다.

"하아~ 이런 독한 노무 새끼들. 신음 한 번 안 흘리네!"

볼프가 이죽거리며 다시 한 번 땅을 박찼다.

1년 전과는 비교도 할 수 없을 만큼 가벼운 몸짓이다. 하지만 가벼워진 것과는 반대로 휘두르는 철창에 실린 힘은 가공할 만하다.

가벼우면서도 무겁기 짝이 없는 창술. 쾌(快)와 중(重)이라는, 서로 양립할 수밖에 없는 두 가지가 완벽하게 조화가 된 지극히 완성도 높은 창술이었다.

기사들 역시 지난 1년 동안 절대 놀고먹은 게 아니기 때문이었다. 아니, 오히려 리카이엔보다 훨씬 더 많은 죽을 고비를 넘기면서 수련을 거듭했다.

물론, 단순히 죽을 고비를 몇 번 넘긴다고 이러한 창술이 완성되지는 않는다. 리카이엔이 그 창술을 궁극의 완성형으로 발전시킨 덕분이었다. 자신이 체득한 혈하창의 무리(武理)를 이용해 그 두 가지가 조화될 수 있도록 만든 것이었다.

그렇게 완벽에 가까운 창술을 익힌 기사들을 상대하기에 복면인들의 힘은 너무나 약했다.

사방에서 들려오는 바람 소리 사이로, 창날이 무언가를 가르는 소리가 섞였다.

그리고 그 소리 역시 그리 오래 들리지 않았다.

페르온이 복면인들에게 잡혀 가던 사내를 안전하게 어깨에 메고 와 바닥에 조심스레 내려놓았다. 사내는 다름 아닌 폴덴바인 백작이었다.

페르온이 폴덴바인 백작의 상태를 확인하는 사이, 볼프가 가볍게 어깨를 휘두르며 말했다.

"하루가 멀다 하고 기다린 보람이 있었네요."

그때였다.

두두두두두!

갑자기 요란한 말발굽 소리와 함께, 짙은 어둠이 내리깔린 평원 위에 뿌연 먼지가 솟아올랐다. 그 먼지가 향하는 곳은 정확히 기사들이 서 있는 창고 앞.

그 모습을 확인한 톨프가 피식 웃으며 말했다.

"뒤늦게 쫓아온 모양입니다."

안톤이 천천히 고개를 끄덕이며 답했다.

"예상보다 반응이 빠른데?"

"그것도 그러네요. 그래도 우리가 없었으면 이미 늦은 후입니다."

말을 타고 달려오는 이들은 다름 아닌 폴덴바인 백작령의 기사들이었다.

창, 차창!

거센 말발굽 소리 사이로 병자기를 뽑아 드는 소리가 튀어올랐다. 날선 무기가 푸르스름하게 빛을 뿜는 사이, 두 기사단은 지척으로 가까워졌다.

"이 우라질 것들이 뒈질라고 환장을 했구나!"

그리고 우렁차게 터져 나온 호통.

"어?"

볼프가 저도 모르게 실성을 흘렸다. 기사들의 외침에서 왠지 모를 친근함을 느낀 탓이었다. 동시에 안톤의 입에서도 실성이 터져 나왔다.

"어? 저놈들……!"

하지만 폴덴바인 백작령의 기사들은 이미 이쪽을 향해 롱소드를 휘두르고 있었다.

씨이이잉!

검날이 예리하게 바람을 가르며 조금의 망설임도 없이 안톤에게로 쇄도했다.

까아앙!

철창과 롱소드가 거세게 부딪치며 불꽃이 튀어 올랐다.

"크윽!"

철창에 실리는 거대한 힘에 움찔 놀란 안톤이 재빨리 롱소드를 옆으로 흘려 냈다. 하지만 기사는 이미 두 번째 검격을 준비하고 있었다.

안톤의 입에서 다급한 외침이 터져 나왔다.

"헐리! 멈춰, 나다!"

안톤에게 검을 날린 기사는 다름 아닌 헐리였다. 그리고 그와 함께 온 기사들은 프로커스 백작령에서 폴덴바인 백작령으로 옮겨간 루딜의 조원들이었다.

하지만 짙은 어둠 속에서 헐리는 안톤을 알아보지 못했다.

"니가 뭔데?!"

여전히 용맹하게 롱소드를 휘두르며 안톤에게 덤벼들었다.

"안톤이다!"

"지랄, 그게 누군…… 어?!"

쉬익!

또 한 번 바람을 더금었던 롱소드가 갑자기 우뚝 멈췄다. 동시에 헐리가 황급히 뒷걸음질을 치며 이쪽을 살폈다.

"어! 안톤 단장님!"

반가운 표정으로 이쪽을 부른다. 하지만 아직까지 롱소드를 거두지는 않았다. 아는 얼굴이기는 하지만, 납치당한 폴덴바인 백작을 저들이 데리고 있다는 사실은 변함이 없기 때문이었다.

그런 헐리의 모습에 안톤이 옆으로 슬쩍 비켜서며 말했다.

"저놈들이 한 짓이다."

"그렇습니까? 하지만 어떻게 이곳에……."

아직까지 의심이 풀리지 않은 얼굴이었다.

그도 그럴 것이, 폴덴바인 백작을 납치한 자들과 안톤을 포함한 기사들이 우연히 이곳에서 맞닥뜨렸을 가능성은 극히 희박하기 때문이었다.

만약 대답이 납득할 수 없는 내용이라면 이대로 공격을 하려는 듯, 헐리의 롱소드에서는 한층 더 예리한 기운이 뻗쳐 나왔다.

그리고 안톤의 입에서는 충분히 납득할 수 있는 대답이 나왔다.

"프로커스 백작님 명령으로 폴덴바인 백작성에서 머무르고 있었거든."

"아…… 혹시 폴덴바인 백작님이 위험하실지도 모른다고 생각하신 겁니까?"

"그래, 그 혹시나가 역시나가 되어 버린 거고."

헐리가 천천히 주변을 둘러보았다. 때마침 하늘을 덮고 있던 구름이 걷히고 푸른 달이 모습을 드러내면서, 창고 주변의 풍경이 어슴푸레 눈에 들어왔다.

창고를 중심으로 피를 흘리며 쓰러져 있는 50여 구에 달하는 시체들. 폴덴바인 백작을 납치해 온 열 명의 복면인 외에 그들을 기다리던 다른 일당들의 시체들이었다.

그사이 뒤에 있던 페르온이 폴덴바인 백작을 들쳐 안고 다가와, 헐리에게 넘겨주었다.

"잘 모시고 가."

"하하, 감사합니다. 그럼 같이 돌아가시지요?"

"응? 아니야, 우린 백작님 오실 때까지 자리 지켜야지. 걱정 말고 먼저 가."

"알겠습니다! 나중에 저희 백작님께서 크게 고마워하실 겁니다."

헐리의 말에 볼프가 크게 웃었다.

"으흐흐흐, 고마우면 나중에 보답이라도 좀 후하게 해 달라고 전해 드려라~"

"하하, 꼭 그렇게 전하겠습니다."

"겨우 그 정도 일도 처리를 못하다니, 내가 너를 너무 과대평가 했던 것이냐?"

"죄, 죄송합니다."

루디아가 황급히 고개를 숙였다. 하지만 크로한 때처럼 집요한 질책은 없었다.

"프로커스 백작, 그놈이 자기 수하들을 숨겨 놓은 것 같다고?"

"예, 회수해 온 시신들의 상처는 모두 창에 당한 것이었습니다."

"흐음, 그 정도 실력을 가지고 있으면서 창을 쓰는 집단은 그들밖에 없지."

그때 문 밖에서 누군가의 목소리가 들렸다.

"마스터, 바룩입니다."

베르무크는 과거 써클루스의 교주였던, 카스반의 손자였다. 당시만 해도 써클루스는 교단의 형태를 가지고 있었고, 그 지도자는 교주였다.

하지만 카스반이 내분으로 인해 죽은 후, 써클루스는 비밀결사의 형태를 띠게 되었다. 지도자의 호칭도 교주에서 마스터로 바뀌었고, 목적 또한 달라졌다.

그리고 이번에 다시, 카스반의 후예인 베르무크로 주인이 바뀌었다.

하지만 베르무크는 과거의 체제로 돌아가고자 하지 않았다. 원하는 것은 써클루스의 힘이지 과거의 체제가 아니기 때문이었다.

"들어와라."

베르무크의 허락이 떨어지고, 바룩이 급히 안으로 들어왔다. 그리고 숨 돌릴 겨를도 없이 큰 소리로 외쳤다.

"모든 준비가 끝났습니다!"

그 말에 베르무크가 미소를 지으며 고개를 끄덕였다. 생각했던 것보다 훨씬 빨리 준비를 마쳤기 때문이다. 베르무크가 써클루스의 실권을 잡으면서 상당 부분 내부적으로 타격을 입었음에도 불구하고, 이 정도로 빨리 준비를 마쳤다면 아주 좋은 징조였다.

"브렌 왕국과 프로커스 백작에 대한 일은 차후에 생각하도록 하지. 지금 총력을 기울여야 할 곳은 그로니스 제국이다."

루디아가 황급히 허리를 숙이며 외쳤다.

"감사합니다!"

"되었다. 어차피 혹시나 하는 생각으로 시도했던 일이니 크게 신경 쓸 필요는 없다. 바록."

"예, 마스터!"

"나도 가겠다. 앞장서라!"

"알겠습니다!"

"1년 만이구만."

리카이엔을 맞이하는 폴덴바인 백작의 얼굴에 편안한 미소가 떠올랐다. 리카이엔이 정중하게 고개를 숙이며 대답했다.

"그간 별고 없으셨습니까?"

"하하, 별고는 있지. 하지만 그대가 미리 신경 써 준 덕에 큰 탈 없이 무사히 넘겼소. 나중에 수고해 준 기사들에게 인사를 하고 싶은데, 따로 자리를 좀 마련해 주면 좋겠소."

"물론입니다. 그런데 오늘은 동행이 좀 있는데, 괜찮으실는지요?"

"그대와 동행한 사람이라면, 나도 이야기를 해 볼 필요가 있겠지. 그리고 폴덴바인 백작가는 찾아온 손님을 내치지 않소이다."

흔쾌한 대답에 다시 한 번 고개를 숙이는 것으로 답례를 한 리카이엔이 한 걸음 옆으로 비켜섰다. 그리고 리카이엔의 동행들이 앞으로 나섰다.

"하하, 정말 오랜만에 뵙는군요."

"늦었지만 결혼을 축하하오. 백작 부인께서는 평안하시오?"

"예, 물론입니다."

가벼운 인사를 나누고 카이스가 옆으로 비키자, 이번에는 세이나가 치맛단을 잡고 사뿐하게 몸을 숙여 인사를 했다.

"그간 평안하셨는지요?"

얼굴이 까무잡잡하게 타기는 했지만 그 미모는 여전하다. 오히려 까맣게 그을린 피부가 생기발랄하고 건강한 느낌을 주었다.

"세이나 양은 더욱 건강해 보이는군."

"백작님께서도 여전히 훌륭하신 모습인 것 같습니다."

세이나의 인사를 받는 폴덴바인 백작이 대견한 표정으로 고개를 끄덕였다.

1년간의 은둔 생활이 절대 쉽지만은 않았으리라. 그럼에도 불구하고 세이나는 참으로 생기발랄해 보였다. 그리고 그 속에서도 묘하게도 현숙함이 묻어나온다.

"빈말이라도 기분이 좋구만. 허허, 내가 루딜 그 녀석 아비만 아니었으면 내 아들과의 결혼은 반대했을 걸세."

농담인 듯 건네지만 조금은 진심이 섞여 있었다. 최근 보이는 루딜의 모습은 왠지 점점 못나 보이기만 해서 마음이 아픈 한편으로는 실망감도 들었다. 불과 1년 만에 대단히 성숙해진 모습으로 나타난 세이나와는 아주 비교되는 모습이었던 것이다.

폴덴바인 백작은 세이나와 좀 더 이야기를 나누고 싶다는 생각이 들었지만, 지금은 좀 더 중요한 이야기를 나눌 사람이 있었기에 그 생각은 일단 뒤로 미루었다.

세이나의 뒤에 서 있는 사람이 오늘의 가장 중요한 손님이었다.

그런 폴덴바인 백작의 마음을 읽었는지, 세이나가 조심스레 옆으로 비키며 자리를 내주었다. 그리고 데릭이 천천히 다가왔다.

"이렇게 얼굴을 마주한 지 몇 해는 지난 것 같습니다. 작위를 아드님께 물려준 후에 오히려 더 젊어지신 것 같군요?"

연배로만 따지면 데릭이 10살 정도가 더 많았기에, 폴덴바인 백작이 먼저 정중하게 인사를 건넸다.

"허허, 사람이 나이를 먹었는데 젊어지면 그것 또한 난감한 일이 아니오? 폴덴바인 백작은 여전히 활기가 넘쳐 보여서 참으로 보기가 좋소이다."

"아무튼 제 집에 잘 오셨습니다. 지내는 동안만이라도 편히 쉬시다 가시기 바랍니다."

"상황이 상황이니 만큼 이렇게 웃을 수 있는 것만으로도 충분한 휴식이 아닌가 싶소."

"그렇게 되나요? 자, 그럼 일단 안으로 드시지요."

폴덴바인 백작이 리카이엔 일행을 접빈실로 안내했다. 화려하지는 않지만 웅장한 느낌으로 꾸며진 방이었는데, 그 속에 기품이 묻어나오는 것이 폴덴바인 백작가의 분위기를 분명하게 보여 주는 곳이었다.

자리를 잡고 앉자 그윽한 향의 차가 모두의 앞에 놓였다. 폴덴바인 백작이 찻잔을 집어 한 모금 음미하며 입을 열었다.

"차를 즐기신다기에 준비해 보았습니다. 마음에 드실지 모르겠군요."

데릭이 편안한 표정으로 고개를 끄덕이며 말했다.

"별말씀을, 아주 훌륭하오."

"다행이군요. 백작 부인께서도 차에 조예가 깊다고 하시던데, 언제 한 번 시음할 기회를 주시겠습니까?"

"허허허, 언제든 환영하오. 물론, 아직은 집도 없이 떠돌아다니는 신세라 조금 시간이 걸릴 것 같기는 하지만 말이오."

"집이 문제겠습니까? 어디든 앉을 수 있다면 차를 즐기기에는 더 없이 좋은 장소이지요."

"그렇게 생각해 볼 수도 있겠구려."

데릭이 느긋하게 고개를 끄덕이는데, 폴덴바인 백작이 잠시 다른 이들의 모습을 살핀 후 조심스레 입을 열었다.

"그나저나…… 제가 오래전부터 준비하던 일이 하나 있습니다."

"무슨 준비를 말이오?"

"집을 하나 지을까 하는데……. 그 집에 기거할 주인을 찾지를 못했습니다."

내뱉는 말이 꽤나 의미심장하다. 그리고 자리에 앉아 있는 이들은 모두 그 말에 숨은 뜻을 짐작할 수 있었다. 폴덴바인 백작이 더 이상 브렌 왕가에 대한 희망을 접고, 새로운 왕조의 탄생을 준비한다는 사실을 알고 있기 때문이었다.

리카이엔이 은둔을 하는 동안에도 조엘은 끊임없이 정보를 수집했고, 그 정보들은 대부분 리카이엔에게 제공되었다. 그리고 그 정보 속에서 리카이엔은 폴덴바인 백작의 거사를 눈치챌 수 있었다.

데릭 역시 리카이엔에게 전해 들었기에 어느 정도 알고는 있었으나, 일단은 모르는 척 말을 받았다.

"허허, 주인도 없는데 집부터 짓는단 말이오?"

"이제 겨우 구상만 끝났을 뿐, 제대로 정해진 것이 없습니다. 그런데 사실 마음속으로 생각해 오던 집주인이 한 명 있기는 합니다."

"그렇소이까? 폴덴바인 경이 짓는 집이라면 아주 크고 훌륭할 텐데, 그런 집의 주인으로 누굴 생각하고 있소이까?"

데릭은 이미 어느 정도 예상을 하고 있었으나, 아무것도 모르는 척 능청스러운 표정으로 물었다.

그리고 폴덴바인 백작이 아무런 망설임도 없이 대답했다.

"데릭 프로커스 경께서 그 집의 주인이 되어 주셨으면 하는데, 의향이 어떠신지?"

"흡!"

순간 데릭은 갑자기 숨이 턱 막히는 기분이 들었다. 데릭이 생각한 그 집주인은 아들인 리카이엔이었다. 그런데 설마 폴덴바인 백작의 입에서 자기 이름이 나올 줄이야.

그렇다고 데릭이, 아들이 왕이 되기를 바라는 것은 아니었다. 하지만 이미 브렌 왕조가 망국의 길로 들어섰고, 그로 인한 반정이 일어날 준비가 되어 있었다. 왕조가 바뀐다는 것은 큰 혼란을 야기했다. 그리고 그 혼란의 피해를 가장 많이 입는 것은 어쩌면 백성들이었다. 데릭이 볼 때 리카이엔이라면 빠른 시일 내에 혼란을 가라앉히고 국정을 정상으로 되돌려 놓을 수 있다고 생각한 것이었다.

"지, 지금 뭐라고 하셨소?"

당황한 기색을 조금도 숨기지 않은 채 데릭이 물었다.

"데릭 프로커스 경께서 새로운 집의 주인이 되어 주셨으면 한다고 말했습니다. 아, 참고로 그 집은 에델슈트에 지을 생각입니다."

폴덴바인 백작이 쐐기를 박듯 말했다. 하지만 당황한 데릭
은 좀처럼 마음을 가라앉힐 수가 없었다.

"허허허, 글쎄올시다. 나는 사실 크고 훌륭한 집은 필요가
없소. 나와 내 안사람이 편하게 지낼 수 있는 작은 공간이면
충분하니 말이오."

그렇게 말하던 데릭이 갑자기 위화감을 느꼈다.

"음?"

황급히 주위를 둘러보던 데릭은 금세 그 위화감의 정체를
알 수 있었다. 자신을 제외한 나머지 사람들은 누구도 당황하
지 않고 있다는 점이었다. 아니, 폴덴바인 백작의 말이 당연
하다는 듯 고개를 끄덕이고 있었다.

마치 폴덴바인 백작이 저렇게 말할 것이라는 걸 알고 있었
다는 듯한 태도였다.

폴덴바인 백작의 설명이 이어졌다.

"저 역시 많은 고민을 했습니다. 하지만 아무리 영지가 어
려워도 영지민들을 가장 우선적으로 생각하며 영지를 다스렸
던 데릭 프로커스 경, 외에는 적합한 인물이 없다고 판단했습
니다."

폴덴바인 백작이 거사를 준비하면서 처음 떠올린 인물은,
사실은 도번 후작이었다. 많은 귀족들로부터 인망을 얻고 있
는 것은 물론, 많은 학식과 인품을 갖고 있었다. 큰 야망을
품고 있지는 않지만 점잖은 맹수처럼 품고 있는 위엄 역시 무
시할 수 없다. 새로운 국왕이 되어 기틀을 잡고 나라를 안정

시킬 수 있는 능력이 있는 사람이었다.

하지만 폴덴바인 백작은 이내 그 생각을 철회할 수밖에 없었다. 가장 큰 이유는 도번 후작의 나이였다. 거사 후의 왕국은 커다란 혼란에 빠질 수밖에 없었다. 그 혼란을 다잡고 나라를 안정시키려면 많은 시간과 힘이 필요했다. 도번 후작의 나이가 그 시간과 힘을 유지하기에는 버겁다고 판단한 것이었다.

게다가 도번 후작에게는 아들이 없었다. 유일한 혈육인 손녀가 있고 손녀사위인 그론스트 백작이 있었지만, 정통성에 흠이 생길 수도 있었다. 왕조가 바뀌자마자 그런 일이 일어나는 것은 또 한 번의 혼란을 초래할 위험이 있었던 것이다.

그래서 생각한 사람이 데릭이었다. 억압보다는 포용으로 백성을 다스릴 수 있는 인품을 지닌 인물이었다. 그리고 그 아들인 리카이엔은 아버지의 왕권에 무게를 실어 줄 힘을 가지고 있었다. 그리고 그 힘 있는 아들은 왕위 계승의 문제도 없었다. 더불어 리카이엔은 왕조가 바뀐 후, 당연히 걱정해야 할 개국공신들의 기득권 다툼 또한 힘으로 누를 수가 있었다.

도번 후작과는 다른 듯하면서도 비슷한 장점을 가지고 있고, 도번 후작이 가진 단점은 없는 인물. 폴덴바인 백작이 보기에 더 없이 적합한 인물이었다.

하지만 조금 놀란 것이 있었는데, 자신의 말에 대한 리카이엔의 당연하다는 듯한 반응이었다. 아니, 이 자리에 데릭을 데리고 온 것으로 보아 자신이 이런 마음을 먹고 있다는 것을 아는 듯했다.

데릭이 난감한 표정으로 고개를 저었다.

"나는 그런 집에서는 불편해서 살지 못할 것 같소이다."

"원래 사는 공간이라는 것이 지내면서 적응하는 것 아니겠습니까?"

"그래도 나는 왠지 어울리지 않는 것 같소. 차라리 나보다는……."

말끝을 흐린 데릭이 슬쩍 리카이엔에게 곁눈질을 하고는 이야기를 이었다.

"뭐, 아비가 이런 말을 하는 것이 부끄러운 일이오만 나보다는 내 아들이 그 큰 집에 더 어울리지 않겠소?"

그 말에 대한 대답은 폴덴바인 백작이 아닌 리카이엔이 직접했다.

"아닙니다, 아버지."

"지금 여기는 겸손이 미덕이 되는 자리가 아니다."

"겸손이 아닙니다, 아버지. 저는 그 자리에 어울리지 않습니다."

그리고 카이스 역시 한마디 거들었다.

"제 생각에도 리카이엔은 어울리지 않는 것 같습니다. 새 왕조의 2대 왕으로는 어울릴지 몰라도, 1대 왕으로는 어울리지 않습니다."

데릭은 이해할 수 없다는 얼굴로 고개를 갸웃거렸다. 대부분의 역사에서, 처음 왕조를 여는 이들은 대부분이 강력한 힘을 바탕으로 자신의 권력을 키우고 나라의 기틀을 잡아 왔다.

새로운 땅에 새로운 왕조로 시작한 이들은 강력한 군사력을 영토를 넓히면서 그 힘을 바탕으로 왕위에 올랐고, 기존의 왕조를 밀어낸 왕들 역시 전쟁을 통해서 스스로가 왕위에 섰다. 그렇기에 지금 이야기하고 있는 거사에 가장 어울리는 사람은 리카이엔이었다.

그런데 하나같이 그렇지 않다고 말하니 데릭으로서는 이해가 안 되는 것이었다.

설명은 다시 리카이엔의 입에서 나왔다.

"지금까지 대륙에는 수많은 왕조들이 흥망을 되풀이 해 왔습니다. 그런데 대부분의 왕조, 혹은 황조의 역사는 겨우 1, 2백 년 정도입니다. 나라의 역사는 그보다 길지언정 그 안에서 왕조는 여러 번 바뀌었기 때문입니다."

"그렇지. 하지만 그것은 어쩔 수 없는 일이다. 흥할 때가 있으면 망할 때도 있는 법, 그것이 세상의 이치라는 것을 너도 알고 있지 않느냐?"

"그렇습니다. 하지만 그렇게 왕조가 바뀔 때마다 흘리지 말아야 할 피를 흘리는 것은 백성들입니다."

"그 역시 불가항력이다."

데릭의 말대로 그것은 정말 어쩔 수 없는 일이었다. 리카이엔 역시 알고 있는 부분. 하지만 리카이엔이 말하고자 하는 부분은 그것이 아니었다.

"예, 불가항력입니다. 폴덴바인 경께서도 그것을 모르시지는 않을 겁니다. 다만, 그 주기를 좀 더 길게, 좀 더 오랜 시간 흘리지 말아야 할 피를 흘리지 않도록 하고 싶다는 생각인 것 같습니다."

"음?"

데릭이 고개를 갸웃거리자, 리카이엔의 시선이 폴덴바인 백작에게로 향했다.

"그렇지 않습니까, 폴덴바인 경?"

고개를 끄덕인 폴덴바인 백작이 데릭을 향해 설명을 해 주었다.

"이런 제 생각이 정답이라고는 할 수 없습니다만, 저는 그 왕조들의 역사가 그렇게 짧은 것은 왕조의 시작에 있다고 생각합니다."

"왕조의 시작?"

"그렇습니다. 대부분의 왕조들은 귀족들의 힘을 이용해 왕위에 올랐지, 백성들의 힘에 의해 왕위에 오르지 않았습니다. 그렇게 귀족들의 힘을 업고 새로운 왕조가 들어서게 되면, 그 왕조의 시작에 힘을 보탠 귀족들에게는 권력이 돌아갑니다. 그리고 그 권력은 질투와 분쟁을 낳고, 시간을 흐르면서 어떤 식으로든 변질될 수밖에 없습니다. 저는 그 변질이 극에 달하는 순간, 왕조가 바뀌는 것이라고 생각합니다."

"그렇다면 그대가 짓는 집은 백성들이 직접 짓는 집이오?"

데릭이 말도 안 된다는 듯 물었다.

"아닙니다. 그 집 역시 귀족들이 짓게 될 것입니다."

"그렇다면 다를 게 없지 않소?"

"저는 집을 다 지은 후를 이야기를 하는 것입니다. 귀족들이 큰 방을 차지하고 들어앉게 할 것이 아니라, 백성들이 들어와 살 수 있도록 하자는 것입니다."

"그 말은……."

"예, 그 집을 다 짓는 순간 제가 귀족들의 권력을 누를 생각입니다. 그러는 사이에 새로운 왕은 백성들을 위한 치세를 하시고, 백성들의 머릿속에 그것이 당연하다는 인식을 심어 주는 것입니다."

생각지 못한 대답에 데릭은 잠시 머릿속이 멍해졌다. 폴덴바인 백작은 자신이 책임을 지고 논공행상을 통한 권력의 이양을 막겠다고 말하는 것이었다. 이 말은 자신 역시 그 권력을 받지 않겠다는 뜻이다.

"하지만 결국 영지를 다스리는 것은 귀족들이오."

"문제는 인식입니다. 백성들을 위한 치세를 하는 것이 당연하다는 인식이 굳어 버리면, 그것은 의식을 변화시킵니다. 그렇게 의식이 변화된 백성들은 아무리 영주라 해도 함부로 하기 힘듭니다. 의식의 변화는 행동의 변화를 낳기 때문이지요."

데릭은 꽤나 충격을 받은 듯한 동안 말을 잇지 못했다.

지금 폴덴바인 백작의 생각은 오랜 세월 동안 만들어져 굳어 버린 상식을 깨려는 것이기 때문이었다.

"그렇기 때문에 데릭 프로커스 경이야말로 새 집의 주인으로 어울린다는 말입니다. 자칫 제가 새로운 권력층으로 떠오를 귀족들을 누르지 못하더라도, 아드님인 프로커스 백작이 그들을 누를 수 있기 때문입니다."

하지만 데릭은 여전히 회의적이었다.

"훌륭한 생각이오. 하지만 나는 그럴 기력이 남아 있지 않소이다."

"그렇다면 이대로 두시겠습니까? 수많은 백성들이 현 국왕의 폭정에 시달리고 있습니다. 그들을 외면하실 수 있으시겠습니까?"

"후우~"

데릭의 입에서 긴 한숨이 새어 나왔다. 그리고 접빈실 안에는 무거운 정적이 맴돌았다.

'으음……'

한마디 말도 못한 채 우두커니 앉아 대화를 듣고 있던 세이나는 꽤나 큰 충격을 받고 있었다.

역모에 대해 아무렇지도 않게 말하는 것이야 이미 그런 모임이니 당연하다고 생각할 수 있었다.

하지만 뭔가 이상했다. 특히나 이상한 것은 리카이엔과 카이스였다.

이런 상황이라면, 보통의 힘 있는 남자들은 스스로 높은 곳을 차지하기 위해 애를 쓴다. 하지만 카이스는 일말의 망설임도 없이 그 자리에 데릭을 추천했다. 그리고 당연하다는 듯 리카이엔에게 2대 왕이라는 말을 했다.

리카이엔 역시 마찬가지다. 아버지가 왕이 된다는 것은, 자신이 차기 국왕이 될 것이라는 뜻이었다. 그런데도 너무나 덤덤한 표정으로 그 사실을 말한다. 그리고 자신이 왕이 되는 것이 당연하다는 듯 고개를 끄덕인다. 게다가 폴덴바인 백작이 하는 이야기 역시 놀랍다.

'이 사람들 제정신일까?'

다른 이야기도 아니고 반정과 왕위를 이야기하는데 이럴 수 있다는 건 분명 살짝 정신이 나갔다고밖에 생각할 수 없는 것이었다.

하지만 세이나가 보기에도 한 가지는 분명했다.

'아빠가 아무리 싫어도 할 수밖에 없을 것 같은데…….'

대화와는 조금 동떨어져 있는 세이나가 보기에는, 지금은 데릭이 가장 적임자였다.

잠시 생각에 잠겨 있던 세이나가 뭔가를 결심한 듯 조심스레 호흡을 가다듬었다.

"아빠!"

세이나의 발랄한 목소리에, 접빈실에 내려앉았던 무거운 정적이 깨졌다.

"왜 그러니?"

데릭의 묻는 말에, 세이나가 조심스레 폴덴바인 백작을 향해 말했다.

"제가 잠시 끼어들어도 괜찮을까요?"

"물론이네, 세이나 양."

"감사합니다."

허락을 받은 세이나가 다시 데릭에게 시선을 돌리며 말했다.

"아무래도 아빠가 나서 주셔야 될 것 같은데요?"

"세이나, 너까지 그런 말을 하는 것이냐?"

"안 그러면 어떡해요? 아들이 일을 저질러 놨으니, 아버지가 수습하는 수밖에 없잖아요."

"음? 그, 그게 무슨 말이냐?"

뜬금없는 이야기에 데릭이 당황한 표정을 지었다. 데릭만이 아니었다. 리카이엔과 카이스, 폴덴바인 백작 역시 갑자기 이게 무슨 말인가 하는 표정이다.

"아빠가 그렇게 아끼던 영지민들이 지금 얼마나 고생을 하고 있는지 잘 아실 거 아니에요."

현재 프로커스 백작령와 그론스트 백작령은, 새로운 영주가 정해질 때까지 국왕 직할령에 귀속되어 있었다. 그리고 이미 정신이 나간 국왕은, 그 두 영지에서 영지민들의 고혈을 쥐어짜고 있었다.

선상 생활을 하는 동안에도 프로커스 백작령에 대한 소식을 끊임없이 모았기에, 데릭 역시 잘 알고 있는 사실이었다. 그리고 그 소식을 접할 때마다 데릭의 마음고생은 점점 심해져 갔다. 데릭이 가족 다음으로 아끼는 것이 영지민들이었기 때문이다.

"알고 있지. 하지만……."

"오빠가 영지를 훌쩍 떠나 버리는 바람에 그렇게 된 거잖아요. 그런데 이제 와서 오빠가 다시 영주로 돌아갈 수도 없고, 당장 그 영지를 되찾을 수도 없어요."

"그렇지."

"그러니 아빠가 왕이 돼서, 영지민들이 잘살 수 있게 해 주는 방법밖에 없다는 거죠. 사실 지금은 프로커스 백작령의 영지민들만이 아니라, 거의 모든 지역의 백성들이 폭정에 시달리고 있잖아요."

데릭의 얼굴에 당혹스러운 표정이 스쳤다. 리카이엔의 그 결정이 불가항력적이었다는 것은 잘 알고 있었지만, 그로 인해 항상 마음이 무거웠던 것 또한 사실이었다. 항상 함께 지냈던 세이나였기에 그러한 사실을 누구보다 잘 알고, 이야기 할 수 있었던 것이다.

"으음……."

여전히 고민스러운 표정을 짓고 있는 데릭을 향해, 세이나가 마지막으로 한마디 더했다.

"그리고 프로커스 백작령 영지민들을 잘살게 해 주는 김에, 왕국의 모든 백성들을 잘살게 해 주면 더 좋잖아요. 아버지는 그냥 자리에 앉아 말씀만 하시면 돼요. 그러면 일을 저지른 오빠가 알아서 수습할 거예요."

리카이엔이 뭔가 억울한 표정을 지었지만, 어쩔 수 없다는 듯 어깨를 으쓱거리며 입을 다물었다.

그리고 다시 한 번 정적이 내려앉았다.

'하아!'

폴덴바인 백작은 놀란 눈으로 세이나를 보며 속으로 짧은 한숨을 토해 냈다.

방금 데릭을 향해 말을 하던 세이나는, 자신이나 리카이엔의 생각을 제대로 이해하고 있었다. 그런데 아들인 루딜은 자신의 생각에 갇혀서 헤어나지 못하고 있으니 또 한 번 비교가 되는 것이었다.

'하아, 역시 루딜한테 주기에는 아까운 아이구나.'

폴덴바인 백작은 아버지로서 참으로 말도 안 되는 생각을 하며 한탄스러운 표정을 지었다.

그때 두 번째 정적이 깨졌다.

"후우, 이거 참 억울하구려."

데릭의 말이었다.

"억울하시다니요?"

"아들놈이 친 사고를 수습하려고 왕위를 넘봐야 한다고 생각해 보시오. 폴덴바인 경이라면 억울하지 않겠소?"

농담을 던지듯 말했지만 그 속뜻은 허락을 하겠다는 내용이었다.

"하하, 원래 그런 법 아니겠습니까?"

"그러게 말이오."

"그럼 이제 모든 준비가 끝이 났으니 움직이는 것만 남은 것 같군요."

하지만 리카이엔은 고개를 저었다.

"아직은 아닙니다."

"음?"

"때를 기다려야 합니다."

"때라니? 무슨 때를 기다린단 말이오?"

"써클루스, 그놈들이 먼저 움직여야 합니다. 우리가 먼저 움직이면 놈들에게 두통수를 얻어맞을지도 모릅니다."

"하지만 혹여 우리가 먼저 당할 수도 있지 않겠소?"

하지만 리카이엔은 고개를 저었다.

"뭐가 어찌 됐든, 써클루스 놈들의 첫 번째 목표는 제국입니다. 그러니 그때를 기다려야 합니다."

"으음……."

폴덴바인 백작이 불안한 표정으로 침음성을 흘렸다. 그런 백작을 향해 리카이엔이 묘한 미소를 지으며 말했다.

"그때가 되면 우리에게 조력자도 생길 테니, 너무 걱정하지 마십시오."

"조력자라니? 누구를 말하는 것이오?"

"바로 제국의 황제입니다."

"뭐, 뭐라고?"

"일단은 그렇게만 알아 두십시오."

Chapter 2.

텅 빈 제국

그로니스 제국, 대륙의 역사상 가장 광대한 영토를 차지한 나라.

그 제국의 가장 중심인 황도의 한가운데 자리 잡은 글라디온 궁전, 흔히 검의 궁전이라 불리는 황궁의 대전에 한 사내가 앉아 있었다.

써클루스의 마스터, 베르무크였다.

그의 오른쪽과 왼쪽에는 바록과 루디아가 자리를 잡았고, 그 다음 순서로 열을 맞춰 앉아 있는 이들은 놀랍게도 제국의 대신들이었다.

이러한 광경이 펼쳐진다는 것은, 써클루스의 계획이 성공했다는 뜻이었다. 당연히 뜻을 이룬 베르무크는 만족스러운 표정을 지어야 했다.

하지만 베르무크의 얼굴에 떠올라 있는 것은 당혹감, 그리고 불쾌함이었다. 좌우에 자리 잡은 바룩과 루디아 역시 그런 감정을 숨기지 못한 채 연방 불안하게 시선을 움직였다.

그때 대전 바깥에서 누군가 큰 목소리로 외쳤다.

"마스터, 마랄입니다!"

베르무크의 손짓에 당연하다는 듯 근위병이 문을 열고, 마랄이 뛰어 들어왔다. 얼마나 급하게 달려왔는지 무릎을 꿇고 앉은 마랄은 턱까지 차오른 숨 때문에 말을 제대로 잇지 못하고 있었다.

"어찌 되었느냐?"

"헉, 허억! 방금 들어온 보고에 의하면 동부의 병력들은 세론드 관문을 넘었고, 그 외 지역의 병력들은 바다를 통해 빠져나갔다고 합니다."

"뭣이!"

세론드 관문이라면 과거의 델로스 왕국령, 현재의 브렌 왕국과 맞닿아 있는 국경의 요새였다. 즉, 세론드 관문을 통과했다는 말은 브렌 왕국으로 넘어갔다는 뜻이었다. 바다로 빠져나갔다는 것 또한 같은 의미.

베르무크가 자리에서 벌떡 일어나며 대전에 모여 있는 이들을 향해 버럭 소리를 질렀다.

"그 많은 병력이 넘어가는 걸 모르고 있었다는 것이 말이 되느냐!"

대답은 보고를 가지고 온 마랄의 입에서 나왔다.

"이번 일을 준비하면서…… 모든 보고의 흐름을 완전히 단

절시켰던 탓에…….”

“시끄럽다! 뭣들 하느냐! 당장 병력들을 동쪽으로 이동시
켜라!”

솟구쳐 오르는 분노를 주체할 수 없는 듯, 베르무크는 격
하게 어깨를 떨고 있었다.

모든 일은 써클루스가 제국을 장악하는 과정에서 생긴 괴
사에서 시작되었다. 그것도 바로 어제의 일이었다.

무혈입성.

말 그대로 써클루스는 단 한 방울의 피도 흘리지 않은 채
제국을 장악했다. 단 하루 만에 각 지방의 영지는 물론, 제국
의 황도와 글라디온 궁전까지.

문제는 아군이 아닌 적군의 피 역시 한 방울도 흘리지 않
았다는 점이었다.

좀 더 정확하게 말하면, 적이 없었다.

베르무크가 글라디온 궁전으로 들어온 순간, 이미 황제는
보이지 않았다. 황제를 포함해 몇 명 되지 않는 황족들과 의
전관, 집사장관, 황혼의 기사단까지 포함해 연기처럼 사라져
버린 것이었다.

황궁뿐만이 아니다. 각 지방의 영주들, 써클루스에서 포섭
한 영주들을 제외한 나머지 영주들이 감쪽같이 사라져 버렸
다. 자신들의 병력만을 이끌고.

써클루스는 말 그대로 텅텅 비어 있는 성에 들어와 자리에
앉은 것이었다.

적의 병력이 고스란히 보존되어 있는 상황. 절대 좋다고 할 수 있는 일이 아니었다.

모여 있던 대신들이 황급히 밖으로 뛰어나간 후, 대전에 남은 것은 베르무크와 바록, 루디아, 마랄 네 사람이었다.

"약삭빠른 짓을 하는군!"

베르무크의 중얼거림에 루디아가 나서며 말했다.

"일단 브렌 왕국에 연락해 그들의 행방을 알아내겠습니다. 그 많은 병력을 데리고 단숨에 숨는 것은 절대 무리이니 금방 위치를 잡을 수 있을 것입니다."

"어서 움직여라."

베르무크의 말에 루디아가 마랄에게 가벼운 손짓을 했다. 그 말을 알아들은 마랄이 황급히 밖으로 뛰어나갔다.

바록이 당혹감을 감추지 못한 채 말했다.

"황제가 이런 식의 반응을 보일 줄은 정말 생각도 못했습니다."

"자기 자리를 내주고 그렇게 빠져나갈 거라고는 당연히 생각을 못하지. 아무튼 꽤 잔머리를 굴렸군. 하나도 잃지 않겠다는 수작인가?"

자리를 피해 버리면 싸움은 일어나지 않는다. 그리고 싸우지 않으면 파괴 또한 일어나지 않는다.

즉, 황제가 자리를 피해 버리는 것으로 제국과 황궁의 모든 것이 온전하게 보존 되는 것이다.

"이건 마치 프로커스 백작이 영지를 비우던 것과 똑같은 짓……."

혼잣말처럼 중얼거리던 베르무크가 갑자기 흠칫하며 생각에 잠겼다. 그리고 그 말을 들은 루디아가 화들짝 놀라며 외쳤다.

"혹시 프로커스 백작과 손을 잡은 것이 아닐까요?"

현재 써클루스와 싸우는, 규모가 작기는 해도 리카이엔이 유일했다. 정황으로 보아 황제는 써클루스의 계획에 대해 눈치를 채고 있었다고 확신할 수 있었고, 그렇다면 공통의 적을 상대하기 위해 리카이엔과 손을 잡았을 가능성이 컸다.

"그럴 수도……."

"헉! 그, 그러고 보니!"

한 번 생각이 쏠리니 다른 생각도 연달아 떠올랐다.

"왜 그러느냐?"

"만약 프로커스 백작과 황제가 손을 잡은 것이라면, 폴덴바인 백작도 함께라는 뜻입니다. 그리고 그 세 사람이 손을 잡고 브렌 왕국에서의 우리 일을 방해한다면!"

"흡!"

베르무크가 눈을 치뜨며 저도 모르게 숨을 멈췄다.

써클루스에서 포섭한 영주들은, 그로니스 제국과 브렌 왕국에서 각각 1/3 정도였다. 병력면에서 보자면 거의 절반 수준이지만, 귀족의 수는 그 정도.

그리고 제국에서 황제와 함께 사라진 영주들이 1/3 정도였다. 병력의 수로 따져도 그 정도 비율이었다.

과거 정복전쟁 발발했을 때 제국의 총 병력이 대략 40만 가량, 그리고 전쟁이 끝난 후의 병력이 30만 정도였다.

종전 직후 제국은, 정복당한 왕국들의 군대를 치안 유지를 위한 병력을 제외하고 모조리 해체시켰다. 그렇기에 현재까지도 종전 당시의 병력인 30만 정도를 유지하고 있었다.

새롭게 제국령으로 편입된 지역을 안정시키는데 집중하면서 군비를 줄인 탓이었다. 그렇게 해도 크게 무리가 되지 않는 것이, 대륙 내에서 제국의 적이 될 만한 존재는 동쪽의 브렌 왕국밖에 없었기 때문이었다.

브렌 왕국의 병력이 20만 정도였기에 그보다 우위를 유지하는 선에서 군대를 운영해 온 것이다.

간단하게 병력의 수로 보았을 때 현재 제국 내의 병력 분포는 베르무크에게 포섭된 병력이 15만, 황제를 따라 사라진 병력이 10만, 그리고 이도저도 아닌 채 눈치만 살피고 있는 병력이 5만이었다.

브렌 왕국은 정복전쟁 직후에 혹시나 모를 제국의 도발을 견제하기 위해 군비를 늘린 탓으로 현재 20만 정도의 병력을 유지하고 있었다.

그중에서 써클루스에 가담한 전체 1/3의 영주들이 보유하고 있는 병력이 브렌 왕국 전체의 절반 정도인 10만이었다. 그리고 폴덴바인 백작이 은밀하게 일을 꾸미면서 모은 영주들이 1/3. 병력은 브렌 왕국 전체의 25% 정도인 5만이었다.

그로니스 제국에서건 브렌 왕국에서건 일이 일어났을 경우 써클루스에서 충분히 제압할 수 있는 수준이었다.

하지만 만약 황제와 폴덴바인 백작이 연합군을 형성하고 거기에 리카이엔의 병력들이 가세한다면?

브렌 왕국의 사정은 제국과는 달랐다. 써클루스에서 조종하는 병력이 10만, 골수 국왕파가 5만, 폴덴바인 백작의 세력이 5만이었다. 거기에서 폴덴바인 백작과 황제가 연합군을 결성하면 폴덴바인 백작의 병력은 단숨에 15만으로 뛰어오른다.

그런 상황에서 써클루스가 제국에서처럼 브렌 왕국에서의 계획을 진행시킬 경우, 국왕파 5만의 병력은 물론 황제의 병력이 더해진 폴덴바인 백작의 15만까지 도합 20만의 병력을 동시에 상대해야 했다.

"큭!"

단순 병력으로 따졌을 때는 갑자기 두 배의 대군을 상대하게 되는 것이다. 써클루스의 클리먼들이 가세할 예정이지만 저쪽에는 저쪽대로 리카이엔의 병력들이 가세한 상태.

브렌 왕국에서의 일이 순조롭게 진행될 리가 없었다.

"아!"

베르무크가 오만상을 찌푸리고 있는 사이, 루디아가 또 한 번 당혹성을 터트렸다.

"또 무슨 일이냐?"

"제가 브렌 왕국으로 가야 될 것 같습니다!"

"뭐?"

"황제와 폴덴바인 백작, 그리고 프로커스 백작이 저희가 먼저 일을 진행시키기를 기다리지는 않을 것입니다. 아마 선수를 치려 할 것 같습니다."

더 이상은 생각할 필요가 없었다.

"서둘러! 나도 곧 뒤따라가겠다!"

"예!"

저쪽에서 먼저 선수를 치는 것은 최악의 상황이었다. 영주들의 병력은 대부분 지방에 흩어져 있으니, 지금 공격을 당한다면 진군 명령을 외치기도 전에 각개격파당할 것이 분명했다.

"중요한 이야기라는 게 뭐요?"

리카이엔이 퉁명스러운 목소리로 물었다. 그 앞에는 테하스가 굳은 표정으로 앉아 있었다.

프리엘라와 떨어져 어디론가 사라졌던 테하스가 돌아온 것은 불과 몇 분 전. 놀란 얼굴로 반색을 하는 프리엘라의 인사도 받는 둥 마는 둥 급히 자리를 잡은 테하스는 중요한 이야기가 있다며 사람들을 불러 모았다.

그렇지만 쉬이 입을 열지를 않았다. 뭔가 고민스러운 듯, 입술을 달싹일 뿐이었다.

결국 참다못한 리카이엔이 그녀를 재촉했다.

"사람 불안하게 갑자기 사라졌다가 멀쩡하게 돌아와서는,

무슨 중요한 이야기라고 뜸을 들이는 거요?"

"저놈의 버르장머리는!"

"아아, 됐어. 얼른 이야기나 하슈."

"알았다. 말해 주마."

고개를 끄덕인 테하스가 천천히 모인 사람들의 얼굴을 둘러보았다.

리카이엔을 시작으르 카이스, 조엘, 프리엘라, 그리고 크리온테스 황제가 그녀를 중심으로 둥글게 앉아 있었다.

"이번 싸움, 어쩌면 우리가 절대 이기지 못할 수도 있다."

"뭐! 지금 무슨 말이요?!"

뜬금없으면서도 충격적인 내용에 리카이엔이 큰 소리로 되물었다.

"조용히 해라. 지금부터 이야기할 테니까."

리카이엔에게 주의를 준 테하스가 한마디, 한마디 힘주어 말했다.

"우선 문제의 '그놈' 의 이름은 베르무크라고 한다."

"음? 이름도 알아 오셨수?"

"어쩌다 보니 그렇게 됐지. 아무튼, 놈이 쓰는 술법은 우리 바이론인들 사이에서는 '인도의 클리머스' 라고 불리는 것이다."

"인도의 클리머스? 그건 어디에 써먹는 거요?"

"버르장머리 네놈이랑 관계가 많지?"

"응? 나?"

리카이엔이 고개를 갸웃거리며 되물었다. 바이론인들의 술법에 대해서는 그런 게 있다는 것만 알 뿐인데 자신과 관계가 있다니 이상했다.

"네놈이 쓰는 힘이 무엇이냐?"

"그야…… 영혼의 힘이지."

"그래, 그래서 네놈과 관계가 있다는 거다."

"음? 그럼 그놈도 영력을 쓰는 거요?"

"아니다. 놈은 영혼 그 자체를 쓴다."

"음?"

리카이엔을 포함한 모두가 흠칫하며 고개를 갸웃거렸다. 영혼 그 자체를 쓴다는 말이 순간적으로 이해하기가 힘들었던 것이다.

그러거나 말거나 테하스는 설명을 이어갔다.

"놈이 쓰는 술법은, 인간의 영혼을 모아서 그것을 사용하는 거지."

"잠깐! 지금 그 말은 혹시?"

단번에 뭔가 이상하다는 것을 느낀 리카이엔이 급히 말했다.

원래의 리카이엔의 기억을 가지고 있기에 잘 알고 있었다. 한 번 죽은 인간의 영혼은, 영혼인 상태로 이 세계에 존재할 수는 없었다. 죽은 리카이엔의 영혼이 그렇게 사그라진 이유도, 이 세상에 존재할 수 없는 것을 불러들이는 대가로 자신의 영혼을 내준 탓이었다.

즉, 인간의 영혼을 모아서 사용한다는 말은 리카이엔처럼 그것을 불러들이는 능력이 있지 않는 한 힘들었다. 그리고 그런 능력이 있다 해도, 죽은 리카이엔처럼 자신의 영혼을 대가로 내놓아야 하기 때문에 결국 죽음에 이른다.

하지만 자신의 생명을 대가로 내놓으면서 그런 일을 했을 리가 없었다.

그렇다면, 이 세상에 그 상태 그대로는 존재할 수 없는 영혼이라는 것을 모을 수 있는 방법은 하나밖에 없었다.

"그래, 살아 있는 사람에게서 산 채로 영혼을 뽑아낸다는 말이다. 바이론인들 사이에서 전해 내려오는 이야기에 따르면, 그렇게 영혼이 추출당하는 순간의 고통은 이 세상의 것이 아니라는 이야기도 있더구나. 하지만 실제로 그 일을 당한 사람이 살아 있지 않으니 정확하게 알 방법은 없지. 아무튼 그렇게 산채로 영혼을 뽑아내기 때문에 과거 바이론 왕국에서도 금지시켰던 것이다."

"쯧, 재수 없는 놈이네. 하긴 원래 아주 마음에 안 드는 놈이기는 했어."

주위에 있던 이들이 그 잔인한 방식에 분노를 드러내는 것에 반해, 리카이엔은 조금은 시큰둥한 반응이었다. 그 모습을 본 카이스가 이해가 안 된다는 얼굴로 물었다.

"야, 그런 못된 놈 얘기를 들었는데 화도 안 나냐?"

하지만 리카이엔의 입에서 나온 이야기에 카이스를 포함한 모두는 조금 움찔할 수밖에 없었다.

"그놈이나 우리나? 사람 여럿 잡은 건 매한가지다. 중요한

건 그놈이 찢어 죽일 만큼 나쁜 놈이라는 사실이 아니라, 그
냥 우리가 그놈이랑은 공존할 수 없다는 사실이잖아. 어쨌든
죽여야 할 적이라는 사실과 재수 없는 놈이라는 사실은 안 변
하니까.”

“으음? 그, 그래도 우리는 적어도 전쟁터였는데…….”

“그 전쟁도 일반 병사들이 아닌 한, 똑같다. 어차피 우리
도 우리가 원하는 게 있으니까 전쟁을 한 거잖아.”

“그렇기는 한데…….”

“그러니까 괜히 정의감 같은 거 내세우지 마. 그런 거 안
내세워도 그놈이랑은 내가 죽든 지가 죽든, 둘 중 하나잖아.”

꽤나 냉정하게 말을 마친 리카이엔이 다시 테하스에게 시
선을 돌려 물었다.

“뭐, 그놈이 그런 술법을 쓴다는 건 알겠는데 왜 이기지
못할 거라고 생각하는 거요?”

“영혼의 수.”

“음? 그게 무슨?”

“놈은 두 개의 토템을 들고 있다. 그중 하나는 인도의 클
리머스를 펼치는데 쓰는 토템이지.”

테하스의 말에 리카이엔의 머릿속을 스치는 생각이 있었다.

“혹시 전에 말한……. 바이론 왕가에서 줬다는 그 물건?”

“그렇지. 당시에는 놈이 바이론 왕가의 후원을 받는 정통
의 종교 행세를 하고 있었고, 문제의 토템도 연구를 한다는
목적으로 내주었었지.”

"그럼 다른 토템은?"

"그건 아마 놈들이 새롭게 만들어 낸 물건인 것 같은데…… 영혼의 주머니 역할을 하는 토템이다."

"음?"

"원래 그 클리머스의 토템을 사용하면, 추출한 영혼들을 주변에 달고 다닌다. 그런데 어느새 놈들은 그 영혼들을 따로 저장하는 토템을 만들어 낸 모양이더구나."

리카이엔은 고개를 갸웃거릴 수밖에 없었다. 영혼을 주변에 달고 다니든, 주머니에 넣고 다니든 어차피 항상 소유하고 있다는 사실에는 변함이 없지 않은가?

하지만 이어진 테하스의 설명에는 리카이엔도 기가 질릴 수밖에 없었다.

"주변에 달고 다니던 영혼은, 그 추출자가 죽으면 흩어지게 되어 있다. 그게 소멸인지 아닌지는 알 수 없지만, 어쨌든 이 세상에는 존재하지 않아. 하지만 그 영혼의 주머니는 보존이 가능하다는 거다."

"뭐? 그럼 그 영혼의 주머니를 만든 순간부터 추출했던 영혼들이 몽땅 들어 있다는 말이요?"

리카이엔이 설마 하는 표정으로 물었다. 분위기를 보아하니 그 주머니가 만들어진 것은 최소한 백 년이다. 그 세월 동안 모은 영혼의 수는, 그야말로 어마어마한 수준일 터.

"크윽, 이기지 못할 수도 있다는 말을 괜히 한 게 아니군. 그런데 할망구는 그 사실을 어떻게 알고 있는 거요?"

"프리엘라에게 과거에 내가 놈들과 싸운 적이 있다는 이야기를 들었느냐?"

리카이엔이 프리엘라 쪽으로 슬쩍 시선을 던졌다가 고개를 끄덕였다.

"당시에 써클루스의 교주를 없애는 순간, 문제의 토템을 알게 되었다. 거기에 엄청난 수의 영혼들이 갇혀 있다는 사실 또한. 그 사실을 알게 된 나는 갇혀 있는 영혼들을 어떻게든 풀어 주고자 했다. 하지만 내가 할 수 있는 일은 아니더구나."

"그래서?"

"일단 토템을 뺏은 후, 어떻게든 토템이라도 파괴하려고 했지만 그 조차도 불가능했다. 그래서 어쩔 수 없이 누구의 발도 닿지 않는 곳에 그 토템을 숨겼다."

그제야 리카이엔은 테하스의 행적을 눈치챌 수 있었다.

"그럼 이번에 사라졌던 건, 그 토템을 숨긴 장소에 확인하러 갔던 거요?"

"그래, 헤크론 산 정상 부근의 동굴에 숨겨 놓았다."

"흐흐, 그게 없어졌던 모양이군."

"그걸 찾아낼 거라고는 생각도 못했다."

모두의 표정이 어두워졌다. 대부분 리카이엔의 영력에 대해 알고 있기에, 그 오랜 세월 동안 모아 놓은 수많은 영혼들이 모인다면 얼마나 무서운 힘을 낼 수 있을지 짐작이 되었기 때문이다.

그때 리카이엔이 궁금한 표정으로 물었다.

"그런데 할망구는 당시에 그놈을 어떻게 이겼소?"

"당시의 그놈은 힘만 강할 뿐, 클리머스의 운용 자체는 미숙하기 짝이 없었거든."

"이번에는 그렇지 않겠네?"

"아마도……."

테하스가 절망 어린 표정으로 말했다. 하지만 리카이엔의 얼굴에는 별다른 표정 변화가 없었다.

"뭐, 까짓것 어때? 일단 한 번 붙어 봐야 아는 거지."

"아무튼 이 겁이라고는 모르는 천둥벌거숭이 같은 놈!"

"크큭, 이제 와서 뒤로 뺄 수도 없는 노릇이잖아."

어깨를 한 번 으쓱거린 리카이엔이 주위를 둘러보며 강조하듯 말했다.

"다들 그렇게 생각 안 하냐?"

가장 먼저 대답한 사람은 크리온테스 황제였다.

"그놈과는 절대 공존이 불가능하지."

그리고 다른 이들 역시 천천히 고개를 끄덕였다. 모두의 반응을 확인한 리카이엔이 조엘을 향해 물었다.

"야, 그놈…… 베르무크라고 했던가? 그 자식 지금 뭐하고 있다냐?"

"안 그래도 아까부터 그 이야기하려던 참이었는데, 기회가 없어서 못했다. 출발했단다."

"그래?"

고개를 끄덕이던 리카이엔이 테하스를 향해 물었다.

"할망구, 프리엘라한테 들었는데 베르무크 그 자식 있는 위치를 대강 알 수 있다고 하던데?"

"대략적인 방향 정도는 알 수 있다. 하지만 큰 기대는 하지 마라. 동쪽인지 서쪽인지 그런 정도밖에 알 수 없다."

"크흐흐, 그 정도면 충분해."

전쟁을 준비하는 데는 많은 시간이 필요하다. 개전 시기에 맞춰서 병사들의 훈련 상태나 사기를 끌어 올려놓아야 했고, 전쟁 기간을 가늠해 물자도 준비를 해야 한다. 전쟁 상대의 상황 파악도 꽤 공을 들여야 하고, 전쟁을 수행하는데 필요한 병력이 모이는 것 역시 시간을 필요로 한다.

그런 관점에서 볼 때 베르무크는 운이 좋았다고 볼 수 있었다. 제위를 강탈하기 위해 미리 각 지역에서 비밀리에 전쟁 준비를 하고 있었던 덕분에, 지체하지 않고 병력을 움직일 수 있기 때문이었다.

그때 준비한 전쟁은 단기전이었고 지금 하러 가는 전쟁은 장기전으로 흐를 위험도 있다는 것을 생각하면 크게 기뻐할 수만은 없다. 하지만 일단은 병력이 움직일 수 있는 것만으로도 충분히 다행스러운 일이었다.

다만, 원래는 이 전쟁 자체가 필요 없는 일이었다는 걸 생각하면 치가 떨릴 일이었지만.

"병력은 얼마나 모였느냐?"

잘 닦인 대로를 따라 미친 듯이 질주하는 말 위에서, 베르무크가 나란히 말을 달리고 있는 바룍에게 물었다.

"일단 동부에 있는 병력들은 대부분 세론드 관문에서 출정 준비를 마친 상태입니다. 하지만 중부와 서부 지역의 병력들은 아직⋯⋯."

"세론드 관문까지는 이틀⋯⋯. 쉬지 않고 달린다면 내일 저녁에는 도착하겠군."

"네? 하지만 그렇게 무리하셨다가는 피로가⋯⋯."

쉬지 않고 달리던 베르무크가 말을 세운 것은 그림자가 동쪽을 향해 길어지다 못해, 어느덧 희미해져 갈 시간이었다. 하지만 편안하게 쉴 시간은 없었다. 베르무크는 곧장 여덟 마리의 말이 끄는 마차를 수배했다.

지금까지 낮에는 달리고, 밤에는 숙면을 취했던 것은 어차피 병력이 모일 시간이 필요했기 때문이었다. 이제 어지간히 병력들이 모였으니 편안한 휴식으로 시간을 지체할 이유가 없었다. 조금 불편하기는 하지만 마차에서 잠을 자도 어느 정도 피로는 풀 수 있었다.

그렇게 밤을 새워 달려 날이 밝을 무렵, 베르무크는 다시 말 안장에 올랐다. 동부 세론드 관문에 도착한 것은 해가 서쪽으로 뉘엿뉘엿 넘어가는 시간이었다.

"기다리고 있었습니다!"

베르무크를 맞이한 사람은, 며칠 먼저 출발했던 기병장관 세피테론 공작이었다.

"병력은?"

"명령하신 대로 언제든 출정할 수 있도록 준비를 하고 있습니다."

"수는?"

"예, 현재 7만 정도의 병력이 모여 있습니다."

제국의 30만 병력 중 베르무크의 지배하에 있는 병력이 15만이라는 것을 감안한다면, 이렇게 짧은 시간에 7만의 병력이 모였다는 것은 대단히 놀라운 숫자였다.

제국의 상당한 비율의 병력들이 브렌 왕국을 견제하기 위해 동쪽으로 치우쳐 배치되어 있었던 덕분이었다. 그리고 써클루스에 포섭된 병력들은 계획에 의해 전쟁을 준비하고 있었기에 가능한 일이었다.

"흐음, 7만이라……."

15만의 병력 모두를 데리고 갈 수는 없었다. 제국이 텅텅 비어 버리기 때문이었다. 황제가 10만의 병력을 데리고 사라졌지만, 그래도 아직까지 숨죽인 채 눈치를 보고 있는 영주들이 있었다. 그들의 5만의 병력이, 제국이 비어 있는 동안 어떤 식으로 행동할지 장담할 수가 없었다. 그러니 적어도 5만은 제국 안에 남아 있어야 했다.

잠시 고민한 끝에 베르무크가 바록을 향해 말했다.

"네가 제국에 남아 나머지 병력들과 상황을 통제해라."

"네? 저는 베르무크 님을……."

"지금은 양쪽 일을 한꺼번에 처리하기가 힘드니 어쩔 수 없다. 우리는 지금 당장 관문을 넘는다. 너는 남아서 추가로 3만의 병력을 더 출발시키고 나머지는 제국 내의 돌발 상황에 대비해라."

바록이 급히 고개를 끄덕였다.

"그렇다면 저는 남아서 나머지 영주들을 포섭하도록 하겠습니다."

"추가 파병은 네 판단에 따라 하도록."

"예!"

큰 소리로 대답하는 바록에게서 시선을 뗀 베르무크가 세피테론 공작을 향해 말했다.

"병력들을 당장 출발시켜라."

해가 지고 있는 시간에 병력이 출정을 한다는 것은 이례적인 일이다. 하지만 세피테론 공작 역시 상황이 시급하다는 사실을 알고 있었다.

그 시급한 상황은 황제를 배신하고 베르무크에 붙은 자신에게도 적용되는 것이었다. 혹여 일이 잘못되어 모든 것이 수포로 돌아갈 경우, 이번 일에 가담한 모든 영주들은 죽는 것은 당연하고 대륙의 역사에 영원히 매국노로 남을 것이 분명했다.

세피테론 공작은 저도 모르게 부르르 몸서리를 쳤다. 절대 있어서는 안 될 일이었다. 당장 출발해야 했다.

하지만 한 가지 문제가 있었다.

"당장 출발하기에는 조금 문제가 있습니다."

"문제라니?"

"보급이 충분하지가 않습니다."

지금 이곳에 모인 병력들은, 모두가 제국을 차지하기 위해 출정을 준비하고 있던 병력들이었다. 이미 준비가 완료된 상황이라, 명령이 떨어진 즉시 달려올 수 있었던 것이다.

하지만 급하게 달려온 만큼, 기존의 것 외에 더 많은 준비를 하지 못했다. 써클루스가 제국을 차지하기 위해 벌이는 전쟁에 그리 많은 시간이 걸리지는 않을 거라 생각했기에, 준비해 놓았던 물자 역시 아주 많지는 않았던 것이다.

물론, 영지에는 군량을 포함한 물자들이 더 있었다. 하지만 비축해 놓았던 군량을 전장에 투입하는 것은, 꺼내기만 하면 되는 것이 아니다.

"일단 그대로 출정하고, 차후에 따로 병참선을 확보한다. 또한 모자라는 물자는 현지에서 조달한다."

물자의 현지 조달, 즉 약탈을 하라는 말이었다. 전쟁이 끝난 후, 해당 지역을 다스릴 때 반감이 생기면 그만큼 힘들기 때문에 어지간해서는 약탈은 자제를 하는 것이 대부분의 흐름이었다. 그럼에도 불구하고 약탈을 명하는 것은 그만큼 급하다는 뜻이다.

세피테론 공작이 세론드 관문 쪽으로 시선을 돌리며 큰 소리로 외쳤다.

"전군 출정 준비!"

페텐 항구는 그로니스 제국 서부 해안선의 북쪽 끝에 위치해 있었다. 규모 자체는 그리 크지 않았지만, 어지간히 큰 배라 해도 정박할 수 있는 시설은 갖추고 있는 곳이었다.

그 페텐 항구의 북쪽 끝 선착장에 한 척의 상선이 정박해 있었다. 뱃머리 한쪽에 커다랗게 각인되어 있는 글자는 '메일린'. 리카이엔과 카이스가 조직한 선단 소속의 상선 중 하나로, 얼마 전까지는 데릭과 힐더 부부, 그리고 세이나가 선상 생활을 했던 배였다.

그리고 지금은 리카이엔과 카이스가 먼 뱃길을 위해 승선 중이었다.

"이제 슬슬 출발을 해야겠는데?"

우뚝 솟아 있는 돛대에 등을 기댄 채 리카이엔이 나른한 표정으로 말했다. 그리고 대답한 사람은, 갑판의 난간에 기대 앉아 있는 붉은 머리의 사내. 그로니스 제국의 황제 크리온테스였다.

"아직 안 된다. 일이 안전하게 마무리 된 걸 확인해야만 한다."

조금 신경질 적인 표정으로 말하는 크리온테스의 모습에 리카이엔이 입맛이 쓰다는 듯 인상을 찡그리며 말했다.

"야, 어째 실수한 거 같지 않냐?"

방금 얘기를 나눈 크리온테스가 아닌, 갑판 위에 온몸을 활짝 펴고 누워 있는 카이스를 향해 한 말이었다.

카이스는 조금도 일어날 생각이 없는 듯, 누운 자세 그대로 눈동자만 치켜올린 채 나른한 표정으로 말했다.

"지랄, 한사코 말려도 귓등으로도 안 듣던 놈이!"

크리온테스와의 연합에 대한 이야기였다. 제국 황제의 폭급한 성질에 관한 소문 때문에, 카이스는 크리온테스와 손을 잡는 것에 대해 꽤나 부정적인 반응을 보였었다.

하지만 리카이엔은 그런 카이스의 말을 귀담아 듣지 않았다. 이야기를 한 시점의 문제였다.

"얘기 끝난 다음에 말하면 뭐하나?"

"대뜸 악수한 놈이 할 말은 아닌 거 같은데?"

"크큭, 그렇기는 하지. 그래도 그때는 이딴 식으로 나올 줄 몰랐다."

"이것들이 감히!"

두 사람의 대화에 불쑥 끼어들어 고함을 친 사람은, 두 사람의 이야기 '대상'인 크리온테스였다.

리카이엔이 힐끔 크리온테스 쪽으로 시선을 던지며 말했다.

"어차피 대접해 줄 걸 바라지도 않았으면서 뭘 새삼스레."

그리고 카이스가 그 말을 받았다.

"그러게, 이제 좀 적응할 때도 된 거 같은데."

"크윽!"

크리온테스가 이를 악문 채 리카이엔과 카이스를 노려보았지만, 두 사람은 여전히 피식 웃을 뿐이었다. 그리고는 더 이상 이야기할 거리도 없다는 듯, 나른한 표정으로 눈을 감아 버렸다.

두 사람만의 긴장 풀기였다. 조만간 시작될 싸움에 대비해, 신경의 긴장감을 최대한으로 느슨하게 만들어 두는 것이었다. 지난 정복전쟁을 거치면서 자연스레 몸에 밴 습관 같은 것이었다.

하지만 괜히 그 속에 끼어서 이리저리 놀림을 당한 크리온테스로서는 참기 어려운 일이었다.

"이, 이놈들⋯⋯!"

크리온테스가 원한에 찬 목소리로 말을 짓씹었다. 하지만 딱히 뭐라고 할 얘기가 없었다.

"지금은 손을 잡았지만, 모든 일이 끝난 후에도 우리가 손을 잡은 거라고 생각하지는 마라!"

결국 한다는 얘기가 '나중에 두고 보자.' 류의 이야기였지만, 당장 할 말이 그것밖에 없었으니 어쩔 수가 없었다.

그때 누군가 갑판 위로 불쑥 뛰어올랐다.

"폐하!"

나지막한 목소리로 외치며 크리온테스 앞에 부복하는 이는, 황제의 의전관인 아르티스였다. 그는 의전관인 동시에 황혼의 기사단 소속으로서 황제의 연락관 역할을 해 왔었다.

크리온테스가 난간에 기대고 있던 상체를 세우며 잔뜩 긴장한 표정으로 물었다.

"모두 무사히 넘어갔느냐?"

"예, 서부와 남부의 병력들을 출항을 했고, 동부는 이미 국경을 넘었습니다."

"손실은?"

"어쩔 수 없이 발생한 병력과 물자의 손실 외에는 없습니다."

신경 줄을 잔뜩 죄고 있던 긴장이 일시에 풀어지는 기분이었다. 모르는 사이에 제국의 절반 정도가 다른 세력에게 넘어간 후, 그가 절대적으로 신뢰할 수 있는 영주들은 대략 1/3 정도였다. 크리온테스의 입장에서는 더 없이 소중한 병력들. 그들이 모두 무사히 제국을 빠져나갔다는 말에 겨우 마음이 편안해진 것이었다.

"잘됐군. 수고가 많았다."

"해야 할 일을 했을 뿐입니다."

두 사람의 대화가 끝이 나자 리카이엔이 말했다.

"그럼 이제 출발해야지?"

어느새 자리에서 일어나 그렇게 말하는 리카이엔의 눈에서는 형형한 안광이 쏟아져 나오고 있었다. 방금까지 난간에 기대 나른한 표정을 짓고 있던 그의 모습은 어디에도 찾아볼 수가 없었다. 물론, 카이스 역시 마찬가지.

크리온테스가 천천히 몸을 일으키며 고개를 끄덕였다.

"가자."

Chapter 3.

기습

경사가 심하지 않아도 그 길이가 아주 길어지게 되면, 그 경사의 정점은 꽤나 고지대에 속하게 된다. 그런 완만하지만 긴 경사로 이루어진 언덕 위에 한 채의 거대한 성채가 그 위용을 드러내고 있었다.

남쪽 언덕은 경사가 완만하지만, 뒤쪽은 꽤나 급한 경사로 이루어진 이 성채는 브렌 왕국의 파베이론즈 백작의 성이었다.

파베이론즈 백작령은 브렌 왕국 서부에 위치한 영지로, 델로스 왕국과 국경을 맞대고 있던 과거의 브렌 왕국 서부 관문인 세르오넨 요새와 지척에 위치해 있었다. 그런 지리적인 이점 덕분에, 델로스 왕국과 브렌 왕국 사이의 물류의 중심지 역할을 해 왔다. 물론 그 역할을 통해 파베이론즈 백작가는 오랜 세월 막대한 부를 쌓아 올 수 있었다.

지금은 정복전쟁을 통해 델로스 왕국이 사라졌지만, 여전히 파베이론즈 백작령은 물류의 중심이었다. 오랜 세월 수많은 상인들의 기착지 역할을 해 온 덕분에, 여전히 많은 상인들이 이곳에 머물다 가기 때문이었다.

물류의 중심이라는 말은 많은 사람들이 오간다는 뜻이고, 그렇게 사람의 왕래가 잦은 곳에는 숙박과 함께 필연적으로 발달하는 두 가지가 있었다. 술과 여자였다. 그리고 그 두 가지는 반드시라고 해도 좋을 정도로 밤의 문화였다.

여자들의 짙은 향수 냄새와 술 냄새가 어우러진 거리, 파베이론즈 성의 명물인 도델 거리였다.

깊은 밤이지만 대낮처럼 환하게 불이 밝혀져 있고, 곳곳에서 과장되게 호탕한 사내들의 웃음소리와 여자들의 교성이 섞여 들려왔다.

제법 큰길 위로 걷는 대부분의 사람들은, 여자나 남자 할 것 없이 비척거리는 걸음으로 퀭하니 풀어진 눈동자를 움직이고 있었다.

그런 길 위로 묘하게 눈에 띄는 이들이 드문드문 보였다.

일정한 보폭으로 곧게 뻗어가는 걸음이 그러했고, 흔들리지 않고 바르게 펴져 있는 상체와 또렷하게 초점이 잡힌 정기 가득한 눈동자가 그러했다.

본래 다르다는 것은 배척을 받기 마련, 이런 시간에 멀쩡한 정신으로 걷는 그들을 향해 술에 취해 비틀거리며 거리를 걷던 이들의 시선이 곱지 않은 것은 당연한 일이었다. 하지만 그것도 잠시, 이내 눈길을 거두고 자신이 갈 길로 힘겨운 걸음을 옮겼다.

그때 갑자기 소란이 일었다.

"으히히, 언니! 어디 가는 거야? 나하고 놀자니까!"

웬 덩치 큰 사내가 큼직한 손으로 한 여자의 어깨를 붙잡고 혀 꼬부라진 목소리로 외쳤다. 하지만 여자는 대꾸할 가치를 느끼지 못한 듯, 어깨에 올려진 손을 쳐 내며 옆으로 비켜 걸었다.

"어어? 저, 저년이!"

생각지 못한 거절에 화가 난 사내가 여자의 뒤통수를 노려보며 험한 말을 토해 냈다. 하지만 여자는 뒤도 돌아보지 않은 채 여전히 제 갈 길을 걷고 있었다.

그런 여자의 걸음걸이 역시 이 시간의 이 거리에서는 보기 힘든 곧은 걸음이었다.

"거기 서!"

버럭 소리를 지른 사내가 비틀거리는 걸음을 재게 놀리며 여자를 향해 달려들었다.

턱!

손등이 털로 뒤덮인 손이 여자의 어깨를 잡는 순간.

"어어!"

갑자기 당혹스러운 외침이 터져 나왔다. 방금까지 기세 좋게 욕을 해 대던 사내의 목소리였다.

콰아앙!

그리고 다음 순간, 커다란 소리와 함께 사내는 땅바닥을 나뒹굴고 있었다.

"처먹었으면 곱게 자라, 응?"

여자가 짜증 섞인 목소리로 툭 내뱉으며 다시 걸음을 옮겼다. 거리로 나와서 벌써 다섯 번째 겪는 일이었다.

"왜 하필 여기야?!"

여자가 눈에 보이지 않는 누군가를 향해 원망 섞인 푸념을 터트렸다. 그때 여자의 곁으로 누군가 다가와 말했다.

"크흐흐, 왜 그래? 좋구만!"

장신에 속하는 키에 떡 벌어진 어깨를 가진 남자였다. 여자와 마찬가지로 곧게 걷고 있는 남자는 다름 아닌 볼프.

볼프는 사방으로 시선을 돌리며 키득거리고 있었다. 그런 그의 시선이 향하는 곳에는, 도델 거리의 여자들이 나른한 표정으로 벽에 기대 서 있었다. 그녀들은 대부분 반쯤은 헐벗은 옷차림을 하고 있었다.

"쯧쯧, 잘하는 짓이다. 니가 이럴까 봐 다른 데로 하자고 한 건데……."

그리고 안쓰럽다는 표정으로 고개를 설레설레 젓고 있는 여자는 율리아였다.

"쿵, 니가 뭔 상관이냐?"

볼프가 피식 웃으며 율리아의 말을 무시했다.

그리고 어느새 두 사람의 주위 풍경이 변하고 있었다. 밤이라는 것을 인식하기 힘들 정도로 밝혀져 있던 거리는 어느새 어두워졌고, 왁자한 소음들도 꽤나 멀어져 있었다.

"이제 나왔으니 정신 차려라, 응?"

"쩝, 그래야겠네."

볼프가 아쉽다는 표정을 지으며 어깨를 으쓱거렸다.

도넬 거리를 벗어난 후, 대로를 따라 한 참을 걷고 여러 번 갈림길을 돈 끝에 두 사람은 한 길목 모퉁이에 멈춰 섰다.

앞서 걷던 율리아가 모퉁이에서 고개만 삐죽 내민 채 가려는 방향을 살폈다.

파베이론즈 백작令의 중심지, 백작의 내성 정문이 눈에 들어왔다. 꽤나 거리가 떨어져 있었지만, 정문은 물론이거니와 내성벽 곳곳에 횃불을 밝히고 있는 탓에 또렷하게 확인할 수가 있었다.

그때 뒤쪽에서 누군가의 목소리가 들렸다.

"빨리 왔군."

익히 아는 목소리, 안톤의 목소리였다.

율리아가 대뜸 손을 내밀며 대답했다.

"흥, 단장님이 늦게 오신 건 아니고요?"

안톤의 뒤에는 페르온과 톰, 잭을 포함한 프로커스 백작령 소속의 기사 50여 명이 모여 있었다.

"아무튼 일단 받아라."

안톤을 별다른 대답 없이 불쑥 내밀어진 율리아의 손 위에 기다란 물건을 내려놓았다.

율리아가 애용하던 장궁과 한 다발의 화살이 들어 있는 전통이었다.

익숙한 손길로 활대를 구부려 시위를 건 율리아가, 가볍게 시위를 당겨 보더니 이내 전통을 엉덩이 위에 걸었다.

"그럼 시작할까요?"

안톤이 뭐라고 대답을 하기도 전에 율리아가 벽을 딛고 위로 뛰어올랐다. 두세 번 도약을 하는 사이, 율리아는 몸을 기대고 있던 집의 지붕 위에 올라서서 화살을 건 시위를 당기고 있었다.

그 모습을 확인한 안톤이 모여 있는 기사들을 향해 나지막한 목소리로 말했다.

"율리아의 화살을 신호로 움직인다. 특별한 명령 없이 각자 정해 준 대로 임무를 수행한다!"

화살을 머금은 시위가 팽팽한 긴장감을 뿜어 올렸다.

끼이이익!

거의 부러질 듯 휘어진 활대가 비명을 토해 내는 순간.

쉬욱!

날렵한 파공성이 정적에 휩싸인 밤공기를 뒤흔들었다.

"크어어억!"

갑작스러운 소리에 움찔하던 경비병이 갑자기 비명을 지르며 쓰러졌다.

"무슨!"

쉐엑, 푹!

또 한 명의 경비병이 깜짝 놀라 어정쩡한 자세로 동료를 바라보는 찰나, 또 한 대의 화살이 날아와 경비병의 목을 꿰뚫었다.

"끄허어어억, 적……!"

털썩!

순식간에 두 구의 시체가 만들어지는 순간, 모퉁이 밖으로 뛰쳐나간 50여 명의 기사들은 이미 정문 앞에 도착해 있었다.

"적이다!"

"잡아라!"

갑작스러운 소음에 내성벽의 순찰을 돌던 경비병들이 달려왔다. 공시에 성벽 위쪽에서 한 층 더 밝은 불이 피어올랐다. 하지만 볼프의 철창이 이미 정문을 두드리고 있었다.

요란한 소리와 함께 활짝 열린 문 안으로 50여 명의 기사들이 쏟아져 들어갔다.

깨끗한 벽 위로 뜨거운 선혈이 뿌려졌다. 난잡한 바람에 이리저리 흔들리는 불꽃의 어지러운 그림자가, 주르륵 벽을 타고 흘러내리는 핏줄기 위로 드리우면서 을씨년스러운 광경은 자아냈다.

그리고 그 위로 덧씌워지는 단말마의 비명.

"크아아악!"

우당탕!

복도에 서 있던 커다란 장식물과 함께 피를 뿜으며 나뒹구는 이는 파베이론즈 기사단의 기사였다.

"훅, 훅!"

율리아가 거친 숨을 몰아쉬며 복도를 가득 메운 채 검을 겨누고 있는 기사들을 노려보았다. 그리고 그녀와 등을 맞댄 채 어깨를 들썩이며 애써 호흡을 가다듬는 이는 안톤이었다.

"제길, 어떤 놈이 날 여기로 보낸 거야!"

주춤거리며 다가오지 못하는 기사들을 노려보며 율리아가 투덜거렸다. 대답은 그녀의 뒤에서 들려왔다.

"쯧, 앞에 사람 세워 놓고 놈놈거리는 건, 좀 아니지 않나?"

"키킥, 앞은 아니야. 등 뒤지."

"말장난 할 시간에 움직여. 어서 못 끝내면 계획이 통째로 뒤집어진다!"

"안다, 알아. 한다 해, 단장 놈아!"

버럭 소리를 지르며 율리아가 바닥을 박찼다. 거센 진각과 함께 앞으로 튀어나가는 율리아의 손에는, 온통 검은색의 철봉이 들려 있었다.

타악!

두 번째 바닥을 박차는 순간, 철봉이 횡으로 커다란 궤적을 그려냈다. 그 휘두르는 힘을 이기지 못한 탓인지 철봉이 거의 부러질 듯 구부러지는가 싶더니, 어느새 본래의 곧은 상태로 돌아갔다.

콰콰콰콱!

휘두르는 힘에 철봉의 격한 탄성이 더해지며 더할 수 없는 괴력을 만들어 냈다.

철봉을 막기 위해 황급히 뻗어 나가던 롱소드들이 통째로 한쪽으로 밀리는 사이, 철봉은 이미 가장 선두 열에 있던 기사들의 옆구리를 후려치고 있었다.

와장창창!

기사들의 갑옷이 단단한 바닥과 부딪치며 요란한 소음을 토해 냈다. 그사이 율리아는 다시 한 발 바닥을 박차고 앞으로 쏘아져 나갔다.

우직, 우지직!

"커억!"

굵은 비명과 함께 바닥을 나뒹굴던 기사들이 그대로 눈을 감았다.

"후우!"

율리아가 재빨리 호흡을 정돈하는 동시에 허공을 향해 철봉을 휘둘렀다.

'이제 완전히 손에 익은 것 같군!'

율리아는 속으로 그런 생각을 하며 만족스러운 미소를 지어 보였다. 손에 들린 검은 철봉을 두고 하는 생각이었다.

철봉은 오직 율리아를 위해 특별히 제작된 무기였다. 여러 종류의 금속들을 섞어 주조한 것으로, 뛰어난 탄성을 가진 물건이었다. 이 철봉의 양쪽 끝에 특별히 꼬아 만든 튼튼한 줄을 걸어 구부리면, 하나의 장궁이 되는 물건. 철봉의 정체는 율리아의 장궁이었던 것이다. 그녀의 특기인 궁술과 기사단의 공통된 특기인 창술을 모두 사용할 수 있도록 고안된 물건이었다.

처음 리카이엔이 그녀에게 이 물건을 건네주던 당시만 해도, 그녀는 꽤 난감해할 수밖에 없었다. 리카이엔이 가르친 창술은 힘을 위주로 하는 직선적인 창술이었기에, 탄성이 좋은 철봉으로 그 창술을 사용하는 것은 상당히 힘든 일이기 때문이었다.

하지만 그냥 포기하기에는 꽤 아까운 물건이었다. 두 가지 무기를 동시에 들고 다녀야 하는 번거로움도 없을 뿐더러, 시위를 걸어 활로 만들었을 때의 성능이 아주 마음에 들었기 때문이었다.

그런 그녀에게, 리카이엔은 '열심히 잘해 봐.'라는 아주 간단한 조언을 던진 채 사라져 버렸다. 그리고 그녀는 리카이엔에 대한 원한을 곱씹으며 철봉을 휘둘렀다.

자신이 휘두른 철봉에 수도 없이 온몸을 구타당하기를 근 1년, 율리아는 문제의 철봉을 완벽하게 다룰 수 있게 되었다. 그리고 지금 그녀 앞에 널브러져 있는 십여 명의 기사들이 원한을 곱씹으며 매진한 수련의 결과였다.

꽈지지직!

한 번 휘두를 때마다 꼬박꼬박 한 명씩의 기사가 온몸으로 벽을 향해 쇄도했다.

탄성을 가득 품은 채 휘둘러지는 철봉의 힘은, 프로커스 백작령의 어지간한 남자 기사들이 휘두르는 철창보다 훨씬 강했다.

"끄억!"

두 명의 기사가 동시에 몸을 날리던 중, 제대로 검 한 번 휘둘러 보지 못한 채 기묘한 각도로 옆구리를 꺾으며 고꾸라졌다.

후우웅!

그 순간, 그녀를 향해 날아드는 거대한 압력. 한 자루 거대한 핼버드가 그녀의 머리 위에서 수직으로 떨어져 내리고 있었다.

"흡!"

잔뜩 기세를 올리며 신나게 철봉을 휘두르던 율리아가 헛바람을 들이켰다. 피하기에는 늦은 시간. 황급히 철봉을 들어 올려 보지만, 시간 안에 머리 위까지 가기에는 팔의 움직임이 너무 더뎠다.

"젠장!"

질끈 눈을 감는 순간!

퍼어어엉!

갑자기 머리 위쪽에서 폭음과 동시에 화끈한 열기가 터져 나왔다.

"악!"

율리아가 비명을 내지르며 팔짝팔짝 뛰며 황급히 머리를 털어 댔다. 허공에서 폭발한 불꽃이 머리 위로 떨어진 탓이었다.

"똑바로 안 하냐!"

버럭 소리를 지른 곳은 그녀의 뒤쪽, 안톤이 있는 곳이었다. 위급한 그녀를 구한 것은 다름 아닌 안톤의 마법이었던 것이다.

"저건, 구해 줘도 지랄이다!"

버럭 소리를 지른 안톤이 자신이 상대하던 기사들을 향해 순간적으로 오른손을 뻗었다.

쩌저정!

"으허억!"

기사들의 다급한 외침이 이구동성으로 터져 나왔다. 갑자기 발밑의 바닥이 빙판으로 바뀐 탓이었다.

와장창창!

갑작스레 발에 미끄러진 기사들이 하릴없이 요란하게 바닥을 뒹굴며 서로 뒤엉켰다.

그사이 안톤이 율리아와 나란히 서며 외쳤다.

"마무리 하자!"

"진작 했어야지!"

서로 한마디씩 큰 소리로 주고받는 순간, 두 사람의 손이 동시에 앞으로 뻗어 나갔다.

최악, 화르륵!

이번에는 불이었다. 율리아가 전통 아랫부분을 뒤집어 그 속에 담아 두었던 기름을 뿌리는 순간, 안톤이 그 위로 불똥을 튀긴 것이었다.

온통 쇠로 만든 갑옷을 입은 채 거센 불길 위에 선다는 것
은, 한마디로 죽음 같은 열기의 지옥이다. 전신에 걸치고 있
는 갑옷이 뜨거운 열기에 달궈지는 순간, 온몸을 인두로 지지
는 것과 다름없는 상황이 되는 것이다.

보통의 불이라면 그렇게 되는데 시간이 걸리겠지만, 마법
으로 그 열기를 최대한 끌어 올린 불이라면 그야말로 순식간
의 일이었다.

"끄아아아악!"

온몸을 지져 대는 듯한 고통에 기사들이 바닥을 뒹굴며 몸
부림친다. 그리고 안톤과 율리아는 바닥을 박차고 불길을 뛰
어넘고 있었다.

복도의 끝에는 파베이론즈 백작의 방이 있었다.

화르르르륵!

건물 곳곳에 뚫려 있는 네모난 창문으로 시뻘건 불줄기가
혀를 날름거리고 있었다. 거대한 건물 위로는 메케한 잿빛 연
기가 쉴 새 없이 하늘로 올라가고 있었다.

"불이야!"

곳곳에서 경악에 찬 외침이 터져 나왔다.

"사람 살려!"

아직 타지 않고 있는 1층의 문에서 쉴 새 없이 사람이 쏟
아져 나오고 있었다.

"네놈들의 짓이더냐!"

그중 기사의 제복을 입은 한 사내가 버럭 호통을 터트리며 몸을 날렸다. 그런 기사의 손에는 시퍼렇게 날을 벼린 한 자루 롱소드가 들려 있었다.

그리고 기사가 롱소드를 휘두르며 쇄도한 곳, 그곳에는 한 무리의 사내들이 횡으로 나란히 서 있었다. 정확하게는 불길과 거리를 둔 채, 건물 전체를 둥글게 둘러싸고 있는 사내들이었다.

쉐에엑, 푸욱!

갑자기 들려온 싸늘한 파공성이 순식간에 기사의 명치 어림을 뚫고 지나갔다.

기사가 갑자기 힘을 잃은 듯, 몇 걸음 더 떼지 못한 채 그 자리에 풀썩 쓰러졌다.

"불을 낸 놈들이다!"

"죽여라!"

기사의 뒤로 병사들과 다른 기사들이 우르르 달려 나갔다. 하지만 이내 어디선가 날아든 화살과 건물을 둘러싸고 있는 사내들의 롱소드에 피를 뿌리며 고꾸라질 뿐이었다.

그런데 묘한 부분이 있었다. 무기를 뽑아 들지 않고, 덤비지 않는 자들에게는 당연하다는 듯 길을 터 주는 점이었다. 덤비는 이들에게 일말의 여지도 없이 죽음을 안겨 주는 것과는 참으로 대조적인 모습이었다.

마치 사신이라도 된 듯 살벌한 기운을 줄줄이 뿜어내며 건물을 둘러싸고 있는 사내들. 그들의 정체는 총 다섯 개 용병대의 연합이었다.

그중 연합의 수장인 쥴리언은 연방 뒤쪽의 하늘을 살펴보았다.

'때가 됐는데……'

습관적으로 검의 손잡이를 만지작거리는 쥴리언의 얼굴에는 조급함이 드러나 있었다.

'도대체 언제 나오는 거냐!'

지금 다섯 개 용병 연합이 포위하고 있는 건물은, 브렌 왕국 중남부에 위치한 루다스 자작의 내성이었다. 그리고 그들이 기다리는 이는 당연히 루다스 자작이었다.

'설마 다른 비밀 통로가 있는 건……?'

쥴리언의 머릿속으로 괜히 불길한 생각이 스치고 지나갔다. 눈앞의 건물은 이미 메케한 연기로 가득 차 있었다. 만약 저 안에서 버티고 있다면 이미 질식해 죽었을 터.

하지만 앉아서 죽기를 기다리는 바보가 아닌 이상 루다스 자작은 비밀 통로를 통해 밖으로 빠져나갔을 것이 분명했다. 그리고 그 예상대로 되었다면 저쪽 비밀 통로의 출구에서 기다리고 있을 마벤의 용병대가 신호를 보냈을 것이다.

그런데도 아직까지 신호가 없으니 쥴리언은 자연스레 제2의 비밀 통로에 대해 생각할 수밖에 없었던 것이다.

그때였다.

삐이이이익!

뒤쪽 저 먼 곳에서 요란한 소음이 하늘 높이 치솟았다. 황급히 고개를 돌려보니 불꽃 하나가 하늘 높이 솟구치며 울어대고 있었다. 화살대에 피리를 매단 화살의 촉에 불을 붙여 쏘아 올린 것이다.

그리고 그것을 본 쥴리언의 얼굴이 처참하게 구겨졌다.

"제기랄!"

소리만 올라간다면 성공 신호, 불꽃과 함께 올라간다면 실패의 신호였다.

"어쩐지 나오는 놈들이 죄다 잔챙이다 싶었다!"

버럭 소리를 지르는 동시에 쥴리언이 몸을 날렸다. 그리고 건물을 감싸고 있던 용병들 역시 그 신호를 확인한 듯, 특별한 명령이 없었음에도 불구하고 일제히 쥴리언의 뒤를 따라 달리기 시작했다.

"이래서 그놈한테 맡기기 싫었던 건데!"

인상을 구긴 채 불만스럽게 중얼대는 쥴리언의 머릿속에, 마벤의 얼굴이 스치고 지나갔다.

'젠장, 그 자식!'

조금 전 루다스 자작의 내성을 감싸고 있던 다섯 개 용병대, 그리고 비밀 통로의 출구에서 루다스 자작을 기다리던 마벤 용병대는 모두 리카이엔에 의해 조직된 집단들이었다.

리카이엔은 비밀리에 병력을 늘리기 위한 방편으로, 자신의 병력을 용병으로 만들어 대륙 각지에 흩어 놓았었다. 그러던 중 써클루스와의 싸움을 준비하는 과정에서 그들을 모두 브렌 왕국으로 불러 모았다.

1년 전, 대륙 각지에서 갑자기 모습을 감췄던 용병대들이 바로 리카이엔의 비밀 병력이었던 것이다.

그리고 리카이엔이 잠적을 하면서 그들 역시 카론 상회로 들어갔다가, 이번에 리카이엔이 움직이면서 그들도 원래의 용병대로 돌아온 것이었다.

'그 자식 돈맛을 너무 봤어!'

쥴리언은 1년 전 리카이엔의 명을 받고 집결했을 때부터, 마벤이 마음에 들지 않았었다. 단춧구멍 같은 실눈을 탐욕스럽게 빛내는 마벤의 모습이, 아무리 좋게 봐줘도 병사라기보다는 장사꾼에 가까웠기 때문이었다.

눈빛이 변했다는 말은 마음가짐이 변했다는 뜻. 더 이상 병사로서의 마음가짐을 가지고 있지 않은 자에게 임무를 맡기는 것은 엄청난 불안 요소를 끌어안는 짓이었다.

그럼에도 불구하고 마벤의 용병대에 비밀 통로 출구를 맡긴 것은, 그가 데리고 있는 용병대가 가장 규모가 컸기 때문이었다. 혹시나 모를 상황이 된다면 두 개 이상 집단의 연합보다는, 단일 단위의 집단이 더 좋기 때문이었다. 물론, 그렇게 우긴 것은 마벤이었다. 가장 큰 공을 세울 수 있는 자리를 노리고 그렇게 우겨 댄 것이었다.

그리고 지금 그 결과가 쥴리언의 눈앞에 펼쳐졌다.

"이 멍청한 새끼!"

가슴 부위의 갑옷이 쩍 갈라져 그곳에서부터 간헐적으로 피를 뿜어내고 있는 마벤의 안색은 이미 새하얗게 변해 있었다. 출혈이 너무 심해 더 이상 가망이 없는 모습.

"사, 살려 줘……!"

마벤이 부들부들 떨리는 손을 힘겹게 들어 올리며 힘을 쥐어짜 외쳤다. 하지만 쥴리언은 더 이상 그를 향해 시선을 주지 않았다.

재빨리 눈동자를 움직여 상황을 판단했다.

마벤 용병대의 용병들과 루다스 자작령 기사들의 시체가 뒤엉켜 있었다. 용병들의 시체도 많았지만, 기사들의 시체 또한 비슷한 숫자.

좁은 비밀 통로의 입구나 주변을 둘러싸고 있는 빽빽한 숲은 말이라는 이동 수단을 이용하는데 제약이 되는 부분이었다. 즉, 루다스 자작은 자신의 발로 움직이고 있을 터.

무재보다는 문재가 뛰어난 루다스 자작의 발로는 그리 멀리가지는 못했으리라.

"흔적을 찾아!"

쥴리언의 외침과 동시에 용병들이 일사불란하게 주변으로 퍼지며 땅바닥을 훑었다.

"북쪽입니다!"

한 용병의 확신에 찬 외침이 터져 나오는 순간, 다른 용병 하나가 외쳤다.

"동쪽으로도 흔적이 있습니다!"

"양동인가?"

위급한 상황이라는 것을 감안하면 적절한 선택이었다. 하지만 이쪽의 머릿수를 생각하면 그다지 큰 효과는 없다고 보아야 했다.

"절반은 동쪽으로, 나머지는 나를 따라와!"

명령이 내리는 동시에 쥴리언은 북쪽을 향해 몸을 날렸다.

'역시!'

아직 조급한 감이 남아 있던 쥴리언의 표정이 조금 누그러졌다. 숲 저 멀리 몇 개의 횃불이 움직이는 것이 보였기 때문이었다.

그리고 쥴리언의 표정이 누그러진 이유는 또 하나 있었다. 아주 순간적이기는 했지만, 횃불의 불빛에 반사되어 무언가 붉은 빛이 번쩍였던 것이다.

날선 무기의 빛이 아니었다. 보석, 장신구의 반사광이었다. 그리고 이런 상황에 장신구를 달고 있을 기사는 없다. 이런 상황에 기사가 아니라면 생각할 수 있는 사람은 루다스 자작 본인이거나 그의 가족들.

위급한 상황에서 양동을 펼쳤다면 좀 더 전력이 강한 쪽이 자작과 동행을 할 것이다. 그리고 전력이 약한 쪽에 자신의 가족을 보내지는 않았을 터.

저 횃불이 있는 곳에 루다스 자작이 있는 것이 분명했다.

그때 횃불들이 갑자기 주춤거리며 우왕좌왕하더니 황급히

횃불에 붙을 불을 껐다. 아마 자신들이 오는 소리를 들은 모양이었다.

'이미 늦었어!'

줄리언이 회심의 미소를 지으며 속으로 외쳤다.

"크아악!"

잠시 후, 어두운 숲 속에 단말마의 비명이 울려 퍼졌다.

안톤의 기사단과 줄리언의 용병대가 각각 파베이론즈 백작가와 루다스 자작가를 기습한 그날 밤, 브렌 왕국 곳곳에서 그와 유사한 일이 벌어졌다.

"이런, 머저리 같은 것들!"

루디아의 입에서 험한 말이 튀어 나왔다. 하지만 정작 그 말을 들어야 할 당사자들은 이미 자신의 영지에서 싸늘한 주검이 되어 있었다.

"후우!"

저도 모르게 묵직한 한숨을 내뱉었다.

'제대로 당했군.'

와락 인상을 구겨 보지만, 이미 벌어진 일을 어찌할 방법은 없었다. 놈들은 그야말로 철저하게 준비를 한 듯, 아주 신속하고 조직적으로 일을 끝냈다.

전쟁 후, 브렌 왕국에 종속된 왕국은 모두 셋. 영토가 넓어진 만큼, 영지의 수도 늘어난 브렌 왕국의 총 영주의 수는 대략 250여 명. 그중에서 써클루스가 포섭한 귀족의 수는 80

여 명이었다. 하지만 루디아가 제국에서 브렌 왕국으로 출발할 때 이미 공격은 시작되었고, 브렌 왕국으로 들어왔을 때는 30여 명의 영주들이 당한 후였다.

그야말로 순식간에 벌어진 일이었다. 공격 지점도 중구난방으로 종잡을 수가 없었다. 사라졌던 제국군이 들어온 동부는 말할 것도 없고, 북부와 남부, 서부까지 곳곳에서 일이 벌어졌다.

동부는 황제의 10만 대군이 몰아치며 영지를 하나씩 접수해 나갔다. 그 틈에 다른 곳에서는 기습이 이루어졌다. 어떤 곳은 기사단이, 어떤 곳은 용병대가, 또 어떤 곳은 갑작스러운 병력들이 기습을 행했다.

"어떻게 시기를 안 거지?"

하필이면 써클루스가 제국을 치는 그 시기에 다른 지역에 나타났다는 것은 써클루스의 계획을 사전에 알고 있었다는 뜻이다. 제국의 군대가 넘어온 시기와 맞춰서 움직여야 하기 때문이다.

"놈들이 밀정이라도 심어 놓은 건가?"

루디아의 중얼거림에 비엔이 의구심 가득한 표정으로 도리질을 쳤다.

"만약 그랬다면 이전의 행동들이 납득이 안 가요."

"그렇기는 하지."

만약 놈들이 써클루스 안에 밀정을 심어 놓았다면, 과거에 그런 움직임을 보였을 리가 없었다.

머릿속으로 여러 가지 생각을 떠올리던 루디아가 고개를 저으며 말했다.

"지금 중요한 건, 이 사태를 어떻게 수습하는가 하는 것이다."

"네, 우선은 가까운 세력들끼리 뭉쳐 있으라는 연락은 해 놓았어요."

"잘했다. 하지만 그것도 결국 약간의 시간을 버는 것밖에 안 된다."

"그렇기는 하죠. 놈들 또한 뭉쳐 버리면 답이 안 나오니까요. 그래도 적어도 기습에 당하지는 않을 테니, 우리 쪽에 승산이 있다고 봐야 하지 않을까요?"

"어림없는 소리. 과거 정복전쟁 당시, 프로커스 백작군의 공성전은 거의 실패한 적이 없다."

리카이엔에 대해 이런저런 조사를 꽤 한 덕에 그에 대해서는 잘 알고 있는 편이었다. 하지만 비엔의 생각은 조금 다른 모양이었다.

"그래도 상관은 없지 않을까요?"

"음?"

"어차피 그들에게 프로커스 백작을 죽이는 걸 바라는 건 아니잖아요. 그저 위치만 알아내 줘도 다행이지 않나요?"

"뭐, 그렇기는 하지."

"그러니 앉아서 보고를 기다리는 게 좋지요."

그럴싸한 생각이었다. 어차피 리카이엔을 상대할 수 있는 사람은 써클루스에서도 한 사람밖에 없었다. 바로 마스터인 베르무크. 그 외에는 그를 이길 사람은 없다는 것이 이미 기정사실화 되어 있었다.

그렇다면 어차피 소모품에 가까운 영주들을 리카이엔의 위치를 찾는데 이용해도 문제될 것은 없었다.

그때였다.

"루디아 님!"

밖에서 누군가 애타게 그녀를 부르며 달려왔다.

"무슨 일이냐?"

방 안으로 들어온 이는, 각 영지와의 연락을 총괄하는 갈로드였다.

"그, 그것이 각 영지군으로부터 연락이 왔는데……."

"그런데?"

"물자가 부족하다고 합니다."

"그게 무슨 말이냐? 그럴 리가 있느냐?"

루디아가 이해할 수 없다는 표정으로 고개를 갸웃거렸다.

물자가 부족하다니. 조만간 전쟁이 일어날 거라는 사실을 알고 있었을 텐데, 미리 비축해 두지 않았다는 말인가.

"그게……."

"어서 말해라!"

"예, 그것이 이미 팔았다고 합니다."

"뭐라고?!"

말도 안 되는 일이었다. 팔다니? 전쟁에 대비한 물자들을 왜 판단 말인가?

"두어 달 전에, 카론 상회에서 물자들을 비싼 값에 사들였다고 합니다."

"카론 상회!"

리카이엔이 뒤에서 조종하고 있는 상회였다.

루디아는 속에서 무언가 울컥 치미는 것을 느끼며 버럭 소리를 질렀다.

"그렇다고 전쟁 물자를 팔아?! 그놈들이 제정신이란 말이냐!"

"어차피 길게 갈 전쟁이 아니라는 생각에, 한 달 정도의 분량만을 남기고……."

"이런 미친!"

사실 리카이엔이 끼어들지만 않았다면 다 이긴 전쟁이나 다름없는 것은 맞았다.

갈로드가 기어 들어가는 목소리로 말했다.

"어차피 오래 가지 않을 전쟁이고, 전쟁이 끝나면 새로운 세상이 올 거라는 생각에 그랬다고 합니다."

"도대체 머리에 무슨 생각을 가지고 있었던 게야! 전쟁이 끝나면 물자가 필요 없단 말이냐?"

"비축 물자는 전시에 필요한 것이니, 전쟁이 끝난 후에 다시 채워 두면 된다고…… 생각했다 합니다. 카론 상회에서 보통의 두 배의 가격을 쳐 준다는 말에, 일단 팔고 원래의 가격으로 사면 큰 이익이 남는 일이라고……."

"크윽!"

또 당했다. 리카이엔은 전쟁을 길고 오래 끌 생각으로 영주들의 물자를 미리 빼돌려 버린 것이었다.

"아!"

갑자기 비엔이 비명 같은 외침을 터트렸다.

"왜 그러느냐!"

심기가 불편한 루디아가 날카로운 눈빛으로 비엔을 노려보았다.

"그것이, 이번에 기습을 당한 영주들은 평소에 성 안에서만 몇 년을 버틸 수 있다고 알려진 자들이에요!"

"혹시 그놈들은 물자를 팔지 않았다는 말이냐?"

"그것까지는 확실하지 않지만, 재물을 모으는데 비상한 재주를 가지고 있던 자들인 만큼 순간적인 이득 때문에 물자를 팔지는 않았을 거예요!"

"다시 말해 놈들은 물자가 넉넉한 영지만 골라서 공격을 했다는 뜻인데……. 의도가 뭐지?"

전쟁을 치르는데 물자라는 것은 아주 중요한 요소였다. 그러니 이쪽의 물자를 말려 버리는 것은 어쩌면 당연한 일. 하지만 루디아는 그 외에도 무언가 있을 것 같은 불길한 느낌을 지울 수가 없었다.

그때 한 사내가 황급히 뛰어 들어오더니, 갈로드에게 종이를 한 장 건넸다.

어지간해서는 루디아가 있는 자리에 마음대로 수하가 들어

올 수 없다. 다시 말해 이렇게 뛰어 들어왔다는 말은, 또 다른 사달이 생겼다는 뜻이었다.

예상대로 보고서를 읽는 갈로드의 표정이 새파랗게 질리고 있었다.

"무슨 일이냐?"

루디아가 화를 참지 못하고 물었다.

"해상을 통해 들여오고 있던 물자들이, 약탈을 당했다고 합니다."

"뭐!"

"게다가 중요 항로가 모두 막혔다고 합니다."

"막히다니?"

"갑자기 해적이 출몰한다고 합니다."

설상가상이다. 게다가 하필이면 이런 시기에 해적이라니. 너무나 기가 막힌 타이밍이 아닌가.

"이것도 프로커스 백작, 그자의 짓인가!"

"야, 근데 우리 이래도 되는 거냐?"

카이스가 걱정스러운 표정으로 물었다.

"당연하지. 오히려 이렇게 하는 게 놈이 더 깜짝 놀라지 않겠냐?"

"크크, 그렇기는 하지. 딱 지붕보고 침만 삼키는 개꼴이 될 테니!"

메일린호의 갑판 위, 리카이엔과 카이스가 뭐가 그리 좋은

지 키득거리며 이야기를 나누었다.

그때, 메일린호의 진행 방향 정면에서 한 척의 소형 쾌속선이 이쪽을 향해 빠르게 다가오고 있었다.

"음? 저건 칼비온이 보낸 배 같은데?"

리카이엔의 말대로 다가온 쾌속선은 칼비온의 전령이었다.

"역시 괜히 멋있는 해적이 아니야."

"응?"

"칼비온이 모든 항로를 막아 놨단다."

루디아의 예상대로 해상의 항로를 틀어막고 있는 이는 칼비온이 이끄는 선단이었다. 원래는 물건을 실어 나르는 상선이었지만, 리카이엔의 계획이 시작되는 순간 해적선으로 돌변한 것이었다.

"이 정도면 브렌 왕국 쪽 물자는 말라 버린 우물이나 다름없지. 이미 전쟁이 벌어졌으니 사고파는 것 자체도 불가능하고 말이야."

"아무튼 이 음흉한 놈!"

카이스가 칭찬인지 욕인지 모를 소리를 툭하고 던진다.

"자, 그럼 우리도 서둘러야지."

"그래."

"아참, 황제 씨는?"

"너하고 같이 있으면 재수 없다고 자러 갔다. 깨울까?"

"풉! 아무튼 그 성질 머리. 일단 자라고 해라. 도착하면 깨우지 뭐."

"그래, 어차피 이 바다 위에서 딱히 할 것도 없으니까. 나도 자러 가야겠다. 도착하면 깨워라."

"그래, 푹 자라. 곰탱아."

"이 자식, 그거 하지 말라니까!"

Chapter 4.

황제의 귀환

쉐에엑, 퓩!

갑옷으로 가리지 못한 목 한가운데, 한 대의 화살이 맹렬하게 틀어박힌다. 그리고 뒷덜미 어림에서 삐죽이 튀어나와 시뻘건 빛을 번뜩이는 화살촉.

비명도 없이 한 병사가 그대로 주저앉았다. 목을 꿰뚫은 화살에 이미 숨이 끊어졌다. 하지만 이미 죽었음에도 불구하고 병사는 영면에 들지 못한다.

콰득, 우드득!

죽은 병사의 시체 의로 거친 발자국이 수도 없이 찍힌다. 더러는 피가 쏟아지기도 하고, 어느 병사가 놓친 방패가 떨어지기도 한다.

그리고 마지막에는 또 다른 병사의 시체가 포개진다. 그리고 다시 똑같은 현상의 반복.

곳곳에 시체가 쌓인다. 저 멀리 성벽 위에서 날아드는 화살비는 그칠 기미가 보이지 않았다.

텅, 텅!

방패수들이 커다란 방패를 치켜들고 쏟아지는 화살비를 막아 보지만, 그 역시도 틈은 존재했다.

"커억!"

비명이 터지고 살점이 찢어지고 피가 솟구친다. 그럼에도 불구하고 관문을 넘어온 제국군의 진군은 멈추지 않는다.

우르르르르!

마치 땅에서 천둥이라도 치듯 굉음이 울려 퍼진다. 그 거대한 굉음은 마치 땅이 괴로움에 울부짖는 것 같은 착각을 불러일으킬 정도였다.

와아아아아!

땅이 울리는 소리와 함께 하늘을 뒤덮는 우렁찬 함성.

둥둥둥둥!

그리고 개전 순간부터 끊이지 않고 울려 퍼지는 북소리.

그 모든 소리들이 한데 어우러지며 귀를 먹먹하게 만들고, 심장의 두근거림과 대체된다.

어느새 이성이 천천히 사그라지고, 대신 그 자리를 차지하는 것은 격렬한 투지.

가장 선두의 병사들이 내리 퍼붓는 화살비에 고슴도치가 되어 바닥을 나뒹굴지만, 이미 솟구쳐 오른 투지는 쉬이 꺼질 생각이 없어 보인다.

좌아아악!

앞선 병사에게서 터져 나온 핏줄기가, 뒤따르는 병사들의 온몸을 적시고 코끝이 찡할 정도의 피비린내가 열기와 함께 사방으로 진동한다.

그리고 그 순간, 투지는 다시 살기로 바뀌어 번들거린다.

데론데스 요새. 과거에는 델로스 왕국의 서쪽 국경을 지키던 관문 중 하나였고, 현재는 브렌 왕국의 서부 국경선을 지키고 있었다.

데론데스 요새와 제국의 세론드 관문을 잇는 길은, 두 나라의 국경을 넘는 길 중 가장 폭이 넓게 잘 닦여 있는 곳으로 과거에는 제국과 델로스 왕국의 무역의 중심이었던 곳이다.

하지만 지금은 치열한 전투가 벌어지고 있었다.

오늘의 전투로 인해 이 데론데스 요새에는 기념할 만한 역사적 기록이 또 하나 생기게 된 셈이었다. 왜냐하면, 건설된 이래로 단 한 번도 적의 공격을 맞이한 적이 없는 곳이기 때문이었다.

사실 데론데스 요새가 자리 잡은 곳은, 국경을 지키는 관문의 역할을 하기에는 지리적으로 그다지 좋은 곳이 아니었다. 하지만 뻥 뚫린 대로를 그냥 비워 둘 수는 없었기에, 그나마 가장 좋은 위치에 세워 놓은 것이었다.

하지만 제국군은 좀처럼 데론데스 요새 공략의 실마리를 풀지 못하고 있었다. 평소에는 볼 수 없었던 엄청난 수의 병사들이 요새 성벽에 의지한 채 수성에 전념하고 있었기 때문이었다.

"제국군이로군!"

저 멀리 데론데스 요새의 성벽 위를 주시하던 베르무크가 짜증스러운 목소리로 중얼거렸다. 그의 말대로, 요새에서 자신들을 막고 있는 병사들의 절반 이상은 제국군의 갑옷을 입고 있었기 때문이었다. 즉, 황제와 함께 사라졌던 병력 중 일부가 지금 요새를 지키고 있다는 뜻이었다.

"이쯤에서 나서 주시는 게 좋지 않겠습니까?"

바록이 조금은 조급한 표정으로 말했다.

그도 그럴 것이, 아군이 요새의 성벽까지 도착하려면 아직 꽤나 많은 거리를 이동해야 하기 때문이었다.

베르무크가 고개를 끄덕이며 천천히 몸을 일으켰다.

"지금쯤이면 되었겠지?"

"물론입니다."

전황으로 볼 때, 베르무크는 나서도 이미 훨씬 전에 나섰어야 했다. 하지만 그러지 않은 이유는 오직 하나. 자신의 힘을 제대로 드러내기 위해서였다. 압도적인 강한 힘을 보여 주어야만 누구도 반항하지 못하기 때문이었다.

베르무크의 온몸이, 마치 불타고 있기라도 한 듯, 시커먼 안개 같은 것이 이글거리고 있었다.

"하아아앗!"

베르무크의 외침과 동시에 시커먼 안개가 하늘을 뒤덮었다. 하지만 분명한 방향성을 가지고 있는 안개였다. 바로, 데론데스 요새 성벽을 향해 날아가는 무시무시한 기운.

요새를 향해 진군하는 병사들의 머리를 넘어, 성벽을 향해 곧장 날아가는 검은 안개들. 빠른 속도로 양쪽 사이의 공간을 일축해 버린 검은 안개가 성벽 50m 거리까지 도착한 순간.

"음!"

자신이 펼친 술법을 따라 시선이 옮겨가던 베르무크가 흠칫 신음을 집어삼켰다. 그와 동시에 데론데스 성벽 위에서 갑자기 푸른빛이 터져 나왔다.

하늘을 뒤덮은 검은 안개와 성벽에서 뻗어 나온 푸른 빛줄기가 맹렬하게 충돌한다.

콰지지지직!

시커멓게 뒤덮인 하늘에서 세상이 무너질 듯한 굉음과 함께 사방으로 거대한 압력이 요동치며 빛의 파편들이 우수수 떨어져 내렸다.

"누구냐!"

베르무크의 입에서 신경질적인 외침이 터져 나왔다. 하지만 그것도 잠시, 이내 비틀린 미소를 지으며 중얼거렸다.

"죽여주마!"

"끄으으윽! 스승님!"

프리엘라의 입에서 신음이 새어 나왔다. 반발력으로 인해 온몸이 요동을 치며 참을 수 없는 충격이 육체는 물론 정신까지 괴롭힌다.

"참아라! 우리가 아니면 놈을 막을 수 없다!"

테하스 역시 참을 수 없는 고통에 몸서리치면서도 이를 악물고 버티고 있었다.

두 사람만이 아니다. 테하스와 프리엘라 뒤쪽으로 무려 백여 명의 클리먼들이 벌겋게 충혈된 눈으로 안간힘을 쓰고 있었다. 데론데스 요새 성벽 위에서, 베르무크의 공격을 막아서고 있는 것이었다.

테하스와 프리엘라, 그리고 백여 명의 클리먼들이 서 있는 자리에 그려져 있는 것은 거대한 마법진이었다. 가지고 있는 마나를 한데 모아야만 베르무크의 무시무시한 힘에 대항하는 것이 가능해지기 때문이었다.

현재 이들이 올라서 있는 마법진은, 마법과 술법의 지식이 총망라된 것이었다. 마법으로는 마이스터급이고, 클리머스 역시 상당한 경지에 오른 테하스가 있기에 가능한 방법이었다.

"끄으윽!"

테하스의 입술 사이로 붉은 핏줄기가 비집고 나왔다.

마나를 한곳에 모으기는 하지만, 실제로 그것을 운용하는 사람이 필요했다. 그리고 그 역할을 할 수 있는 사람은 테하스밖에 없었다. 그러다 보니 그녀에게 가장 큰 부담이 걸리는 것은 어쩔 수 없는 일이었다.

"스승님!"

깜짝 놀란 프리엘라가 기겁을 하며 외쳤으나, 테하스는 그녀에게 시선도 주지 않았다. 오히려 벼락같이 호통을 칠 뿐이었다.

"집중해라! 한순간만 방심해도 이곳은 그대로 초토화된다!"

그렇게 외친 테하스가 슬쩍 성벽 아래의 전황을 살폈다. 베르무크의 제국군은 아직까지 제대로 거리를 좁히지 못하고 있다는 사실이 그나마 아주 다행스러웠다.

만약 적군이 가까이 왔다면, 지금 이렇게 무방비 상태로 마법진 안에 서 있는 자신들은 이미 죽은 목숨이나 다름없었다.

콰앙, 콰르르르!

베르무크의 공격은 쉴 새 없이 이어졌다. 한 번 공격을 받아 낼 때마다, 마법진을 구성하고 있는 술사들은 그야말로 온몸이 찢겨 나가는 듯한 고통에 신음을 흘렸다. 하지만 선두에 있는 테하스가 누구보다 고통스럽다는 것을 알고 있기에 모두들 말 한마디 하지 않고 꾹 참는다.

전장의 시간은 지극히 느리다. 그리고 그 시간이 느리면 느릴수록, 더욱더 많은 시체들이 쌓여 간다.

머리가 어지러울 정도로 진동하는 피비린내와 함께 온몸에 으슬으슬 떨릴 정도의 살기가 요동친다.

"후우, 후우!"

테하스는 연방 입으로 거친 숨을 토해 냈다. 하지만 그녀의 얼굴에는 오히려 미소가 떠올랐다.

'수성을 한다는 게 이렇게 다행스러울 수가 없군!'

그렇지 않고 평지에서 전투를 치렀다면 이미 전멸 당했을 게 분명했다.

하지만 마냥 낙관하고 있을 수만은 없었다. 베르무크의 공격은 점점 강도를 더해갔고, 제국군은 아주 조금씩이기는 하지만 쉬지 않고 거리를 좁혀 오고 있었다.

'딱, 하루만 버텨 주시오.'

문득 떠오른 말에 테하스는 저도 모르게 한쪽 입꼬리를 비틀어 올렸다.

"흘흘, 하루 버티는 것도 목숨을 걸어야 할 판이다, 이 버르장머리야!"

하루만 버텨 달라고 말한 사람은 리카이엔이었다.

탁, 타닥!

성벽에 사다리가 걸렸다.

쏴아아아!

제국군도 사정거리에 들어왔는지 쉴 새 없이 활을 쏘아 대기 시작했다.

마법진 앞에 다섯 겹으로 도열해 있는 방패수들이 자신의 몸을 지지대로 쓰면서 거대한 방패를 버티고 있었다.

퉁, 투두둥!

방패를 두드리는 거센 화살 세례에 연방 몸이 떨렸지만 방패수들은 절대 움직이지 않았다. 한곳이라도 뚫리는 순간, 마법진은 무너질 것이고 그 즉시 자신들은 전멸한다는 것을 알기 때문이었다.

"막아라, 몸으로라도 막아!"

마법진을 호위하듯 둘러싸고 있는 기사들이, 넘어오는 화살들을 튕겨 내며 고래고래 소리를 질러 댔다.

"물을 부어!"

"돌을 던져!"

"거기 뭣하냐! 어ㅅ 밀어내!"

성벽 곳곳에서 악어 받친 고함 소리가 울려 퍼진다.

"으아아악!"

비명이 이제는 바로 눈앞에서 들려오고, 역한 피비린내가 진동하기 시작했다.

츄아아악!

뿜어진 붉은 피가 사방으로 비산하며 안개라도 된 듯, 아주 고운 입자가 되어 스멀스멀 내려앉는다.

성벽 아래의 상황은 더욱 처참했다. 위에서 던진 바윗덩이에 형체도 알아볼 수 없을 정도로 짓이겨진 시체, 그 위로는 펄펄 끓는 물을 뒤집어쓰고 온몸이 시뻘겋게 달아올랐다가 서서히 식어 가는 시체가 쌓였다.

그야말로 한 편의 지옥도.

아주 느리면서도 숨 가쁜 시간이 흐른다. 성벽 아래에는 어느새 시체들이 쌓이며 작은 산을 이루기 시작했다. 그리고 성벽 위에도 수성하는 병사들의 시체가 서서히 불어나고 있었다.

쿠르르르릉!

베르무크의 술법과 테하스의 술법은 여전히 하늘에서 요동치며 사방으로 빛을 흩뿌려 댔다.

"쿨럭!"

갑자기 뒤에서 들려오는 격한 기침 소리.

"이런!"

테하스가 저도 모르게 와락 인상을 찡그렸다. 안타까움과 조급함이 뒤섞인 복잡한 표정이었다. 소리가 들린 순간, 마법진을 구성하는 술사 중 한 명이 피를 토하며 죽었다는 사실을 알 수 있었기 때문이었다. 실제로 마법진을 운용하고 있는 그녀다 보니 아주 작은 변화도 민감하게 감지할 수 있었던 것이다.

"끄어억!"

이번에는 비명이 들린다. 그리고 또 한 명이 쓰러졌다.

한 명은 두 명이 되고, 두 명은 네 명으로 불어난다. 마치 약속이라도 한 듯, 차례대로 쓰러져 가는 술사들이 많아지더니, 무려 스무 명이나 그 자리에서 죽었다.

그리고 그 빠진 수만큼 남아 있는 이들에게 가해지던 압력이 한층 강해졌다.

"끄으으윽!"

모두의 입에서 고통스러운 신음이 새어 나왔다.

'정말 하루도 못 버티는 걸까?'

테하스는 갑작스레 엄습해 오는 불안감에 저도 모르게 황급히 도리질을 쳤다.

그리고 또 시간은 흘렀다. 다행인지 불행인지 세상에 영원은 있을 수 없었다. 마침내 해가 지기 시작한 것이었다.

성벽을 물들인 핏물만큼이나 붉은 석양이 내리깔렸다. 이제 눈이 조금씩 어둠에 익숙해져야 하는 시간.

이 시간이 되면 수성 쪽은 더욱 유리하고, 공성 쪽은 더욱 불리해진다.

베르무크의 공격은 여전히 사나웠지만, 테하스가 어떻게든 이를 악물고 버티고 있었다. 이 전투가 끝나면 그대로 죽어도 이상하지 않을 정도로 그녀의 상태는 만신창이였다. 아니, 이 대로 몇 번만 더 베르무크의 공격을 막았다가는, 전투가 끝나 기도 전에 죽음을 맞이할 지도 몰랐다.

그때였다.

두두두두둥!

제국군의 진군을 독려하던 북소리가 갑자기 빨라지기 시작 했다.

북소리의 변화는 곧 전술의 변화. 수성을 하던 병사들의 얼굴에 짙은 그늘이 드리웠다. 이렇게 맞닿은 상황에서 수동 적으로 움직일 수밖에 없는 수비의 입장에서, 공격 측의 변화 가 달가울 리가 없었다.

그리고 북소리와 동시에 변화가 생겼다. 하지만 그것은 수 성군들이 불안해할 만한 일이 아니었다. 성벽을 공격하던 제 국군이 갑자기 뒤로 물러나기 시작한 것이었다. 빠르게 울리 던 북소리는 다름 아닌 퇴각 신호였던 것이다.

"크흑, 큭!"

제국군이 물러나는 동시에 베르무크의 공격도 멈췄다. 하 지만 테하스는 거친 숨을 몰아쉬면서도 마법진을 풀지 않았 다. 군대가 퇴각을 한다 해도, 베르무크의 공격이 날아올 수 있기 때문이었다.

휘이이이!

가센 바람 소리와 함께 데론데스 요새를 중심으로 무거운 정적이 내려앉았다. 제국군은 모두 후퇴했고, 베르무크의 추가 공격도 없었다.

"수고하셨습니다, 마이스터 테하스!"

테하스에게 인사를 건넨 사람은, 황혼의 기사단 단장인 파벤투스였다.

"마이스터 테하스와 술사들, 그리고 이 성벽이 없었다면 절대 놈들의 공격을 막을 수 없었을 것입니다."

데론데스 요새가 자리 잡은 곳은 흔히 하는 말로, 혼자서도 능히 백 명의 적을 맞이할 수 있을 정도의 지리적 조건이 좋은 곳이 아니었다.

하지만 요새라는 것은 그 실질적 역할 만큼, 존재 자체가 가지는 의미도 크다. 단순히 존재하는 것만으로도 적의 발걸음을 한 번 늦출 수 있는 것이다.

그리고 실제로도 성벽이라는 것이 존재했기에, 적의 공격을 해가 뜨면서부터 해가 지는 순간까지의 긴 시간 동안 막아 낼 수 있었던 것이다.

하지만 무엇보다 큰일을 한 것은 역시나 테하스와 프리엘라, 그리고 백여 명의 술사들이었다. 그들이 목숨을 걸고 베르무크의 공격을 막아 내지 못했다면 요새는 이미 그 존재 자체가 세상에서 지워졌을 것이다.

"아니오. 병사들이 잘 버텨 주었……."

"스, 스승님!"

"마이스터!"

테하스는 말을 끝까지 잇지 못했고, 프리엘라와 파벤투스가 기겁을 하며 소리를 질렀다. 힘겹게 웃으며 이야기를 하던 테하스가 그대로 쓰러져 버린 탓이었다.

"휴우, 단순히 기절하신 것뿐이오."

넘어지는 테하스를 받아 든 파벤투스가 안도의 한숨을 내쉬며 말했다.

프리엘라가 얼른 다가가 테하스를 부축하는 사이, 파벤투스가 저 멀리 보이는 제국군의 모습을 살피며 말했다.

"미리 계획했던 대로 오늘 밤에 요새를 버리고 후퇴합니다. 프리엘라 마법사는 마이스터 테하스와 술사들을 데리고 먼저 빠져나가시오."

"네, 감사합니다."

"흐음!"

리카이엔은 산보라도 나온 듯 주변을 휘휘 둘러보며 느긋하게 걸었다.

조금 과장하자면 말을 타고 질주해도 좋을 정도로 넓고, 바닥을 평평하게 잘 닦여진 긴 통로였다. 빛이 들어오는 곳은 없었지만, 일정한 간격으로 벽에 걸려 있는 벽 등이 어두운 사각을 만들지 않는다. 다만, 일직선이 아니라 거의 5미터 간격으로 이리저리 휘어져 있다는 것이 단점이라면 단점이랄까.

"돈 많구나?"

단순한 칭찬인지 이죽거리는 건지 잘 구분이 되지 않는 애매한 뉘앙스로 말하는 리카이엔을 보며 황제는 저도 모르게 울컥했다.

"누릴 수 있는 건 누리면서 사는 법이다."

"뭐, 그렇기는 하지. 그래도 이건 좀 과하지 않나?"

긴 통로를 따라 걷고 있는 이들은 선두의 리카이엔과 황제를 필두로 카이스, 조엘, 그리고 복면을 뒤집어쓴 아트룸 길드의 길드원들이었다.

그리고 지금 이들이 걷고 있는 통로는, 그로니스 제국의 황궁으로 통하는 비밀 통로였다.

과거 리카이엔이 황제를 만나러 황궁으로 숨어 들어갔던 방법을 다시 이용하는 것이었다. 물론, 이용하는 비밀 통로는 이전과는 달랐다. 지금의 통로는, 황족도 아닌 오직 황제만이 알고 있는 비밀 통로였다.

"그나저나 아무리 비밀 통로라도 이렇게 아무런 장치도 없으면 좀 허술한 것 아닌가?"

"훗, 그런 걱정은 말아라. 조금 있으면 알게 될 테니."

"응?"

"이제 보이는군."

황제가 자신만만한 표정으로 앞쪽을 가리켰다. 황제의 손짓을 따라 시선을 던진 리카이엔이 감탄했다는 표정으로 말했다.

"호오, 이거 아예 미로를 만든 거냐?"

"그렇지."

조금 앞쪽의 길이 세 갈래로 갈라져 있었다. 리카이엔이 혹시나 하는 표정으로 물었다.

"이런 갈림길이 몇 개나 있냐?"

"백여 곳 정도 있지."

"모든 갈림길이?"

"그래."

"허!

"흐음, 그래서 길이 수시로 휘어져 있었던 거구만."

밖이 보이지 않는 통로로 들어가 계속해서 이리저리 휘어 진 길을 따라 걷다 보면 결국 방향감을 상실하게 된다. 그렇 게 방향감이 상실된 상태에서 이런 갈림길을 만나게 되면 어 느 쪽으로 가야 할지 알 수 없게 되는 것이다.

기가 막힌 방향감각을 가지고 있다 해도 마찬가지였다. 눈 에 보이는 갈림길들 역시 이리저리 구부러져 있을 테니, 어느 길이 어느 쪽으로 이어질지 예상할 수가 없는 것이다.

황제가 살짝 턱을 치켜들며 자랑하듯 말했다.

"기계로 만든 장치 같은 것들은 오랜 세월이 지나면 녹이 슬거나 고장이 날 위험이 있지. 언제 사용하게 될지 알 수 없 는 비밀 통로에 그런 불확실한 것을 놓을 수는 없지. 하지만, 이렇게 해 놓으면 아무리 긴 시간이 지나도 염려가 없지. 혹 시 침입자가 있다 해도 마찬가지다. 모든 갈림길이 서로 연결 되어 있기도 하고, 따로 가기도 하면서 얽히고설켜서 절대 길을 찾을 수 없거든."

"그래도 가장 단순하면서도 확실한 방법으로 통과할 수 있을 것 같은데?"

아무리 크고 복잡한 미로라 해도, 한쪽 벽면에 손을 대고 그 손을 절대 놓지 않고 무작정 걷기만 하면 결국은 출구를 찾을 수 있다. 다만 시간이 걸리는 것이 문제일 뿐.

하지만 황제의 표정은 자신만만했다.

"과연 그럴까?"

"응?"

"이 미로는, 아래와 위로 수직으로 뚫린 통로도 있거든. 아래로 내려가거나 위로 올라가면 자신이 붙들고 있는 벽의 방향을 확실하게 구분할 수 있을까?"

"큭! 위아래로도 갈림길이 있다는 말이냐?"

"물론이지."

"이런 미친!"

리카이엔이 질린 표정으로 말했다.

하지만 꽤나 확실한 방법이다. 수직으로 뚫린 통로를 따라 아래로 내려가거나 올라간다면, 자신이 손을 대고 있던 벽의 구분이 모호해진다.

"어쩐지 들어가는 입구가 황궁에서 너무 멀리 떨어져 있다 싶었다. 완성하는데 몇 년이나 걸린 거냐?"

"모른다."

"도대체 몇 사람이나 투입된 거냐?"

"내가 알 수는 없지."

"이런 비밀 통로의 존재를 아는 사람들을 살려 두지는 않았을 텐데?"

"뭐, 죄다 사형수들이었으니 상관없지."

결국 리카이엔이 졌다는 듯 어깨를 으쓱거렸다.

"이번 일 끝나면, 이 통로는 폐쇄되고 새로운 통로를 만들어야겠네?"

"그렇겠지."

이미 한 번 알려진 비밀 통로를 그대로 두는 것만큼 멍청한 짓은 있을 수 없었다.

"뭐, 니 마음대로 해라."

더 말할 기운도 없다는 듯 리카이엔은 고개를 설레설레 저었다.

그러는 사이에도 일행들은 쉴 새 없이 갈림길을 만났고, 황제는 아무런 고민도 없이 방향을 잡았다.

그렇게 한참을 걷던 중, 리카이엔이 궁금한 표정으로 물었다.

"그런데 넌 이 길을 어떻게 찾는 거냐?"

"외웠지."

"뭐?"

"황태자로 책봉되면, 황제는 황태자가 길을 완벽하게 외워서 절대 잊어버릴 수 없을 때까지 이곳으로 데리고 온다. 그리고 황제가 된 후에도 종종 내려와 기억을 확인하지. 번거롭기는 하지만 절대 누설되지 않을 확실한 방법이다."

지도가 존재하거나 길을 찾는 법칙이 있다면 언젠가는 뚫릴 위험이 있었다. 하지만 오직 머릿속에만 남겨 두게 되면 그만큼 안전했다.

잠시 기억을 더듬던 리카이엔이 실소를 터트리며 말했다.

"제국의 역사에서 폐위된 황태자들 중, 살아남은 자가 없는 이유가 이거였군."

"이 길을 알아야 할 사람은 오직 황제밖에 없으니까."

"무서운 족속들. 지금까지 계속해서 이게 이어져 내려온 게 신기한 일이구만."

역대 황제 중 한 명이라도 이곳의 길을 잃어버렸거나, 제대로 알려 주지 못하고 급사했다면 이 비밀 통로의 존재는 영원히 묻혀졌을 것이다.

그 말에는 황제 역시 같은 생각인지 고개를 끄덕였다.

"내가 생각해도 그렇기는 하지, 하지만 그렇게 비밀을 지켜 왔기 때문에 이곳이 아직까지도 건재한 거다."

"그렇기는 하네."

리카이엔이 피식 웃으며 고개를 끄덕였다.

그러는 동안에도 일행들은 쉬지 않고 걸었다. 황제는 왼쪽 갈림길, 오른쪽 갈림길을 수도 없이 오가며 길을 찾았다. 어떤 길은 내리막도 있었고 오르막도 있었으며, 황제가 말한 대로 수직으로 뚫려 있는 길도 있었다.

"후우, 징그럽군."

한참을 말없이 걷던 리카이엔이 질린 표정으로 중얼거렸다.

이 미로는 어지간한 일에는 놀라지도 않는 리카이엔도 질리게 만들 정도로 대단하기는 했다.

황제가 피식 웃으며 말했다.

"그만 투덜거려라. 이제 다 왔다."

"음?"

그러고 보니 주변의 퉁로들이 그냥 흙이나 돌을 파서 만든 것이 아니라, 상하좌우 모두가 벽돌로 되어 있었다. 즉, 인공의 건축물 안으로 들어섰다는 말이었다. 그리고 그 인공의 건축물은 다름 아닌 황궁.

황제가 위쪽으로 뚫린 길의 사다리를 가리키며 말했다.

"올라가서 문을 열면 내 침대 밑이 나온다."

"호오, 그래? 크크크, 원래 애들이 숨을 때 침대 밑으로 숨는 법인데."

리카이엔이 씨익 웃는 사이, 황제가 천천히 롱소드를 뽑아 들었다.

리카이엔이 등에 빗겨 맨 철창을 툭툭 친 후 사다리를 붙잡았다.

"자, 그럼 가 볼까?"

콰앙!

"크아아아악!"

철창이 한 번 호선을 그릴 때마다 비명과 피가 난무한다.

"막아라!"

황실 근위대의 갑옷을 입은 기사들이 새하얀 아지랑이가 맺힌 롱소드를 들고 우르르 달려온다. 하지만 리카이엔의 표정에는 긴장감이 느껴지지 않는다.

"타앗!"

가벼운 기합과 함께 땅을 박찬 리카이엔의 철창이, 쏘아 낸 화살처럼 일직선으로 공간을 갈랐다. 한 호흡으로 거리를 일축한 리카이엔의 철창은 어느새 기사들의 갑옷을 갈라내고 살점을 베었다.

또 다시 비명이 난무하고 사방으로 피가 튄다.

"젠장, 황궁 공사를 다시 해야 하나?"

황제가 들으라는 듯 투덜거렸다. 그들이 걸어온 복도 바닥 곳곳에 리카이엔의 발자국이 선명하게 새겨져 있는 탓이었다. 모두, 리카이엔이 진각을 밟으며 만들어 낸 자국이다.

"뭐, 이것도 기념인데 그냥 놔두시지?"

어느 순간부터인지 모르지만, 카이스도 황제를 향해 반말을 하고 있었다. 리카이엔 때문에 면역이 됐는지 황제는 그런 반말을 듣고도 별다른 반응을 보이지 않았다.

"어림없는 소리. 황궁의 복도에 저런 놈의 발자국을 남겨 놓을 수는 없지."

"크크큭!"

"그나저나…… 크흠!"

뭔가 말을 하려던 황제가 흠칫하는 표정으로 말끝을 흐렸다. 저런 놈을 잡으려고 했다는 사실에, 놀란 마음이 저도 모르게 밖으로 나올 뻔한 것이다.

그사이 복도에는 앞을 막던 기사들의 시체가 복도 좌우에 쌓였다.

그때 뒤쪽에서 소란스러운 외침이 터져 나왔다.

"저기다!"

"잡아라! 황제다!"

경보를 듣고 달려온 근위기사들이었다.

외침이 들리는 순간, 황제의 온몸에서 살기가 뿜어져 나왔다.

"이 무엄한!"

말이 끝나기가 무섭게 황제가 한줄기 바라이라도 된 듯 거센 속도로 뛰쳐나갔다.

쉬이익!

호쾌하면서도 섬세한 곡선이 좁은 복도의 공간을 가른다.

깜짝 놀란 기사가 황급히 방패를 들어 막는다. 하지만 황제 앞에서 방패는 아무런 역할도 하지 못했다.

카가각!

쇠를 긁는 소리가 들리는가 싶더니 어느새 반으로 갈라진 방패가 붕 떠올랐다. 정확하게는 방패를 쥐고 있는 기사의 왼손 팔뚝까지 통째로.

"끄아아아악!"

화끈한 통증과 함께 갑자기 왼손이 허전해지는 것을 느낄 사이도 없이 기사의 입에서 비명이 터져 나왔다. 하지만 황제의 롱소드는 조금의 망설임도 없다.

서걱!

가벼운 마찰음과 함께 기사의 몸이 둘로 쪼개진다. 죽은 기사의 분리된 몸뚱이가 핏물 위로 떨어지는 사이, 뒤쪽에 있던 기사들도 비슷한 운명을 맞이했다.

힘을 가지고 있지만 그 힘을 지극히 섬세한 감각으로 다룬다. 황제의 검술은 카이스라 해도 함부로 덤빌 수 없을 정도로 높은 수준이었다.

한 번 휘두를 때마다 비명과 함께 몸뚱이의 일부가 튀어 나간다.

"휘유~ 대단한 줄은 알았지만 저 정도였나?"

"너하고 비슷한 수준이네."

"그러게."

"그리고 붙으면 넌 확실하게 진다."

"뭐!"

리카이엔의 평가에 카이스가 갑자기 자존심이 상했는지 리카이엔을 노려보았다.

리카이엔이 피식 웃으며 황제를 가리켰다.

"잘 봐라."

도끼눈을 뜨고 리카이엔을 한 번 노려본 카이스가 다시 황제 쪽으로 시선을 돌렸다.

조금 떨어진 곳까지 저릿저릿 압력이 밀려올 정도로 맹렬한 기운과 그것을 감탄이 나올 정도로 섬세하게 운용하는 검술은 과히 마스터인 카이스에 필적할 만한 수준이었다.

하지만 카이스는 자신이 확실하게 진다는 것에는 동의할
수가 없었다.

카이스의 표정에서 그 생각을 읽은 리카이엔이 설명을 덧
붙였다.

"저거 안 보이냐?"

"뭐가 안 보이냐는 거냐?"

"저 검."

"응?"

"저렇게 사람을 썰어 대는데도 피 한 방울 안 묻어 있다."

"음!"

그제야 카이스는 황제가 들고 있는 롱소드를 자세히 보았
다. 확실히 곧게 뻗은 검날에는 피 한 방울 묻어 있지 않다.
그리고 그것이 뜻하는 바는 한 가지였다.

"명검?"

"저 정도면 단순히 명검이 아니라 보검이지."

"흐음…… 그냥 모양만 화려한 게 아니라는 말이군."

검집과 손잡이에 촘촘하게 박힌 보석과 극도로 화려하면서도
아름다운 세공은 감탄이 터져 나올 만했었다. 하지만 그 속에
감추고 있는 검신 자체가 저 정도의 보검일 줄은 몰랐다.

"그냥 화려하기만 한 건 아닌 모양이네."

"그러니까 넌 못 이겨."

"쩝……."

거의 동등한 수준의 두 사람 중 한 명이, 비길 데가 없는

보검을 들고 있다는 건 엄청난 차이다.

"쳇! 누가 황제 아니랄까 봐."

"괜히 황제가 아닌 거지."

두 사람이 이야기를 나누는 사이, 황제의 싸움은 마무리 되어 가고 있었다.

사나운 기세로 기사들 사이를 통과한 황제와 그 뒤에 제대로 된 형태를 유지하지 못하고 있는 기사들의 시체.

"후우!"

황제가 가볍게 호흡을 정리하며 쓰러진 기사들의 시체를 내려다봤다. 그리고 자조적인 목소리로 중얼거렸다.

"나 조차도 당해 내지 못하는 것들에게 내 호위를 맡겼다는 사실이 새삼 이렇게 한심하게 느껴질 수가 없군."

근위기사들의 실력이 자신보다 낮다는 사실은 알고 있었지만, 이렇게 부딪치고 나니 괜히 울적한 기분이 든 것이었다.

"이제부터는 안 그러면 되는 거니 너무 실망하지는 마."

"됐다."

그때 복도 한쪽 끝에서 한 무리의 복면인들이 달려왔다. 조엘과 그의 길드원들이었다.

"황궁은 완전히 장악했다."

조엘의 말에 리카이엔이 고개를 끄덕였다.

"자, 그럼 이제부터 한 번 크게 벌여 보자."

Chapter 5.

제한 시간

"이게 무슨 일이냐?'

사위를 감싸고 있던 어둠이 물러나고, 어슴푸레 동쪽 하늘이 밝아 오는 시간. 베르무크가 당황스러운 기색을 감추지 못한 얼굴로 외쳤다.

그의 시선에는 필사의 각오로 진군하는 제국군의 뒷모습이 담겨 있었다. 그리고 그 병사들 너머로 보이는 것은 다른 아닌 데론데스 요새의 성벽.

하지만 제국군 병사들이 달려가고 있었는데도 아무런 반응이 없었다. 성벽 위에 보이는 사람 그림자들은 조금도 움직이지 않고 있었다.

"설마!"

깜짝 놀란 베르무크가 단숨에 기운을 끌어 올렸다.

휘이이이잉!

베르무크가 날려 보낸 검은 안개가 거센 바람처럼 허공을 날았다.

콰아아아앙!

요란한 폭음과 함께 성벽의 절반이 단숨에 허물어졌다.

"이런!"

어제와 같은 술사들의 방어는 없었다. 베르무크가 날린 술법은 아무런 저항도 받지 않고 데론데스 요새의 성벽을 무너트렸다.

한마디로 지금 데론데스 요새는 지키는 사람이 없는 무주공산이었다. 성벽 위에 보이던 사람 그림자는 아마도 허수아비들을 세워 놓은 것이리라.

베르무크가 험악한 표정으로 외쳤다.

"빠져나간 것은 간밤이다. 병력이 많아 멀리 가지는 못했을 터, 요새를 통과해 그대로 놈들을 쫓아라!"

"예!"

세피테론 공작이 대답과 함께 앞쪽으로 말을 내달렸다. 그 사이 베르무크는 다른 고민에 빠졌다.

"도대체 이유가 뭐지?"

베르무크는 의구심 가득한 표정으로 중얼거렸다. 데론데스 요새가 지리적으로 좋은 곳은 아니었지만, 이곳을 내주게 되면 적들에게는 더욱더 불리해지기 때문이었다.

과거 델로스 왕국령이었던 지역은, 대부분이 평야 지대이기 때문에 지형에 기댄 수성전의 이점을 취할 수 있는 곳이 없었다. 그럼에도 불구하고 저들은 데론데스 요새를 비웠다.

그렇다면 다음 접전지로 생각해 볼 수 있는 곳은 한곳밖에 없었다.

"세르오넨 요새……."

과거 델로스 왕국과 브렌 왕국의 국경 관문이었던 세르오넨 요새. 그곳만이 제대로 된 수성전을 펼치며 적들을 막을 수 있는 곳이었다. 그리고 세르오넨 요새는 그야말로 난공불락이라 불리는 곳. 적들에게 절대적으로 유리한 곳이었다.

그렇기 때문에 저들의 어제 행동은 이해할 수가 없는 것이었다. 이렇게 쉽게 이곳을 내 줄 생각이었다면, 애초에 데론데스 요새를 버리고 처음부터 세르오넨 요새에서 준비하는 게 낫기 때문이었다.

게다가 이 전쟁은 서로의 영토를 뺏는 것을 목적으로 하는 전쟁이 아니었다. 그러니 더더욱 이 데론데스 요새에서 전투를 벌일 필요가 없었다.

"하루……."

저들을 데론데스 요새에서 딱 하루만 버틴 후, 미련 없이 요새를 버리고 후퇴했다. 그렇다면 그 하루의 시간이 무언가 큰 의미가 있다는 뜻이었다.

"도대체 그 하루가 왜 그렇게 중요한 거지?"

옆에서 듣고 있던 바록이 조심스러운 목소리로 말했다.

"단지 시간을 벌 목적이 아니었을까요? 요새 뒤에 있는 군대나 세력들이 이동을 하거나 전투를 준비할 시간이……."

"그런 목적이었다면, 하루는 너무 짧다. 음? 설마!"

갑자기 베르무크의 머릿속을 스치는 생각, 황급히 정면을 살피니 제국군은 이미 데론데스 요새로 들어서려 하고 있었다. 깜짝 놀란 베르무크가 달려가는 제국군을 향해 버럭 소리를 질렀다.

"멈춰라!"

동시에 베르무크의 몸에서 치솟는 거대한 검은 안개의 폭풍! 그리고 더 지체할 이유가 없다는 듯, 검은 안개가 저 멀리 보이는 데론데스 요새를 향해 날아들었다.

콰아아아앙!

갑자기 고막이 터져 나갈 듯 울려 퍼지는 굉음. 하지만 그 것은 베르무크가 날린 공격 때문에 생긴 것이 아니었다. 제국군이 안으로 들어서려던 순간, 갑자기 성벽이 무너지는 것은 물론, 성벽 앞의 땅이 지진이라도 난 듯 뒤집어진 탓이었다.

"젠장!"

이대로 있으면 아군이 피해를 입을 수도 있다는 생각에 베르무크는 황급히 공격을 거두었다. 하지만 이미 일은 벌어진 후였다.

갑작스러운 성벽과 땅의 붕괴로 인해 선두에 있던 제국군 병사들이 그 밑에 깔리고 말았다. 하지만 그로 인해 죽은 병사들의 수가 아주 많지는 않았다.

문제는 길이었다. 뒤집어진 땅과 무너진 성벽으로 인해 진군이 어려워진 것이다. 사람이야 어떻게든 잔해를 넘을 수 있었고, 말도 조심하면 일단 넘어가는 것은 가능했다. 하지만 물자들을 싣고 있는 짐수레는 그곳을 넘을 수 없었다.

7만에 이르는 대군이 전투를 위해 먹고 자는데 필요한 물자의 양은 어마어마했다 그 엄청난 양을 사람의 손으로 나르는 것은 절대 쉬운 일이 아니었다. 일일이 나른다 해도 시간이 얼마나 걸릴지 알 수가 없었다. 그렇다고 길을 돌아가는 것도 문제였다.

"크으윽!"

이를 부득부득 갈아 붙인 베르무크가 큰 소리로 외쳤다.

"모두 잔해에서 물러나라!"

명령이 떨어지는 즉시, 움직일 수 있는 병사들이 재빨리 뒤로 물러났다.

그사이 잔해가 있는 곳까지 말을 달려 도착한 베르무크가, 땅으로 내려서며 눈앞에 보이는 거대한 구덩이를 내려 보았다. 그리고 천천히 양손을 들어 올렸다.

그러자 베르무크의 몸에서 스멀스멀 검은 안개들이 피어나더니 차양막이라도 된 듯, 하늘을 뒤덮었다.

그 후 일어난 일을 목격한 제국의 병사들을 하나같이 자신의 눈을 의심했다.

넓게 펼쳐진 검은 안개가, 무너진 데론데스 요새의 잔해를 밀어내기 시작한 것이었다. 마치 네모난 판자로 쌓인 눈을 치우듯, 거대한 바윗덩이의 무덤인 잔해들을 밀어내고 있었다. 정확하게는 밀어낸 것이 아니라, 반대편에서 끌어당기고 있었다. 바로 땅이 꺼지면서 생긴 거대한 구멍이를 향해.

콰드드득, 콰르르르!

잔해들이 서로 부딪치는 소리가 요란하게 울려 퍼지며 흙먼지가 자욱하게 피어올랐다. 크고 작은 바윗덩이들이 하나 둘 구덩이로 굴러 들어가며, 그 거대한 구멍을 메우기 시작한 것이었다.

점점 짙어지는 흙먼지에 숨쉬기가 힘들다고 느낀 병사들이 급히 뒤로 물러서려는 찰나.

휘이이잉!

등 뒤에서부터 불어온 바람이 짙게 피어오른 흙먼지를 날려 버렸다. 그리고 병사들의 눈앞에 드러난 광경.

모두들 말을 잇지 못했다. 그 거대한 요새의 잔해를 조금도 남김없이 거대한 구덩이 안으로 쓸어 넣은 것이었다. 덕분에 땅에 생긴 구덩이는 절반 이상 메워졌고, 성벽의 잔해는 말끔하게 치워졌다.

그래도 여전히 문제는 있었다. 구덩이를 메우기는 했어도, 잔해들을 쓸어 담은 것이기 때문에 깨진 바윗덩이들이 불쑥불쑥 튀어나와 수레가 지나갈 수는 없었던 것이다.

하지만 베르무크의 행동은 아직 끝난 것이 아니었다.

"저, 저기!"

한 병사가 갑자기 하늘을 올려다보며 외쳤다.

모두의 시선이 동시에 하늘 위로 향했고, 그런 그들의 눈에 들어온 것은 거대하면서도 네모반듯한 덩어리.

베르무크가 만들어 낸 검은 안개로 만들어진 덩어리였다.

그 검은 안개의 덩어리가 갑자기 툭 떨어지기 시작했다.

휘이이잉, 쾅!

검은 안개의 덩어리는, 마치 망치로 내려치듯 구덩이를 메우고 있는 잔해를 두드리기 시작했다.

쾅, 콰앙!

쉴 새 없이 울리는 굉음에 병사들이 참지 못하고 황급히 귀를 막을 때 쯤, 베르무크가 들어 올렸던 손을 내렸다. 그와 동시에 방금까지 구덩이를 두드려 대던 검은 덩어리가 거짓말처럼 사라졌다.

"후우~"

긴 한숨과 함께 뒤로 돌아선 베르무크가 어떻게 해야 할지 고민스러운 표정을 짓고 있는 세피테론 공작을 향해 말했다.

"길을 만들어라."

"네? 아! 알겠습니다!"

구덩이를 메우고 있던 거대한 잔해들을, 베르무크가 두드려 어느 정도 평탄한 상태까지 만들어 놓기는 했지만 여전히 수레가 지나갈 수 있을 정도는 아니었다.

흙을 퍼 담아 울퉁불퉁한 곳을 완전히 메워 평탄하게 만들고, 구덩이의 가장자리를 깎아 경사를 완만하게 만들어야 했다. 그 작업이 끝나면 거대했던 구덩이는 내리막이었다가 다시 오르막으로 바뀌는 길이 되는 것이다.

병장기를 내려놓은 병사들이 바쁘게 움직이기 시작했다.

"시간을 벌겠다는 수작인가?"

자신의 천막으로 돌아온 베르무크가 나지막이 중얼거렸다. 이렇게 진군이 늦춰지는 동안, 놈들은 전열을 가다듬고 제대로 전투를 치를 준비를 할 것이다.

"오냐, 제대로 한 번 붙어 봐야겠……."

그때였다.

"마스터!"

천막 밖에서 바록의 다급한 외침이 들렸다.

"또 무슨 일이냐!"

베르무크가 신경질적으로 외치는 순간, 천막 안으로 뛰어들어온 바록이 하얗게 질린 얼굴로 말했다.

"황제가 황궁을 탈환했다고 합니다!"

"뭣이!"

두두두두!

2기의 인마가 뿌연 먼지를 일으키며 질주하고 있었다. 리카이엔과 카이스였다.

"지금쯤이면 대충 시작됐겠는데?"

카이스의 물음에 리카이엔이 고개를 끄덕였다.

"꽤나 갈등하고 있을 거다."

"그렇겠지. 그러니까 이제 말해 봐라."

"뭘?"

"왜 그랬는지."

카이스의 물음에 리카이엔이 두 눈을 동그랗게 뜨고는 심각한 표정으로 물었다.

"정말 모르냐?"

"이 자식, 지가 안 가르쳐 줘 놓고서는!"

"안 가르쳐 줘도 알 줄 알았지."

"귀찮아서 생각 안 해 봤다. 그러니 이제 말해 봐."

카이스가 말하는 것은 베르무크에 관한 것이었다. 정확하게는 베르무크를 상대할 계획에 대한 부분.

카이스는 지금 데론데스 요새에서 벌어지고 있는 일에 대해 알고 있었다. 하지만 굳이 그런 귀찮은 일을 할 필요가 있었는지 아직도 의문이었다.

리카이엔이 순순히 고개를 끄덕였다.

"알았다. 말해 주마. 그래 뭐가 그렇게 궁금하냐?"

"베르무크가 제국에서 황제를 찾는 동안, 우리는 브렌 왕국에서의 일을 끝내려고 한다는 건 알겠다. 그리고 병력을 효율적으로 쓰려고 하는 것도 알겠다."

리카이엔과 폴덴바인 백작, 그리고 황제의 병력을 모두 모으면 15만 정도였다. 그리고 써클루스에 포섭된 병력들이 제국과 브렌 왕국을 합쳐서 25만이었다.

1만 5천 대 2만 5천도 아니고, 15만 대 25만이면 엄청난 병력 차이였다. 억세게 운이 좋거나, 전술의 천재가 아니라면 어지간해서는 뒤집지 못할 정도의 차이였다. 그렇기 때문에 리카이엔은 자신들의 병력을 모아, 나뉘어 있는 적의 병력을 따로 상대하려고 한 것이었다.

써클루스에 포섭된 이들 중 브렌 왕국에 있는 영주들의 병력이 10만 정도. 리카이엔 측의 15만 병력을 모으고, 그 안에서 기습적으로 각개격파를 한다면 적은 손실로도 끝내는 것이 가능했다.

그것을 위해 리카이엔은 황제를 움직이고 데론데스 요새를 무너트리는 등의 작업을 했던 것이었다. 요새를 무너트려 적의 진입을 늦추고 그사이에 브렌 왕국을 정리할 계획인 것이다.

카이스는 분명 거기까지는 이해할 수가 있었다.

"그 정도면 다 아는 건데? 더 궁금할 게 있냐?"

리카이엔이 고개를 갸웃거리며 물었다.

"있지."

"뭐냐?"

"그러니까 방금 말한 건 다 알겠는데 말이다……. 굳이 그렇게 번거로운 과정을 거칠 필요가 있느냐 말이다."

"뭐 대단한 게 있는 건 아니고…… 음, 이건 저쪽 입장으로 한 번 생각해 봐라."

"어떻게?"

"니가 베르무크 입장이 되어 봐. 브렌 왕국 안에서는 리카이엔이라는 놈이 자기 병력들을 죽이고 있는데 데론데스 요새가 무너지는 바람에 길이 막혔어. 길을 복구시키는 건 가능하지만 시간이 걸리는 건 어쩔 수 없어. 마음이 좀 조급하겠지?"

카이스가 뭐 그런 당연한 걸 묻느냐는 얼굴로 고개를 끄덕였다.

그리고 리카이엔은 이야기를 이었다.

"그런 때에 하필이던 소식을 들었어. 황제가 황궁을 탈환했다는 거야. 그러면 당연히 두 일을 비교하겠지? 브렌 왕국에 있는 리카이엔을 치러 갈 것인가, 황궁에 있는 황제를 잡으러 갈 것인가?"

병력을 잃는 것은 분명 심각한 일이다. 하지만 그 병력을 구하는 것보다는 황제를 제거하는 것이 베르무크에게는 더 이익이었다. 제국 내에서 자신에게 반항하는 자들의 구심점이 황제이기 때문이다. 이는 역으로 생각하면, 황제가 없다면 적들을 구심점을 잃게 되고, 베르무크는 훨씬 더 수월하게 계획을 진행시킬 수 있다는 뜻이었다.

카이스가 갑갑한 표정으로 버럭 소리를 질렀다.

"그야 당연히 황제를 잡으러 가지. 지금 묻는 건 그게 아니잖아."

"그럼?"

"둘 중 한 가지만 해도 될 걸, 왜 번거롭게 둘 다 진행시키느냐 말이다. 데론데스 요새를 무너트리는 것만으로도 우리는 충분히 시간을 벌 수 있다. 데론데스 요새 다음에는 세르오넨 요새가 있으니까. 적어도 열흘에서 보름은 시간을 벌겠지. 그리고 브렌 왕국 내에서는 이미 놈들을 각개격파 하고

있으니 그 정도면 충분한 시간이야. 황제도 마찬가지지. 황제
는 자리를 뜰 것이고, 베르무크는 쫓아다닐 거다. 도망치고
쫓기면서 버는 시간도 우리가 브렌 왕국을 정리하는데 충분
해. 그러냐 안 그러냐?"

"그렇겠지."

"그런데 왜 둘 다한 거냐?"

카이스는 리카이엔에 대해 잘 알고 있었다. 항상 좀 더 뒤
의 일을 생각하고, 신중하게 일을 준비하는 성격이기는 하지
만, 일단 일이 터지고 나면 신중하고 느리게 움직이기 보다는
조금의 손해를 감수하더라도 빠르게 처리하는 편이었다. 이
번처럼 신중을 기하며 굳이 하지 않아도 될 일을 하는 타입이
아니었다.

카이스의 물음에 리카이엔이 아까 했던 말을 되뇌었다.

"그러니까 그놈들 입장으로 생각해 봐라. 데론데스 요새
때문에 막힌 길을 뚫는 데는 대략 넉넉하게 잡아도 열흘 정도
다. 그 시간이면 황제를 잡는 것도 가능하다는 생각이 들 거
야. 그렇지?"

"그래."

"그러니 열흘 안에 황제를 잡아서 브렌 왕국으로 가야겠다
고 생각했는데, 그 시간 안에 황제가 안 잡히면?"

"뭐, 마음이 급해지겠지. 흐음, 그러니까 베르무크 그놈의
평정심을 흔들어 놓으려는 생각이냐?"

리카이엔이 애매한 표정으로 고개를 저었다.

"또 있어."

"또?"

"브렌 왕국에 있는 놈들 입장에서는 어떻겠냐? 자기들을 도우러 올 베르무크가 길이 막혀서 못 오고 있어. 그래도 한 열흘이면 길이 뚫릴 거라는 희망은 남아 있지. 그런데 정작 열흘이 지나 길이 뚫렸는데도, 베르무크가 황제를 잡겠다고 오지 않으면?"

카이스가 천천히 고개를 끄덕였다.

"뭐, 그놈들도 마음이 급하고 불안해지겠지. 흐음, 그러니 까 적들의 심리를 불안하게 만드는 게 목적이었던 거냐?"

"원래는 있을 리가 없는 제한 시간을 만들어 놓는 거지. 사람이라는 게 이상하게도, 언제까지 뭔가를 해야 된다고 생 각하고 있으면 괜히 마음이 조급해지고, 그 시간 안에 못하면 불안해지거든."

카이스가 심각한 표정으로 물었다.

"많이 위험한 모양이구나."

"뭐가?"

"니가 그렇게 번거로운 일까지 하면서 놈들을 뒤흔들려는 건, 그만큼 확실하게 이기고 싶다는 뜻이잖아. 이건 베르무크 라는 놈이 아주 위험하고 무서운 놈이라는 반증이지."

리카이엔이 피식 웃으며 말했다.

"할망구가 하는 말 못 들었냐?"

"들었지. 흠, 놈이 가지고 있다는 그 힘이 신경이 쓰이는 모양이군."

카이스가 조금 불안한 표정으로 말하자, 리카이엔이 또 한 번 피식 웃어 보였다.

"그 할망구 어지간해서는 그런 소리 잘 안 하거든. 그래도 걱정하지 마라."

"왜? 방법이라도 있냐?"

"크크, 이 형님이 계시잖냐? 내가 다 처리해 주마."

"이게 어디서 안 하던 허풍이야?"

"늦군."

베르무크의 얼굴에 답답한 표정이 떠올랐다.

그가 황도 크벤티움으로 들어온 것은 어제였다. 하지만 데론데스 요새에서 급하게 돌아온 베르무크를 맞이한 것은, 사람이라고는 그림자조차 보이지 않는 썰렁하기 짝이 없는 텅 빈 황궁이었다.

크리온테스 황제는 벌써 황궁을 떠나고 없는 것이다.

그렇다고 포기할 수는 없었다. 베르무크는 데리고 온 써클루스의 술사들을 모두 동원해 황제의 흔적을 찾기 시작했다.

그리고 백여 명의 써클루스 교도들이 하룻밤을 꼬박 새며 황궁을 뒤진 끝에 찾아낸 것이, 황제의 침실에 있는 비밀 통로의 입구였다.

통로 주변의 흔적으로, 최근에 통로가 사용됐다는 것을 알에 된 베르무크는 망설임 없이 그 안으로 들어갔다. 그리고 채 얼마 가지도 않아서 난관에 봉착한 것이었다.

네 개로 갈라진 갈림길의 한가운데 선 베르무크는 천천히 모든 길들을 훑어보았다. 자신들이 지나온 길을 제외한 세 방향의 길로 수하들을 보냈지만, 아직까지 돌아오지 않은 상황이었다.

주변을 샅샅이 뒤졌지만 누가 지나간 흔적은 아무것도 남아 있지 않았다. 하지만 베르무크는 황제가 이곳으로 도망갔다고 확신하고 있었다. 그러지 않고서야 그리 손쉽게 흔적을 지우지는 못했을 테니까.

그때, 갈림길을 조사하러 갔던 수하들이 헐레벌떡 뛰어왔다.

"마스터!"

가장 먼저 도착한 사내가 난감한 표정을 지어 보였다. 그 표정을 본 베르무크가 뭔가 눈치를 챈 듯, 수하가 말을 하기도 전에 먼저 물었다.

"또 다른 갈림길이 있더냐?"

"그렇습니다. 그리고 그 갈림길에서 더 나가도 또 갈림길이 나옵니다."

"큭, 꽤 머리를 썼군!"

아마 갈림길은 끊어지지 않고 나올 것이다. 한 번 발을 잘못 들이면 절대 빠져나올 수 없을 정도로 복잡한 미로였다. 대륙에서 가장 큰 힘을 가졌다고 하는 황제에게 어울리는 피신용 통로였다.

하지만 베르무크의 얼굴에는 미소가 떠올랐다.

"상대를 잘못 골랐군!"

말이 끝나기가 무섭게 베르무크의 주변에 세 개의 검은 안개 덩어리가 떠올랐다. 그리고 베르무크가 지나온 길을 제외한 세 개의 길로 곧장 날아갔다.

정면의 갈림길로 날아간 검은 덩어리는 얼마 가지 않아 또 다른 갈림길을 만나게 되었다. 하지만 여전히 주춤거리는 기색은 보이지 않았다. 갈림길의 가운데로 들어서는 순간, 검은 덩어리는 다시 세 개로 나뉘었다.

첫 번째 갈림길에서 다른 곳으로 날아간 검은 덩어리들 역시 똑같은 과정을 반복하고 있었다.

베르무크가 날려 보낸 검은색의 안개 덩어리는 다름 아닌 영혼의 집합체였다. 그 입자 하나하나가 모두 하나의 영혼. 다시 말해 수도 없이 많은 영혼들이 뭉쳐서 만들어진 것이었다. 그러니 아무리 많은 갈림길이 나온다 해도, 끊임없이 분열할 수 있는 것이다.

즉, 베르무크는 미로 안에 존재하는 모든 갈림길로 자신이 가지고 있는 영혼을 날려 길을 확인하려는 것이었다.

베르무크가 아니라면 절대 사용할 수 없는 술법.

"흐음……."

눈을 감은 채, 조종하는 영혼의 감각에 집중하고 있던 베르무크가 갑자기 피식 미소를 지었다.

"이미 한 번 느꼈었지만, 이런 걸 만들 생각을 하다니 정말 대단하군요."

미로의 출구 쪽 마지막 갈림길. 조엘이 새삼스러운 얼굴로 뒤를 돌아보며 말했다. 그런 그의 얼굴에는 진심으로 감탄한 표정이 떠올라 있었다.

조엘의 말을 들은 크리온테스 황제가 피식 웃으며 고개를 끄덕였다.

"이걸 완성하기 위해 셀 수 없을 정도로 많은 시행착오를 겪었다고 하더군."

"아무래도 그렇겠지요. 아무리 우리 길드라도 이런 미로를 파악하는 건 쉽지 않을 것 같습니다. 아예 불가능할 것 같지는 않습니다만……."

"할 수는 있다는 말인가?"

"물론입니다. 다만, 상당히 많은 사람과 긴 시간을 희생해야 하겠지만요."

"그런 방법이 있기는 하겠군."

황제는 단번에 조엘이 말한 방법을 알 수 있었다. 모든 갈림길에 서서 자리를 지키고, 모든 길에 움직인 방향을 표시해 놓으면 가능하다. 디로 전체를 완전히 장악하고 파악하는 방법이었다. 극도로 단순하지만 확실한 방법이었다. 하지만 단 한 명도 실수를 해서는 안 되고, 그 많은 사람들이 아주 긴 시간을 버텨야만 가능하다는 것이 문제였다.

"뭐, 꼭 할 필요는 없지만 말이지요."

어깨를 으쓱거리며 말하는 조엘을 보며 황제가 물었다.

"전쟁이 끝나면 황궁으로 들어오지 않겠느냐?"

"예?"

너무나 상황에 어울리지 않는 뜬금없는 말에 조엘은 어안이 벙벙한 표정을 지을 수밖에 없었다. 이런 때에 할 이야기는 아니었기 때문이다.

하지만 황제는 나름 진지하게 이야기하고 있었다.

"급한 건 아니니, 전쟁이 끝나거든 한 번 찾아오거라."

아무래도 황제는 조엘이 꽤 마음에 든 모양이었다. 아니, 사실 그런 생각을 하는 것이 당연한 일이었다.

리카이엔과 손을 잡은 후, 황제가 항상 붙어 다닌 이는 모두 세 사람이었다. 리카이엔, 카이스, 그리고 조엘이었다. 그런데 리카이엔과 카이스는, 자신이 황제라는 사실을 알면서도 시종일관 반말은 물론, 가끔 면박을 주고 무시하기까지 했다.

그런데 유일하게 조엘만은 항상 공손한 말투와 조심스러운 행동을 했다. 즉, 같이 다니던 일행 중 유일하게 황제를 황제로서 대우해 준 것이었다.

사람이라는 것은 처해 있는 상황에 따라 행동은 물론 생각까지 변하는 법. 유일하게 자신을 황제로 대접해 주는 조엘에게 황제의 마음이 가는 것은 당연했다.

그때였다.

"음?!"

조엘이 갑자기 미로 안쪽으로 급히 고개를 돌리며 흠칫 얼굴을 굳혔다. 동시에 황제 역시 무언가를 느꼈는지 급히 입을 다물었다.

미로 안에 갑자기 강렬한 기운이 부유하는 것을 감지했기 때문이었다. 어딘가 음습하면서도 맹렬한 기운을 뿜어내는 그런 무언가.

그리고 얼마 지나지 않아 조엘과 황제의 표정은 심각할 정도로 딱딱하게 굳었다.

미로 안을 부유하던 그 무언가의 개수가 기하급수적으로 불어나는 것을 느낀 탓이었다.

"이, 이게 뭐지?"

당황한 황제가 묻는 건지 혼잣말인지 구분할 수 없는 말투로 말했다. 그리고 조엘이 그 말에 대답했다.

"아무래도 누군가, 제가 하려던 일을 하려는 모양입니다."

"그런 모양이군."

황제 역시 마스터의 경지에 도달한 뛰어난 검사. 미로 전체를 가득 메우고 있는 강렬한 기운을 못 느낄 리가 없었다.

한 걸음 앞으로 나선 조엘이 뒤로 돌아보며 황제를 향해 말했다.

"먼저 움직이십시오. 저희는 마무리를 하고 가겠습니다."

"걱정하지 마라. 내 한 몸 정도는 지킬 수 있으니까. 그리고 내 눈으로 확인해 주지 않으면 안 되는 일이다."

황제의 말에 조엘이 씩 웃으며 고개를 끄덕였다. 그리고 함께 미로를 거쳐 온 수하들을 향해 가볍게 손짓을 했다.

콰앙, 콰르르륵!

갑자기 미로 안쪽에서부터 굉음이 울려 퍼지더니, 자욱한 흙먼지가 이쪽을 향해 몰려왔다. 쫓아오는 베르무크를 막기 위해 미로를 무너트린 것이었다. 원래 지하에 만들어진 미로인 만큼 갱도의 특성을 가지고 있기에 한곳이 무너지면 다른 곳도 지반이 약해지며 같이 무너지는 것이었다.

흙먼지가 자욱하게 몰려와 온몸에 그것을 뒤집어쓰면서도 황제는 끝까지 시선을 돌리지 않았다.

그리고 잠시 후, 조엘이 출구 쪽으로 방향을 틀며 말했다.

"이제 가시지요."

Chapter 6.

아이젠성 공방전

"그게 무슨 말이냐!"

브렌 국왕이 기함을 하며 버럭 소리를 질렀다. 분명 똑똑히 들었음에도 불구하고 믿을 수 없는 말이었다.

아무런 대답도 들리지 않자, 국왕이 재차 확인하듯 외쳤다.

"각지에서 반란군이 일어나다니! 역모란 말이냐?!"

국왕의 질문을 받은 사람은 다름 아닌 로바인 후작, 아니 기병장관인 로바인 공작이었다. 지난 전쟁에서 루오 왕국과의 전초전이었던 아크로이나 산악 지대의 전투를 승리로 이끌어, 루오 왕국 정복의 발판을 마련한 공으로 그는 공작으로 승작을 했다. 더불어 은래부터 국왕의 전폭적인 신뢰를 받고 있던 터라, 브렌 왕국의 모든 군대를 총괄하는 기병장관의 직위를 하사 받았다.

로바인 공작이 괴로운 표정으로 말했다.

"외람된 말씀이오나…… 그런 듯하옵니다."

"이이익! 무얼 하느냐! 당장 가서 역적들을 모조리 잡아들여라!"

버럭 소리를 지르는 국왕을 보며, 로바인 공작은 심장이 죄어 오는 기분을 느꼈다. 아직, 국왕에게 말해야 할 내용이 남아 있기 때문이었다.

"지금 그 반란군들을 제압하고 있는 이들이 있사옵니다."

그 말에 국왕의 반색을 하며 물었다.

"그래? 누구냐? 그 충성스러운 신하는!"

"그것이……. 폴덴바인 백작입니다."

"호오, 역시!"

국왕의 표정이 금세 풀어졌다. 폴덴바인 백작이라면 믿을 수 있었다. 그러나 로바인 공작은 여전히 답답한 표정이었다.

"하지만 폴덴바인 백작 역시……."

"음? 폴덴바인 백작이 반란군들에게 밀리기라도 했단 말이냐?"

"그런 것이 아니라……."

"아니면 무엇이냐? 답답하구나! 어서 말해 보아라!"

"폴덴바인 백작 또한, 반란군입니다!"

"뭐, 뭐라고?!"

국왕의 얼굴이 새파랗게 질렸다. 도저히 믿을 수 없는 어처구니없는 내용에 갑자기 정신이 멍해지는 기분이었다.

한 번에 두 무리의 반란군이 일어나다니. 게다가 그 둘 중

한 무리가 폴덴바인 백작이라니.

하지만 정말 충격적인 이야기는 아직 나오지 않았다.

"그리고 폴덴바인 백작이…… 폴덴바인 백작의 역적 무리 안에 프로커스 백작과 그론스트 백작이 포함되어 있습니다."

"컥!"

국왕은 그대로 숨이 멎는 기분을 느꼈다. 그리고 진심으로 자신의 귀를 의심했다.

프로커스 백작이라니. 무려 1년 동안 소식도 없던 그가 왜 하필 지금 튀어나온단 갈인가. 그것도 반란군이 되어.

"도, 도대체 그게 어찌 된 일이냐?!"

대전이 떠나가도록 버럭 소리를 지르지만 공허한 메아리만 돌아올 뿐이었다.

"입이 있다면 말을 해라! 도대체 이 지경까지 오도록 무얼 하고 있었단 말이냐!"

그러나 원래 가득 차 있어야 할 대전은 절반 이상의 자리가 비어 있었다. 그리고 몇 명 되지 않는 대신들은 벙어리라도 된 듯, 입을 꾹 다문 채 고개를 푹 숙일 뿐이었다.

마음이 급한 국왕이 로바인 공작을 향해 호통을 내질렀다.

"로바인 공작은 당장 모든 병력을 이끌고 반란군을 제압하라!"

그 말에 로바인 공작이 기다렸다는 듯, 한쪽 무릎을 바닥에 대며 허리를 숙였다.

잠시 분위기를 살피던 로바인 공작이 말했다.

"현재 각지의 반란군들을 토벌하기 위해 영주들이 움직이고 있으며, 왕국군 역시 출정 준비를 하고 있습니다."

그나마 지방의 영주들이 반란군과 싸우고 있다는 말에 국왕은 굳었던 얼굴을 조금 풀었다. 그렇다고 기분이 나아진 것은 아니었다.

"당장, 출정을 하도록 하라!"

"국왕 폐하의 명을 받들겠습니다!"

고개를 숙이는 로바인 공작이 굳은 표정으로 대답했다.

'프로커스 백작, 자네가……!'

전황은 리카이엔의 계획대로 흘러갔다.

브렌 왕국 내에 있던 써클루스 일파의 영주들은, 초기에 기습적으로 공격을 받아 꽤 많은 영주들이 죽는 바람에 전력이 약화되기는 했지만 쉬이 포기하지 않았다. 써클루스라는 조직이 갖고 있는 힘을 잘 알기 때문이었다.

그러한 이유로 영주들이 병력을 집결 시킨 곳은, 아이젠 백작령이었다. 정복전쟁 중에 아이젠 백작이 홀연히 사라진 후, 국왕 직할령으로 귀속되어 있던 곳인데 그곳을 점거한 것이었다.

써클루스의 반란군 입장에서는 꽤 적절한 선택이었다. 과거 아이젠 백작이 그렇게나 힘을 키울 수 있었던 바탕에는, 영지의 비옥한 토지와 풍부한 자원이 있었다. 이를 다르게 풀어 보면, 성 안에 많은 양의 물자들을 비축해 두고 있다는 뜻이기도 했다. 더불어 주백령으로 바뀌면서, 주변 영지들의 물자들 또한 이곳으로 몰린 덕분에 문을 닫아걸고 농성을 하기에 아주 적절한 조건을 가지고 있었던 것이다.

거기에 한 가지 이유를 덧붙이자면, 아이젠 백작성이 위치한 곳이 지대가 높고 반대편이 절벽인 관계로 방어에 적합한 곳이라는 점 또한 그들에게는 유리한 부분이었다.

브렌 왕국의 일을 통괄했던 루디아의 빠른 판단 덕분에, 써클루스의 반란군들은 어렵지 않게 자리를 잡을 수 있었다.

리카이엔은 폴덴바인 백작과 황제의 병력을 이끌고 아이젠 백작령으로 집결했고, 초반부터 거센 공방전이 이어졌다.

써클루스 반란군들의 저항은 거셌다. 그야말로 죽을 각오를 하고 성을 방어했다. 보름만 버티면 베르무크가 제국의 원군을 이끌고 온다는 희망이 있기 때문이었다.

하루하루 치열한 격전의 연속이었다. 진군하는 병력들의 북소리로 하루가 시작되고, 물러나라는 퇴각의 북소리로 하루가 마감되었다.

수도 없는 병사들이 죽어 나갔고, 성벽은 이미 피로 붉게 물들어 있었다. 성벽 밖의 곳곳에는 치우지 못한 시체들이 역한 냄새와 함께 썩어갔고, 성벽 안쪽은 써클루스 반란군들의 약탈로 인해 신음하고 있었다.

그렇게 보름이 흐를 쯤, 써클루스 반란군의 분위기가 바뀌었다.

계속된 전투로 인한 피로도 피로였지만, 무엇보다 늦어도 보름이면 도착할 거라던 베르무크의 원군이 올 기미가 보이지 않는 탓이었다.

이미 정복전쟁을 통해 리카이엔이 이끄는 군대가 얼마나 무서운지 잘 아는 반란군들이 유일하게 매달릴 수 있는 끈은 베르무크가 이끌고 올 원군이었다. 그 희망이 올 기미가 보이지 않으니 안고 있는 희망이 점점 무거운 짐으로 바뀌고 있는 것이었다.

'큰일이군!'

늦은 밤에 시작된 회의장. 루디아는 심각한 표정으로 모여 있는 영주들의 얼굴을 훑어보았다. 하나같이 괴로움이 가득한 표정으로 앉아 있는 것이, 보고 있는 것만으로도 절로 힘이 빠질 지경이었다.

"모두들 희망을 버리지 마라. 마스터께서 원군을 이끌고 오시면 모든 문제가 해결된다. 그때까지만 기다려라."

그렇게 말을 하는 루디아의 표정도 사실 그리 좋지는 않았다. 그녀가 이 말을 하기 시작 한 지가 벌써 사흘째기 때문이었다.

한 영주가 조심스레 물었다.

"베르무크 님은 지금 어디쯤 오신 겁니까?"

말투는 조심스럽지만 얼굴에는 의구심이 가득하다.

그럴 수밖에 없는 것이, 데론데스 요새가 무너졌다는 이야기를 들은 지가 벌써 보름이었다. 요새가 무너지는 바람에 늦어진다는 이야기를 듣기는 했지만, 지금은 그 문제를 해결하고도 충분히 도착했어야 할 시간이었다.

베르무크가 데리고 있는 제국군을 막을 다른 병력이 없는 브렌 왕국 내에서 늦게 올 이유가 없는 것이다.

루디아가 위협적인 눈빛으로 질문을 던진 영주를 노려보았다. 하지만 애써 마음을 억누르며 달래듯 말했다.

"내일이면 세르오넨 요새를 통과하실 것이다."

그녀의 말에 기분 나쁠 정도로 깊이 가라앉아 있던 회의실에 갑자기 훈기가 돌았다. 구 브렌 왕국령의 동부에 위치한 아이젠 백작령과 동부 관문인 세르오넨 요새 사이의 거리는 그리 멀지 않았다. 그 요새를 넘는다면 수일 안에 원군이 도착하리라.

물론, 루디아의 그 말은 거짓말이었다. 베르무크는 아직까지 제국의 황제를 쫓고 있는 중이었다. 그나마 다행이라면, 데론데스 요새 인근에 주둔하고 있던 제국군 본진 병력이 어제 출발을 했다는 정도. 일단은 그들만이라도 온다면 전황에는 변화가 생길 거라는 판단에서였다.

하지만 루디아의 생각은 회의적이었다.

'리카이엔 프로커스!'

아이젠 백작성을 두고 공방전을 펼치기 시작한 날부터, 루디아는 이상한 느낌을 받았다. 리카이엔 측의 공격이 생각보다 거세지 않다는 점이었다. 굳이 따지자면 아주 형식적인 공성전의 느낌이었다.

루디아가 전해 들은, 그리고 직접 겪은 리카이엔의 전투는 그런 것이 아니었다. 시간을 끌지 않고 빠르면서도 효율을 극대화시키는 것이 그의 전투 스타일이었다. 적당히 공격을 하다가 시간이 되면 미련 없이 물러나는 지금의 모습은 리카이엔과 전혀 어울리지 않았다.

'노리는 게 뭐지?'

보름을 끌어오는 동안 야습 한 번 없었다. 냉정하게 뜯어 보면 제대로 전투를 치를 생각이 없어 보이는 행동들이었다.

한참을 고민하던 루디아가 천천히 고개를 저었다. 분명 무언가 의도를 숨기고 있는 것은 확실한데, 그게 무엇인지 알 수가 없었다.

결국 그녀가 선택할 수 있는 것은 한 가지밖에 없었다.

'일단은 버티는 수밖에!'

"이제 슬슬 때가 됐지?"

리카이엔의 말에 카이스가 고개를 끄덕였다.

"이 정도 했으면 이제 뭐 마무리하는 게 좋지."

제국군의 사령관인 파벤투스와 브렌 왕국의 영주들을 이끄는 폴덴바인 백작 역시 천천히 고개를 끄덕인다.

아이젠 백작성 공방전이 시작된 지 20일째였다.

성 안에서 농성을 벌이고 있는 써클루스 반란군들의 상태가, 이쪽에서 보기에도 눈에 띌 정도로 과하게 피로가 누적되었다는 것을 알아 볼 수 있기 때문이었다.

리카이엔이 뒤에 서 있는 세 사람을 향해 물었다.

"특별히 생각해 둔 것이라도 있는지요?"

하지만 별다른 대답이 나오지는 않는다. 정확하게 말하면 특별한 전술을 생각할 필요가 없었다. 상대적으로 힘든 공성전을 펼치고 있지만, 이쪽에 지나치게 유리한 상황이기 때문이었다.

적들은 언제 성이 뚫릴지 알 수 없다는 불안감과 기다려도 오지 않는 원군의 소식으로 인해 극도로 지쳐 있는 반면, 리카이엔 쪽은 지난 20일 동안 적당히 진퇴를 반복하며 힘을 조절하고 있었다.

그때 파벤투스가 설명을 덧붙였다.

"베르무크라는 자는 포함되어 있지 않지만, 세피테론 공작이 이끄는 제국군이 어제 세르오넨 요새를 통과했다 하오. 아마 내일이면 도착할 테니, 오늘은 저 성을 마무리 하는 게 좋을 것 같소. 괜히 시간을 끌다가 앞뒤에서 협공을 받게 되면 지금까지 만들어 온 좋은 상황이 단숨에 뒤집힐 수도 있소."

리카이엔 역시 알고 있는 사실이었다. 지금 이곳으로 달려오고 있는 제국군의 병력의 수는 무려 15만. 써클루스가 제국을 집어삼키기 위해 포섭했던 모든 병력들이었다. 베르무크가 황제를 쫓기 위해서 데리고 간 사람들은 써클루스에 속해 있던 암살자들이었기에, 거의 모든 제국군이 이쪽으로 올 수 있었던 것이다.

그 사실을 알고 있는 파벤투스는 조금 불안한 모습이었다. 아무리 지금 유리한 상황에 있다 해도, 그 병력과 아이젠 백작성에 있는 병력들이 협공을 펼친다면 결과를 장담할 수가 없다는 것을 알기 때문이었다.

고개를 끄덕인 리카이엔이 폴덴바인 백작에게 시선을 던지며 말했다.

"오늘 밤, 그것을 써야겠습니다."

그 말에 폴덴바인 백작이 씨익 웃으며 말했다.

"드디어 움직이는 건가? 그동안 꽤 힘들었다네."

"괜히 이때까지 기다려 온 게 아니지 않습니까?"

"그렇지."

두 사람의 대화를 들은 파벤투스가 고개를 갸웃거렸다.

"뭔가 좋은 방법이라도 있소?"

"물론입니다. 지금까지 괜히 시간을 끈 게 아니지 않습니까?"

"무슨 방법이오?"

"그건 오늘 밤이 되면 알 수 있을 겁니다."

삐이익, 삐이익!

깊은 밤, 갑작스레 곳곳에서 높은 피리 소리가 울려 퍼졌다.

"무슨 일이냐!"

깜짝 놀라 잠에서 깬 루디아의 외침에 밖을 지키던 수하가 다급한 목소리로 외쳤다.

"기습입니다!"

"흡!"

그 말을 듣는 순간, 루디아의 표정이 딱딱하게 굳었다. 한밤중의 기습이라는 것이 갑작스럽고 긴장해야 할 일이라는 것은 분명하지만, 전쟁 중에 흔히 있는 일이기도 하다. 그렇기에 밤이 되면 더욱 경계를 강화하고 지키는 것이 아닌가.

하지만 루디아가 심각한 표정을 짓는 데는 다른 이유가 있었다.

'왜 이제 와서!'

무려 20일 동안의 공방전을 치르면서도 적들은 단 한 번도 한밤중의 기습을 한 적이 없었다. 혹시나 방심을 유도하려는 건가 싶은 생각에 루디아는 밤중의 경계에 더욱 신경을 썼고, 그러한 상태는 아직까지 이어져 오고 있었다.

곧 온다던 원군이 도착하지 않아 심리적으로나 신체적으로나 상당히 지친 상태이기는 하지만, 이런 기습에 당황할 정도는 아니었다.

그렇다는 말은, 이렇게 기습을 해도 노력한 것에 비해 큰 효과가 없다는 뜻이다. 그리고 루디아가 아는 리카이엔은 그런 정도도 파악하지 못할 만큼 어리석은 사람이 아니었다.

그렇다면 이 기습에는 다른 이면이 있다는 뜻이었다.

'도대체 뭐지?'

머릿속을 어지럽히는 생각에 루디아는 저도 모르게 짜증스러운 표정을 지었다.

하지만 지금은 그것을 고민할 때가 아니었다. 이번 기습이 지금까지 보여 주었던 그런 형식적인 공격이 아니라면, 기습의 효과는 없어도 성이 위험해 질 가능성은 있었다.

"당장 병력들을 움직여!"

루디아가 앙칼지게 외친 후, 자신도 황급히 밖으로 뛰어나갔다.

"크아아아악!"

밖으로 나가자마자 귓전을 때린 것은 요란한 비명이었다. 성벽 너머에서는 시뻘건 화염이 안으로 날아들고 있었다. 기습의 효과를 극대화하기 위해서인지, 지금까지 사용하지 않았던 불화살을 날리는 것이었다.

그때 허둥지둥 밖으로 달려 나오는 영주들의 모습이 보였다.

"뭣들 하느냐! 당장 병력을 통솔하고 성을 지켜!"

버럭 소리를 지른 루디아는 대답도 듣지 않은 채 재빨리 성벽 위로 뛰어 올라갔다.

쉬우우욱!

성벽 위에 도착하자마자 한 대의 불화살이 옆을 스치고 지나갔다.

"이놈들이!"

머리끝까지 화가 난 루디아가 급히 손을 움직였다.

화르르르륵!

살짝 들어 올린 손바닥 위에 커다란 화염 덩어리가 피어오르며 주변을 밝힌다. 그리고 떠오르기가 무섭게 저 멀리 달려오고 있는 적진을 향해 날아갔다.

콰아아앙!

요란한 폭음과 함께 적진 한가운데 폭발이 일어났다. 하지만 적들의 기세는 조금도 사그라지지 않았다. 오히려 더욱 함성을 지르며 이쪽을 향해 달려왔다.

그러는 사이 성벽 위로 뛰어 올라온 아군 병력들이 자리를 잡고 움직이기 시작했다.

어두운 밤을 환하게 밝히려는 듯 곳곳에서 불이 피어올랐다. 성벽을 넘어 들어온 적의 화살이, 곳곳에서 불이 되어 번지며 성 안을 환하게 밝혔다.

그러는 사이 성벽 위에서도 반격이 시작되었다.

쏴아아아!

화살비가 적진의 머리 위로 퍼붓고, 일부 병사들이 발리스타와 투석기를 움직이기 시작했다.

끼이이이익, 투앙!

발리스타의 밧줄이 끊어질 정도로 팽팽한 장력을 머금는 순간, 걸려 있던 투창이 발사되었다. 동시에 투석기로 쏘아 올린 돌덩이들이 적진의 한가운데를 두들겨 댔다.

처음에 당황했던 것에 비하면 꽤나 안정적인 움직임이었다. 혹시나 하는 생각에 경계를 늦추지 않았던 덕분이었다.

하지만 그럼에도 불구하고 루디아의 표정은 여전히 심각하기 짝이 없었다.

'도대체 뭘 노리는 거냐!'

이 야습의 의도를 전혀 알 수가 없었다. 정돈된 움직임으로 공격을 해 오고는 있지만, 평소의 그 형식적인 느낌은 여전한 탓이었다. 즉, 저들의 움직임만 보자면 정말 쓸데없는 행동이었다.

하지만 굳이 한밤중에 기습을 하는 데는 그 이유가 있을 터. 루디아는 그 이유가 보이지 않아 답답했다.

그때였다.

와아아아아!

갑자기 함성이 터져 나왔다.

"헉!"

동시에 루디아의 안색이 시퍼렇게 질렸다. 함성이 들린 곳이 정면이 아니라 뒤쪽, 즉 성 안에서 들렸기 때문이었다. 전혀 함성이 들릴 일이 없는 곳에서 들린 함성.

'적이다!'

루디아는 반사적으로 그 사실을 감지했다. 그리고 황급히 뒤돌아보는 순간, 루디아는 자신의 눈을 의심했다.

'어, 어느새!'

엄청난 병력이었다. 적들이 쏜 불화살로 인해 환하게 밝혀진 성 안에서 몰려다니며 움직이는 적병의 수는 어림잡아도 5천은 되어 보였다. 그리고 더 큰 문제는 조금씩 늘어나고 있다는 점.

단순히 조심스레 잠입시킨 병력이 아니라는 뜻이었다. 어쩌면 밖에서 공격을 하고 있는 부대보다 더 본진에 가까운 병력이었다.

"안쪽으로 적이 침입했다! 후방 병력은 침입한 적들을 공격해라!"

루디아가 다급한 목소리로 외치기도 전에 이미 병사들이 그쪽을 향해 움직이고 있었다. 그들 역시 직감적으로 아주 위험하다고 느꼈기 때문이다.

성 안 곳곳에서 불이 치솟았다. 성 안에 살던 주민들은 대부분 끌려가서 노역을 하거나 죽은 후였기에, 머물고 있는 이들은 전부다 써클루스 반란군의 일원들이었다.

매캐한 연기가 성 안에 가득 들어차고, 잿빛의 연기가 하늘 위로 솟아올랐다.

와아아아아!

그리고 그 연기가 뚜렷해지는 순간, 성 밖에서 거대한 함성이 터져 나왔다. 지금까지와는 명백하게 다른 함성.

'드디어 시작인가!'

루디아는 이제부터 진짜 공격이 시작된다는 것을 직감적으로 알 수 있었다.

"이런 걸 언제 준비한 거요!"

아이젠 백작성 안의 한 광장에 선 파벤투스가 기겁한 표정으로 물었다. 그가 휘둥그레진 눈으로 보고 있는 것은, 병사들이 튀어나오고 있는 땅에 난 구멍이었다. 그리고 그 구멍은 땅속을 통해 아이젠 백작성 바깥까지 이어져 있었다.

파벤투스가 확인한 것만 해도 이 성 안에 난 이런 구멍이 수십 군데였다.

아이젠 백작성 바깥에 진을 친 후, 이런 것을 준비하는 것은 한 번도 보지 못했다. 그런데 갑자기 이런 게 튀어나왔으니 놀라는 것도 당연한 일이었다.

리카이엔이 피식 웃으며 말했다.

"전투가 시작되기 전에 준비해 놓았습니다."

"시작되기 전에?"

파벤투스의 얼굴에 이해할 수 없다는 표정이 떠올랐다. 그가 알기로 이 반란군들이 아이젠 백작성에 자리를 잡은 것은, 전쟁이 시작된 후였다. 기습적으로 공격을 받고 일부 영주들이 죽은 후, 부랴부랴 이곳에 모였다.

도대체 어떻게 이곳으로 모일지 알고 이런 것을 미리 준비해 놓았단 말인가.

"이것을 위해 그간의 작업을 했으니 당연하지요."

"그간의 작업?"

"그렇습니다."

써클루스 반란군들이 이곳 아이젠 백작성에 모인 것은 다분히 리카이엔의 사전 작업에 의한 결과물이었다.

전쟁 직전에, 카론 상회를 통해 식량을 포함한 전쟁 물자들을 끌어모으고, 물자가 풍족한 영지들을 기습한 것이 그 시작이었다.

전쟁 발발 직후, 물자가 부족한 써클루스 반란군들은 어떻게 해서든 그것을 확보해야 했다. 하지만 카론 상회와 바다의 해적들 때문에 외부에서 구하는 것은 지극히 어려운 상황. 그런 상황에서 선택할 수 있는 일은 지극히 한정적이었다. 그중에서 가장 손쉬운 것이, 물자가 풍족한 곳을 점령하는 것이었다.

식량과 물자가 확보되는 동시에, 전략·전술적인 측면에서 유리한 위치에 있는 성. 그렇게 조건을 따지게 되면 후보지는 몇 군데 되지 않았다. 특히나, 전략적으로 제국의 원군을 맞이하기 좋은 동부에 있으면서 수성전을 펼치기에도 유리한 장소는 지극히 한정적이었다.

그렇게 조건을 따졌을 때 나올 수 있는 장소는 겨우 두 군데밖에 없었다.

그 후는 간단했다. 두 개의 성 모두 땅굴을 파 놓는 것이었다.

적들이 다른 선택을 할 가능성도 없지는 않았지만, 그런 경우는 오히려 더 쉬웠다. 성 안에서 농성을 한다 해도 물자가 부족한 이상 오래 버티기 힘들기 때문이었다.

심신을 지치게 만들고 점점 고립감이 강해지다가 그것이 극에 달한 순간, 미리 파 놓은 땅굴을 통해 내부에서 공격을 한다는 생각이었다.

제대로 실행만 된다면 일거에 적들을 섬멸시킬 수 있는 방법이었다. 그리고 그 방법은 조금의 오차도 없이 정확하게 실행되고 있었다.

궁금해 죽겠다는 얼굴을 하고 있는 파벤투스를 향해 리카이엔이 장난스러운 표정으로 말했다.

"전부 이야기를 하자면 꽤 길어질 테니, 이곳을 마무리한 후에 해 주겠습니다."

"알았소!"

파벤투스의 대답이 끝나기가 무섭게 리카이엔이 몸을 날렸다. 불이 환하게 밝혀져 있는 성벽을 향해.

"전군 공격!"

"마스터! 큰일 났습니다!"

다급하게 달려오는 바록의 외침에 베르무크는 와락 인상을 구겼다.

제국으로 돌아와 황제의 추적에 나선지 20여 일째. 항상 잡았다고 생각하는 순간 번번이 놓치는 바람에 그렇지 않아도 신경이 예민해져 있던 차였다. 그런데 뭔가 큰일이 났다고 하니 마음 편하게 받아들일 수가 없는 것이다.

"무슨 일이냐?"

"그, 그것이!"

"빨리 말해라!"

"예, 브렌 왕국에 있던 우리 병력이 전멸했습니다!"

"뭐?"

순간적으로 바록의 말을 이해하지 못한 베르무크가 설명을 요구하는 표정을 지었다.

"아이젠 백작성 안에서 농성을 벌이던 영주들이 모두 전사했습니다. 병력들은 1/3은 전사했고, 나머지는 무장해제 당했다고 합니다."

설명을 들었음에도 불구하고 베르무크는 여전히 그것을 이해하지 못했다.

그는 한때 아이젠 백작의 모습으로 지냈던 적이 있었다. 그 당시 그가 둘러본 아이젠 백작성은 거의 철옹성이나 다름없었다. 그런 곳이 어떻게 함락이 된단 말인가.

그런 베르무크의 생각을 알아 챈 바록이 설명을 덧붙였다.

"간신히 탈출한 루디아의 말에 따르면, 외부에서 안으로 이어지는 땅굴을 통해 침입했다고 합니다."

"땅굴?"

"예, 수십 개의 땅굴이었다고 합니다."

"그렇게 될 때까지 몰랐단 말이냐?"

"그런 것이 아니라, 아무래도 전쟁 전에 파 놓은 듯하다고 하더군요."

순간 베르무크는 거대한 망치로 뒤통수를 강타당한 듯한 기분을 느꼈다. 땅굴을 미리 파 놓았다는 말은, 병력들이 아이젠 백작성에 모일 것을 미리 알았다는 뜻이다.

"크으윽!"

불쾌한 감정을 떨쳐 버릴 수가 없었다. 전쟁을 하기 전부터 계속해서 리카이엔이 자신을 농락하고 있다는 생각이 머리에서 떠나지가 않았다.

"어떻게 하시겠습니까?"

바룩이 조심스러운 표정으로 물었다.

세피테론 공작이 이끄는 제국군이 현재 브렌 왕국으로 들어가 아이젠 백작성으로 향하고 있었다. 이대로 가면 제국군 또한 리카이엔과 싸워야 했다.

문제는 이번에는 입장이 바뀌었다는 점이다. 철옹성이라 불리는 아이젠 백작성을 자신들이 공격해야 했다.

상대가 리카이엔이라는 점을 감안한다면, 쉬이 끝날 일이 아니었다.

이런 때에 계속해서 황제를 추적하는 것은 바보 같은 짓이나 다름없었다.

거기까지 생각한 베르무크가 힘겨운 표정으로 말했다.

"세피테론에게 연락해서 병력을 회군시켜라. 라우트 산성에서 놈들을 맞이한다!"

마음 같아서는 산성에 웅크리고 적을 기다리는 것보다는, 당장 달려가 놈을 죽이고 싶었지만 그럴 수는 없었다. 지금까지의 전쟁이 놈의 의도대로 흘러가는 측면이 많았기 때문이었다. 자신이 간다면 놈이 준비해 놓았던 무언가가 또 있을지도 몰랐다.

그러니 차라리 이쪽에서 먼저 다른 방향으로 이끌고 가는 것이 나았다.

제국의 동부에는 남북으로 길게 뻗은 캘러멘 산맥이 있어 동쪽의 국경 역할을 하고 있었다. 대륙의 지도를 펼쳐 놓고 보면, 그로니스 제국과 브렌 왕국의 경계는 대륙 동쪽에서부터 1/3 지점에 세로로 길게 선을 그어 놓은 형태였는데, 그 세로로 길게 뻗은 국경선의 위쪽 절반가량이 캘러멘 산맥이었다.

그 캘러멘 산맥에 자리한 산 중 하나가 라우트 산이었고, 라우트 산을 넘는 길 중간을 막고 있는 것이 라우트 산성이었다.

얼마 전 붕괴된 브렌 왕국의 데론데스 요새와 마주 보고 있는 제국의 세론드 요새 사이를 잇는 길은 캘러멘 산맥이 끝나는 남쪽 끝자락을 우회하는 대로였다. 이대로는 대부분이 평지이고 넓게 잘 닦여 있기에 많은 물류의 이동이 가능했고, 그런 이유로 그로니스 제국의 교역의 한 축을 담당하고 있었다.

반면, 라우트 산을 넘는 길은 그리 좋은 편이 아니었다. 캘러멘 산맥 중에서는 낮은 편에 속하지만, 그래도 험한 산길에 속했다. 그럼에도 불구하고 이 길이 산성을 세워 지킬 정도로 중요한 이유는 전략적인 이유였다.

이 산만 넘으면 제국의 수도인 크벤티움까지 일직선으로 길이 뻗어 있기 때문이었다. 말을 달리면 서두르지 않아도 열흘이면 갈 수 있는 거리였다.

만약 이 길로 병력이 넘어 올 경우, 크벤티움까지 별다른 저지를 받지 않고 진격할 수 있을 정도였다. 그렇기에 제국은 오래 전에 이곳에 산성을 세워 일반인의 통행을 막고 있었다.

산성으로 이르는 길은 동쪽이든 서쪽이든 경사가 심하고 길목이 좁아 많은 병력의 이동이 힘들었다. 더군다나 양쪽 다 길 좌우가 가파른 비탈이라 우회가 힘들뿐더러, 그 비탈 위쪽에 매복을 할 경우 일거에 적을 섬멸할 수도 있었다.

　리카이엔을 막기 위한 장소로써 라우트 산성은 최적이라고 볼 수 있었다.

　"알겠습니다. 당장 연락을 하겠습니다."

　아이젠 백작성은 빠르게 안정되었다.

　반란군에게 끌려가 노역을 하던 성의 주민들은 모두 풀어주는 것은 물론, 전투 중 집이 불타거나 무너진 사람들에게는 아이젠 백작성에 보관되어 있던 식량과 재화를 풀어 부족하지 않을 정도의 보상을 했다.

　붙잡힌 병사들은 따로 억류하지 않고 각자의 고향으로 돌려보냈다. 어차피 영주의 결정으로 인해 참전한 병사들에게 죄를 묻는 불필요한 짓을 할 이유가 없기 때문이었다.

　그 외에 성 방어를 위한 병력들을 제외한 남는 병력들은 교대로 움직이며 성 안에서 해야 할 일들을 했다. 집을 잃은 주민들을 위해 임시로 천막을 세우고, 백작의 성 안에는 다친 사람들을 치료하기 위한 장소로 손을 보았다. 약탈로 인해 굶고 있는 사람들을 위해, 아이젠 백작성의 창고도 개방을 했다. 모두, 리카이엔의 아버지 데릭이 한 일들이었다.

　당장 전쟁 중에 크게 신경 써야 할 일은 아니었지만, 나중을 위해서는 반드시 필요한 일이었다.

브렌 왕국 내에서 폴덴바인 백작과 그에게 동조한 영주들은 이미 자신들의 뜻을 공표했다. 브렌 왕조를 인정할 수 없으니 큰 뜻을 가지고 백성들이 편안한 삶을 영위할 수 있는 왕국을 세우겠다는 내용이었다. 그리고 그 왕국의 새로운 왕으로 추대된 사람이 데릭이었다.

나중을 생각하면 성급한 행동일 수도 있었지만, 또 한편으로는 자신들이 뜻하는 바를 알리기 위해서는 적절한 행동이었다.

훗날 백성들의 지지를 얻기 위해서는 미리 공표를 하고, 실제로 그런 모습을 보이는 것이 낫다고 판단한 것이었다. 그리고 실제로 아이젠 백작성에서 보인 데릭의 모습은 훌륭했다. 단순히 사람들을 위해서 무언가를 했기 때문이 아니라, 그 무언가를 하기 위해 보여 준 신속하고 체계적인 판단들 때문이었다.

"백작님, 병력들이 나타났습니다!"

성벽 위에 세워 놓은 작은 천막. 리카이엔은 카이스, 폴덴바인 백작, 파벤투스와 함께 그 천막에서 생활을 하고 있었다. 가능하면 데릭의 모습을 돋보이게 하기 위해서는, 자신들이 사람들의 눈에 띄지 않는 곳에서 생활하는 것이 좋다고 생각했기 때문이었다. 물론, 성벽에서 지내는 편이 적의 공격에 빨리 반응하기 좋다는 이유도 있었다.

"병력들?"

밖에서 들려온 소리에 리카이엔이 묘한 불안감을 느끼며 몸을 일으켰다.

세피테론 공작이 이끌고 오던 제국군이, 다시 돌아갔다는 소식을 이미 접했기 때문이었다.

"음!"

아니나 다를까. 리카이엔은 저도 모르게 안타까운 표정을 지어 보였다. 저 멀리 진을 치고 있는 병력들 한가운데 높이 세워져 있는 거대한 깃발. 그 안에 새겨진 것은 다름 아닌 브렌 왕국군의 기병장관을 뜻하는 것이었기 때문이다.

"어!"

뒤따라 나온 카이스가 저도 모르게 당황스러운 소리를 뱉었다. 그리고는 심각한 표정으로 리카이엔을 향해 물었다.

"로바인 공작님이 직접 오신 거냐?"

"그런 모양이다."

"어, 어떻게 할 거냐?"

질문을 던지는 카이스의 얼굴에 불안감이 떠올랐다. 그리고 리카이엔의 대답은 카이스의 불안감이 괜한 것이 아니라는 사실을 확인시켜 주었다.

"싸워야지."

"다른 사람도 아니고 로바인 공작님이다!"

지난 정복전쟁 당시 함께 전투를 치르는 동안, 꽤나 정이 들었던 사람이었다. 인간적으로, 그리고 장수로서 존경하는 사람이기도 했다. 그런 사람과 싸워야 한다는 말에 쉽게 고개를 끄덕일 수는 없었던 것이다.

하지만 리카이엔은 단호했다.

"어쩔 수 없다는 걸 알잖아?"

"그래도!"

"네가 싫다면…… 이번 전투는 빠져도 된다."

그때였다.

"누가 달려옵니다!"

망루에 있던 병사가 큰 소리로 외쳤다.

갑작스러운 외침에 황급히 고개를 돌려보니, 누군가 혈혈단신으로 말을 몰아 달려오는 것이 보였다.

"흡!"

안력을 돋워 달려오는 이를 살피던 리카이엔이 갑자기 헛바람을 들이켜며 주변을 향해 외쳤다.

"공격하지 마라!"

그 말에 시위에 화살을 걸던 병사들이 깜짝 놀라 손을 멈췄다.

그사이 리카이엔이 성벽 안쪽을 향해 외치며 달려갔다.

"성문을 열어! 내가 나간다!"

"어? 야!"

깜짝 놀란 카이스가 황급히 리카이엔을 불렀다. 하지만 리카이엔은 이미 성벽 아래를 향해 뛰어가고 있었다.

"젠장!"

카이스가 와락 인상을 그기며 리카이엔의 뒤를 따랐다.

"어서 오십시오."

차분한 목소리로 먼저 인사를 건넨 사람은 리카이엔이었다. 그리고 카이스가 기운이 빠진 목소리로 입을 열었다.

"그간 평안하셨습니까?"

말에 오른 채 인사를 건네는 두 사람의 앞에는, 로바인 공작이 있었다.

그늘진 얼굴로 인사를 하는 두 사람과는 반대로, 로바인 공작은 환한 표정으로 인사를 받았다.

"허허, 자네들 덕분에 평안하기는 힘들더구만. 그래 잘 지냈는가?"

"후후, 보시다시피 이런 상황이라 잘 지냈다고 말하기는 힘들 것 같습니다."

"하긴, 꽤 여러 가지 일이 있었던 모양이야."

로바인 공작이 1년 전 리카이엔이 갑자기 사라진 일을 떠올리며 고개를 끄덕였다.

그리고 잠시 침묵이 이어졌다. 리카이엔과 카이스는, 로바인 공작이 이렇게 홀로 찾아올 것이라고는 생각지도 못했기에 뭐라고 말을 꺼내야 할지 난감할 수밖에 없었다.

먼저 침묵을 깬 사람은 로바인 공작이었다.

"꼭 이럴 필요가 있었는가?"

대답은 리카이엔의 입에서 나왔다.

"이럴 필요가 있다고 생각하는 사람이 많더군요."

"폴덴바인 백작 말인가?"

"특별히 누군가 한 사람의 필요가 아닙니다."

"하긴……."

로바인 공작이 편안한 미소를 지으며 고개를 끄덕였다. 그 역시 알고 있었다. 브렌 국왕이 극단적으로 변하면서부터 조만간 큰 일이 벌어질 거라는 생각을 했었다.

지금은 변했다지만, 과거의 브렌 국왕은 호전적이고 독선적인 면이 있을 뿐, 폭군은 아니었다. 충분히 해야 할 일을 했고, 베풀 수 있는 만큼은 베풀었다. 하지만 상황이 바뀌면서부터 변하기 시작한 것이었다.

그리고 이제는 그를 폭군이라 부를 수 있었다. 로바인 공작 역시, 국왕이 성에서 사람들을 죽인 일을 알고 있었다. 그리고 그날부터 완전히 다른 사람이 되어 버렸다는 사실을 알고 있었다. 당연히 더 이상 그가 왕국의 주인으로서 살아갈 수 없다는 생각도 했다.

그때부터 로바인 공작은 오랫동안 고민해 왔었다.

그런 일이 벌어졌을 때, 자신은 그들을 막아야 하는가. 혹은 그들을 도와야 하는가.

국왕의 신뢰를 받고, 받은 은혜가 있으며, 브렌 왕국의 기병장관으로서의 그는 적들을 막아야 했다.

하지만 신음하는 이들의 모습을 보면 그럴 자신이 없었다. 무엇보다, 과연 왕조를 뒤집으려는 그들 역시 자신의 사리사욕을 위해서 그러는 것은 아닌지 구분할 자신이 없었다. 그것은 평생 무관으로 살아온 로바인 공작에게는 풀 수 없는 숙제였다.

그러던 차에 눈앞에 나타난 사람이 리카이엔이었다.

로바인 공작이 리카이엔의 어깨를 두드리며 말했다.

"나는 브렌 왕국의 기병장관 로바인 공작일세."

"예, 그리고 저는 더 이상 브렌 왕국의 프로커스 백작이 아닙니다."

"나는 국왕의 명을 받은 무관으로서, 전력을 다해 내 소임을 완수할 것일세."

너무나 아무렇지 않게, 담소라도 나누듯 말하는 로바인 공작의 모습에 리카이엔은 쉬이 대답하지 못했다. 로바인 공작이 망설이는 리카이엔의 어깨를 두드리며 말했다.

"나는 내 소임을 다할 테니, 자네는 자네가 해야 할 일을 하도록 하게."

리카이엔이 크게 심호흡을 한 후, 힘겹게 고개를 끄덕였다.

"알겠습니다."

더 없이 편안한 미소를 지어 보인 로바인 공작이 천천히 말머리를 돌렸다. 그리고는 더 이상 뒤돌아보지 않고 그대로 말을 몰았다.

뒤로 돌아 말을 달리는 로바인 공작의 얼굴은, 방금 리카이엔에게 지어 보인 그 미소가 지워지지 않은 채 그대로 떠올라 있었다.

'자네라면 믿을 수 있네.'

브렌 왕조의 종말을 예상하고 있던 로바인 공작이 가장 걱정했던 것은, 과연 그 새로운 왕을 믿을 수 있는가 하는 점이었다. 만약 사리사욕으로 왕자에 오른 자라면, 굳이 왕조가 바뀌어도 변하는 게 없다고 생각했기 때문이었다. 오히려 그로 인해 희생만 늘어날 뿐.

하지만 그 부분에 대해서는 걱정할 필요가 없었다. 리카이엔이라면 믿을 수 있었다.

돌아가는 로바인 공작의 뒷모습을 물끄러미 지켜보던 리카이엔과 카이스는 아무런 말도 하지 않은 채 멍하니 서 있었다. 로바인 공작의 모습을 가만히 보고 있자니 괜히 서글픈 감정이 밀려온 탓이었다.

그리고 다음 날.

아이젠 백작성 밖에 진을 치고 있던 브렌 왕국군 진지에 백기가 올라갔다.

Chapter 7.

로바인 공작

수없이 많은 눈동자들이 잔뜩 긴장한 채 말을 타고 다가오는 사내들을 쳐다보고 있었다. 양 어깨는 안쪽으로 모여 있고, 목은 움츠러들었으며 두 발은 어찌해야 할지 모르겠다는 듯 끊임없이 주춤거린다.

　하나같이 갑옷을 받쳐 입고 있었다. 철판을 이어붙인 갑옷도 있고, 가죽 갑옷도 있지만, 더러는 나무판으로 만든 갑옷을 입은 자들도 있었다. 그런 각양각색의 차림을 한 이들의 공통점은, 몸에는 갑옷을 걸치고 있는데 손에는 무기가 쥐어져 있지 않다는 점이었다.

　패잔병들이었다. 하지만 전투 혹은 전쟁에서 진 패잔병들이 아니었다. 수뇌부의 천막 옆에 집채만큼이나 거대한 백기가 올라가, 화살 한 번 쏘아 보지 못하고 패잔병이 된 이들이었다.

척척척척!

패잔병들 사이로 커다란 길이 생기고, 그사이로 묵직한 발소리들이 울려 퍼졌다. 훈련이 잘된 듯, 내딛는 걸음은 하나로 통일되어 마치 한 사람이 걷는 듯한 소리가 들리고, 눈빛은 투지로 빛나는 병사들. 하늘을 향해 세워들고 있는 철창의 창극은 햇빛을 받아 시린 빛을 뿜어내고 있었다.

그 병사들 앞에는 말을 탄 스무 명의 기사들이 있었고, 그 기사들 앞에 갑옷조차 걸치지 않은 네 명의 사내가 천천히 말을 몰고 있었다.

"이렇게 하실 줄이야……."

불안감과 안도감이 동시에 묻어 있는 묘한 목소리로 말을 한 이는 카이스였다. 대답은 나란히 있는 리카이엔의 입에서 나왔다.

"의외기는 해."

"그러니까 말이야. 다른 사람도 아니고 그 로바인 공작님이잖아."

로바인 공작은 싸우다 죽었으면 죽었지, 절대 스스로 백기를 들 리가 없는 장수였다. 그런 로바인 공작이 이끄는 군대가 백기를 들었으니 이상하게 여기는 것은 당연한 일이었다. 한편으로는 존경하던 로바인 공작과 싸우지 않아도 된다는 사실은 안도감을 주기도 했다.

"로바인 공작님이 자기 손으로 백기를 들 분은 아니신데……."

리카이엔의 불안한 목소리에 카이스 역시 같은 생각을 한 듯 크게 고개를 끄덕이며 말했다.

"그렇지, 그래서 더 불안해. 설마 다른 사람이 백기를 올린 건 아니겠지?"

군대의 총지휘관이 아닌 다른 사람이 백기를 올렸다는 말이 의미하는 바는 한 가지밖에 없었다. 그 총지휘관에게 변고가 생겼다는 뜻이다. 그리고 어제까지만 해도 멀쩡하던 사람에게 생길 만한 변고는 한 가지밖에 없었다.

싸워 이길 자신이 없는 다른 지휘관들이 총지휘관을 제압하고 백기를 올리는 상황.

"설마……."

리카이엔이 고개를 저으며 카이스의 말을 부정했다. 로바인 공작이 다른 사람도 아닌, 아군에게 그런 짓을 당할 정도로 멍청한 사람일 리 없기 때문이었다.

하지만 카이스는 여전히 불안감이 가시지 않은 얼굴이었다.

"만약 그렇기만 해 봐라. 전부다 쓸어버릴 테니까!"

백기가 올라오지 않았다면, 자기 손으로 로바인 공작과 싸워야 했을지도 모른다는 것은 생각지 않는 듯 카이스가 살기 띤 목소리로 으르렁거렸다.

실제로 왕국군의 진영을 궁수들과 기마대로 포위하고 있었으니 마음만 먹으면 충분히 할 수도 있는 일이었다.

뒤에 서 있던 폴덴바인 백작이 부드러운 목소리로 말했다.

"로바인 공작님은 아군에게 일을 당하실 정도로 무른 분이 아니네. 그러니 너무 걱정하지 말게."

마지막으로 말을 보탠 사람은 파벤투스였다.

"이야기로만 전해 듣기는 했지만, 로바인 공작이 그런 일을 당하지는 않았을 거라 생각하오."

그러는 사이 네 사람은 거대한 백기가 올라 있는 천막 앞에 도착했다. 멀리서는 몰랐는데, 가까이 와서 보니 꽤 많은 천들을 이어 붙였는지 기운 자국이 어지러이 널려 있는 것이 급하게 만든 물건인 모양이었다.

그리고 천막 입구의 휘장이 걷혔다. 갑옷조차 걸치지 않은 50대 중반의 사내가 차분한 목소리로 말했다.

"어서 오시오. 기다리고 있었소이다."

리카이엔과 카이스가 어디선가 본 적은 있지만, 확실히 누군지 기억을 하지 못해 바로 대답을 하지 못하는 사이 폴덴바인 백작이 말했다.

"헤이스턴 백작, 오랜만이오."

왕국 북부의 실력자 중 한 명이었다.

헤이스턴 백작이 어색한 미소를 지으며 고개를 끄덕였다.

"그렇구려. 폴덴바인 경과 이런 식으로 대면하는 것이 딱히 즐거운 상황은 아니구려."

"세상일이라는 게 언제 어떻게 변할지 알 수 없는 법 아니겠소?"

말에서 내린 네 사람이 천막을 향해 다가가고, 헤이스턴 백작이 천막 입구에서 옆으로 비켜섰다.

가장 먼저 안으로 들어선 리카이엔의 눈에 긴 회의용 탁자가 눈에 들어왔다. 탁자는 천막 입구 방향으로 길게 놓여 있었는데, 들어오는 입구의 맞은 편 자리에 로바인 공작이 앉아 있었고 그를 중심으로 다른 영주들이 복잡한 표정을 지은 채 앉아 있었다.

"어서 오시오."

로바인 공작이 짧은 인사를 건네며 자리에서 일어서자, 다른 영주들도 하나둘 몸을 일으켰다.

그사이 리카이엔 쪽의 네 사람이 모두 천막 안으로 들어와 자리를 잡고 섰다. 입구 바로 앞의 자리에 폴덴바인 백작이 자리 잡고, 그를 중심으로 좌우로 리카이엔과 카이스, 파벤투스가 자리를 잡았다.

"어려운 걸음을 하셨소."

로바인 공작의 말에 폴덴바인 백작이 가볍게 고개를 숙이며 인사를 했다.

"어려운 결정을 하셨군요."

"허허, 어려울 게 뭐 있겠소?"

"우선은 자리에 앉으시지요."

이미 백기를 든 마당이니 아무리 왕국군의 수뇌부 천막이라 해도 자리의 주인은 리카이엔 측이었다. 폴덴바인 백작이 먼저 자리를 권한 후, 의자에 몸을 얹고 그 뒤로 다른 이들이 의자에 앉았다.

이야기는 당연히 폴덴바인 백작의 주도로 이어졌다.

"이런 자리에 어울리지 않을지는 모르지만, 그래도 편안하게 이야기를 했으면 좋겠군요."

나눈 이야기는 당연히 전쟁 후의 처리에 대한 것이었다. 왕국군에 참여했던 영주들을 포함한 지휘관급 귀족들은 무장을 해제한 채 아이젠 백작성에 연금하기로 결정했고, 병사들 역시 모든 무장을 해제한 아이젠 백작성의 수용소에 수용하기로 했다. 이번 전쟁이 끝날 때까지의 한시적인 연금과 억류로, 전쟁이 끝나면 모든 이들의 지위를 복권시켜 준다는 내용도 포함되었다.

데릭의 인품에 대해서는 잘 알고 있기에 연금이 결정된 상태에서도 다들 불안해하는 모습은 보이지 않았다. 게다가 싸움 한 번 해 보지 않고 백기를 든 상황에서 국왕에게 돌아간다면 어떤 일을 당할지 알 수가 없기에 오히려 이곳에 있는 것이 안전하다고 생각하는 이들도 더러 있었다.

그중 유일하게 연금이 결정되지 않고 자유로운 몸이 된 사람이 있었으니, 다름 아닌 로바인 공작이었다. 그는 이번 패전의 책임을 지기 위해 국왕에게 돌아가겠다고 말했기 때문이었다.

"이렇게까지 하실 필요는 없을 것 같습니다만."

리카이엔은, 별다른 포박 없이 기사들에게 둘러싸여 이동하고 있는 영주들에게 시선을 던진 채 물었다.

"아닐세, 해야 하네."

대답한 사람은 리카이엔과 같은 곳에 시선을 두고 있는 로바인 공작이었다.

리카이엔이 천천히 시선을 돌려 로바인 공작을 보았다. 망설임 없는 대답만큼이나 단호한 표정을 짓고 있는 공작을 보며 못마땅한 표정으로 고개를 끄덕였다.

그는 지금 로바인 공작의 마음을 조금이나마 이해할 수가 있었다. 더 이상 제대로 된 왕이라 부를 수 없는 국왕이었지만, 로바인 공작은 그 국왕의 명을 받은 장수였다. 총지휘관인 공작 자신이 패전에 대한 책임을 지지 않는 것은, 스스로를 용납할 수 없는 일일 것이다.

이는 리카이엔이 1년 전쯤, 고르온 공작을 차갑게 내쳤을 때의 논리와 같은 맥락의 이야기였다.

그렇기에 리카이엔은 로바인 공작을 진심으로 말리지 못했다. 더 이상 제정신이 아닌 국왕이 로바인 공작을 어떻게 처벌할지 눈에 뻔히 보였지만, 어쩔 수가 없는 일이었다. 지금 이 자리에서 로바인 공작을 제압해 가지 못하게 막을 수는 있지만, 그렇게 하면 로바인 공작은 마음속부터 스스로를 망가트릴 것이 뻔했다.

그렇기에 더 이상 적극적으로 만류하지 않았다. 그저 조용히 인사를 할 뿐이었다.

"조심해서 가십시오."

정중하게 고개를 숙이는 리카이엔의 모습에, 로바인 공작이 느긋하게 고개를 끄덕였다.

"과한 걱정이구만. 누가 나에게 해를 끼치기라도 하겠는가?"

편안한 미소를 짓고 있는 로바인 공작을 향해, 리카이엔이 간절함을 담아 한마디 더 보탰다.

"그리고 나중에 꼭 다시 뵐 수 있으면 좋겠습니다."

로바인 공작이 진심 어린 얼굴로 말했다.

"허허, 나도 꼭 그랬으면 좋겠네."

대륙의 남동부에 자리 잡고 있는 아크로이나 산악 지대가 철광석의 엄청난 매장량으로, 그리고 브렌 왕국과 루오 왕국의 오랜 전쟁의 단초로써 유명하다면, 캘러멘 산맥은 험하기로 대륙에서 단연 최고였다.

그런 산맥의 한 줄기를 담당하는 라우트 산 또한 험하기는 매한가지였다. 그 라우트 산을 동쪽에서 오르기 시작하면 하나의 긴 협곡을 가로질러야 했는데, 트베린 협곡이라 불리는 곳이었다.

마차 한 대가 겨우 지나갈 수 있을 정도의 폭. 산길이라는 점을 감안하면 그리 좁다고 할 수는 없지만, 먼 과거에는 동부와 서부를 잇는 교역로 중 하나였다는 사실을 생각하면 확실히 좁다고 볼 수 있었다.

그 길 좌우로는 수직으로 솟아오른 암벽이 하늘을 찌를 듯, 위로 올라갈수록 양쪽 암벽 사이의 폭이 좁아지는 지형을 이루고 있었다. 좌우를 가로막고 있는 절벽의 경사가 수직을 넘어선다는 뜻이었다.

그런 지형 탓에 이 협곡에는, 하루 온종일 구름 한 점 없는 화창한 날에도 햇빛이 드는 시간이 지극히 짧았다. 그런 이유로 협곡의 길은 항상 어둡고 눅눅했으며, 좌우 절벽에는 이름을 알 수 없는 이끼들이 가득 뒤덮여 있었다.

협곡의 좁은 길과 좌우의 높은 절벽만을 두고 보면, 매복을 하기에는 최적의 장소였다. 절벽 사이의 길을 막아 두고 절벽 위에서 아래를 향해 활과 돌 등을 이용해 공격을 한다면 아주 손쉬운 전투를 치를 수 있었다.

아래에서는 위로 공격을 할 수단이 화살밖에 없는데 절벽 위쪽까지의 높이가 아주 높고, 위쪽의 좌우 절벽 사이의 거리가 좁아 화살을 쏘아도 절벽에 부딪치기 때문에 제대로 적을 맞출 수가 없었다.

하지만 실제로 이곳을 매복지로 사용한 경우는 단 한 번도 없었다. 매복을 하기어 너무나 좋은 장소라는 것은, 적들 역시 매복이 있으리라 예상하고 방비를 하기 때문이었다. 즉, 매복이 가져야 하는 절대적인 조건 중 하나인 의외성이 전무한 곳이었다. 게다가 절벽 위로 올라가는 길이 의외로 멀지 않고, 절벽에 고립될 경우 궁지에 몰리기 오히려 매복을 하기에 아주 좋지 않은 장소였다.

그런 트베린 절벽 위에 엄청난 수의 병력들이 집결하고 있었다.

병력의 수는 대략 1만 5천가량.

보통은 매복지로 잘 사용하지 않는 곳에 병력들이 모이는 것도 조금 이해가 안 가는 일인데, 더욱 이상한 일이 있었다.

병사들이 입고 있는 갑옷이었다. 하나같이 가슴팍에 불꽃 모양의 문양이 새겨져 있는 것이었다.

위와 좌우 세 방향으로 뻗어가는 불꽃의 문양은, 이제는 망해 버린 델로스 왕국 왕가의 문양이었다.

"누구라고?"

베르무크가 시큰둥한 목소리로 물었다. 대답을 한 사람은 옆에 서 있던 바록이었다.

"헬바인 고르온 공작입니다. 정복전쟁 초기에 브렌 왕국의 세르오넨 요새를 공격했던, 데론 왕국군의 지휘관입니다."

"그러고 보니 기억에 있군. 전쟁 중에 갑자기 사라졌었던 걸로 기억하는데?"

세르오넨 요새를 공격하던 두 명의 총지휘관 중 한 명인 고르온 공작이 자신의 병력들과 함께 전장에서 사라진 것은 꽤 유명한 사건이었다. 정복전쟁 당시 베르무크는 브렌 왕국의 아이젠 백작의 모습을 하고 있었기에 기억을 하고 있었다.

"그자가 왜 갑자기 튀어나온 거지? 그것도 하필이면 그 트베린 협곡에 매복이라니?"

방금 베르무크가 들은 보고는 참으로 뜬금없었다. 정복전쟁 당시에 사라졌던 고르온 공작이 자신의 병력들을 데리고 트베린 협곡 위에서 매복을 준비한다는 내용이었다.

전쟁 통에 돌연 사라져 버리는, 누구도 생각할 수 없는 말도 안 되는 짓을 저지르더니 왜 하필 지금 이 순간에 튀어나와 그런 짓을 하는지 이해가 되지 않았다.

"확실한 내막을 알 수 없지만, 지금 라우트 산으로 오고 있는 군대의 누군가를 노리고 있는 게 아닌가 싶습니다."

"그렇겠지."

베르무크 자신이나 이곳에 있는 병력들이 트베린 협곡으로 갈 일이 없으니, 그곳을 통과할 리카이엔의 병력을 기다린다고 보는 쪽이 상황에 맞았다.

"하지만 왜 하필 거기지? 절벽 위로 올라가는 길이 그리 멀지도 않고, 거기가 막혀서 내몰리면 도망칠 곳도 없을 텐데?"

베르무크가 기억을 더듬으며 물었다. 아무리 생각해도 자신들보다 열 배는 많은 병력을 상대로 그곳에 매복을 하는 짓은 어리석기 짝이 없는 일이었다.

"정찰병의 보고로는, 절벽 위로 올라가는 입구를 완전히 틀어막았다고 합니다."

"음?"

무심하던 베르무크의 얼굴에 처음으로 놀란 표정이 떠올랐다.

"입구를 막아?"

"예, 배수의 진을 친 셈이지요."

"흐음, 누구를 향한 건지는 모르지만 꽤나 원한이 깊은 모양인데?"

"그런 모양입니다."

"흐음…… 놈들이 라우트 산으로 들어서기까지 며칠이나

남았느냐?"

"대략 열흘 정도 남았다고 합니다."

"열흘이라……."

베르무크의 입가에 미소가 걸렸다. 그리고 그 미소가 자신과 같은 생각을 했기 때문이라는 걸 안 바룩이 조심스레 입을 열었다.

"제가 가서 만나 보고 오겠습니다."

"좋은 생각이군."

조금 전까지만 해도 찰랑이는 호박색 술을 가득 담고 있던 은잔이 허공을 날았다. 담겨 있던 술이 허공으로 흩어지는 사이, 은잔은 정확하게 원하는 곳으로 날아갔다.

퍼억, 뗑그렁!

둔탁한 소리를 울린 은잔이 바닥으로 떨어져 데굴데굴 굴렀다.

"감히 그 더러운 낯짝을 내 앞에 들이대다니!"

날아간 은잔이 부딪친 곳은 온몸을 포박당하고 강제로 무릎 꿇려진 로바인 공작의 이마였다.

은잔에 남아 있던 술을 흠뻑 뒤집어쓴 로바인 공작의 턱선을 따라, 술과 함께 붉은 핏줄기가 주르륵 흘러내렸다.

하지만 로바인 공작은 포박을 당하고 난데없이 날아온 은잔에 맞아 피를 흘리면서도 허리를 꼿꼿이 펴고 있었다.

"소장의 죄를 달게 받겠습니다!"

조금도 기죽지 않은 당당한 얼굴로 말하는 로바인 공작의 모습에 국왕의 표정이 험악하게 일그러졌다. 그리고 더 이상 고민하지 않았다. 아니, 애초에 고민 따위는 없었다고 보는 쪽이 옳았다.

"닥쳐라! 그 더러운 입에서 나오는 말은 단 한 마디도 듣고 싶지 않다! 여봐라, 저놈을 당장 끌고 나가 목을 쳐라!"

말이 끝나기가 무섭게 대전 입구 쪽에 있던 근위병들이 우르르 달려왔다.

투두두둑!

갑자기 대전 안에 기묘한 소음이 울려 퍼졌다. 동시에 달려가던 근위병들이 다급한 표정으로 일제히 검을 뽑아 들었다. 로바인 공작을 묶고 있던 밧줄이 터져 나가듯 조각조각 끊어져 버린 탓이었다.

정확하게 말하자면, 로바인 공작이 힘을 주어 자신을 묶고 있던 밧줄을 끊어 버린 것이었다. 마스터급의 실력을 갖고 있는 로바인 공작을 밧줄로 묶어 둔다는 것 자체가 애초에 말이 안 되는 일이었다.

"이, 이놈이!"

화들짝 놀란 국왕이 저도 모르게 벌떡 일어서며 외쳤다. 그사이 근위병들과 근위기사들이 로바인 공작을 향해 달려들었다.

"커억!"

우당탕!

무서운 기세로 덤빈 모습과는 대조적으로 모두들 금세 바닥으로 나가떨어졌다. 하지만 로바인 공작 역시 무사하지는 못했다. 옆구리와 어깨 허벅지에 커다란 검상을 입고 피를 철철 흘리고 있었다.

"폐하."

로바인 공작은 몸에 입은 상처는 별로 개의치 않는 듯, 덤덤한 목소리로 국왕을 불렀다. 그리고 국왕을 향해 천천히 걸음을 옮겼다. 로바인 공작의 손에는, 한 기사로부터 뺏어 든 롱소드가 들려 있었다.

"네, 네놈 무슨 짓을 하려고!"

겁에 질린 국왕은 어느새 왕좌 위에 쪼그리고 앉아 부들부들 떨고 있었다.

지금 이 자리에 로바인 공작을 막을 만한 사람은 단 한 명도 없었다. 만일, 로바인 공작의 손에 들린 롱소드가 자신에게로 향한다면?

'저 무능한 놈들!'

국왕은 대전 바닥에 나뒹굴고 있는 근위대를 욕하며 왜 미리 도망치지 않았을까 하는 후회를 하고 있었다. 하지만 국왕의 걱정은 기우였던 듯, 로바인 공작은 국왕이 있는 높은 단으로 향하는 계단 밑에서 걸음을 멈췄다.

그리고 천천히 무릎을 꿇은 후 말했다.

"선택을 하시지요."

"무슨 선택……!"

"편안히 저와 함께 가시겠습니까? 아니면, 살아서 절망을 맞이하시겠습니까?"

"무엄하다! 무슨 망발을 지껄이는 것이냐?!"

왕좌 위에 웅크리고 앉아, 정면으로 보지도 못하고 고개를 돌린 채 곁눈질로 로바인 공작을 보는 국왕의 모습에서는 조금의 권위도 찾아볼 수가 없었다. 하지만 로바인 공작은 개의치 않는 듯 여전히 당당한 얼굴로 고개를 끄덕였다.

"알겠습니다. 그럼 소신은 먼저 가겠습니다."

말이 끝나기가 무섭게 로바인 공작의 목 위에 선명한 붉은 선이 그어졌다.

'미안하네, 리카이엔!'

주름이 깊게 팬 이마 위로 굵은 땀방울이 흘러내렸다.

"후우~"

가벼운 한숨과 함께, 소맷자락으로 땀을 훔쳐 낸 이는 잿빛으로 샌 머리를 가진 50대의 덩치 좋은 사내였다.

평평한 바위 지대 위에서 내리쬐는 뙤약볕을 피할 수 있는 자연이 만들어 낸 그늘은 없었다. 있다면, 조금 떨어진 곳에서 막대로 기둥을 세우고 그 위를 천으로 씌운 그늘막 정도였다. 하지만 사내는 차양막 아래에서 햇빛을 피하기보다는, 바위 지대 끝에 앉아 아래를 노려보는 쪽을 택했다.

바위 지대가 끝나는 지점은 꽤나 깊은 낭떠러지였고, 낭떠러지의 맞은편에는 3미터 정도의 간격을 두고 비슷한 높이의 절벽이 자리하고 있었다.

그리고 그 절벽 맞은편에 또 한 명의 청년이 앉아, 사내와 같은 자세로 아래를 내려다보고 있었다.

문득 고개를 들어 맞은편의 청년을 물끄러미 바라보던 사내가 말을 걸었다.

"그레인."

대답은 지체 없이 돌아왔다.

"예, 아버지."

더 이상 과거의 밝은 표정을 짓지 않는 아들을 바라보는 사내, 고르온 공작의 얼굴에 문득 미안한 표정이 스쳤다.

"지금이라도 산을 내려가지 않겠느냐?"

하지만 그레인은 일말의 여지도 없다는 듯 세차게 고개를 저었다.

"아버지가 전장에 나섰는데 어찌 아들이 안전한 곳으로 피할 수 있겠습니까?"

"하지만 이 일은 너무 위험하다."

"괜찮아요, 너무 걱정하지 마세요. 우리는 이길 수 있고, 이긴 후에 어디 시골에 가서 마음 편히 지내도록 해요."

"그랬으면 좋겠다마는……."

고르온 공작이 자신 없는 얼굴로 힘없이 말했다. 그런 아버지의 모습에 그레인이 안타까운 표정을 지으면서도, 애써 밝은 목소리로 말했다.

"에이, 아버지. 델로스 왕국의 고르온 사령관님의 표정이 그게 뭐예요? 걱정 마세요. 반드시 그놈을 이길 수 있어요!"

그 말에 고르온 공작의 얼굴에 거짓말처럼 힘이 들어갔다. 아니, 단지 힘이 들어간 것이 아니다. 눈빛마저 한가득 살기를 품은 채 번들거리고 있었다.

'프로커스 백작!'

약 1년 전, 리카이엔에게 차갑게 거절당한 고르온 공작은, 꽤 오랫동안 멍한 상태로 시간을 보내야만 했다.

그는 리카이엔의 말에 단 한 마디도 반박을 할 수가 없었다. 그리고 반박을 할 수 없다는 말은, 자신의 선택과 행동이 모두 틀렸다는 것을 인정하는 것이었다. 그리고 결과적으로는 자기 스스로를 부정해야만 했다.

분명 옳은 선택을 했다고 믿는 자신과 스스로를 부정하는 자신 속에서의 갈등은 고르온 공작을 아무런 의미도 없는 시간으로 밀어 넣었다. 그리고 스스로의 존재 가치를 잃어버린, 마치 혼이 빠져나간 빈껍데기가 된 것처럼 아침에 눈을 뜨고 밤에 눈을 감았다.

그런 고통 속에서 3개월의 시간을 보낸 후, 고르온 공작은 마침내 하나의 결론을 내렸다. 그리고 자신의 목표를 잡았다.

'프로커스 백작을 죽이겠다!'

자신을 부정한 프로커스 백작이 없다면, 더 이상 스스로를 부정할 필요가 없다는 비정상적인 생각에 이른 것이었다. 그리고 그것이 뒤틀린 집착으로 이어졌고, 마침내 이곳 트베린 협곡으로 오도록 만들었다.

고르온 공작이 천천히 고개를 돌려 뒤쪽을 바라보았다. 곳곳에 세워 놓은 수많은 그늘막 아래에서 햇빛을 피하고 있는 병사들이 보였다.

맞은편의 그레인 뒤에 있는 병력들까지 합치면 1만 5천 정도의 병력이었다.

처음 세르오넨 요새에서 사라질 때의 병력이 3만이었으니, 그 절반이 이곳에 있는 셈이었다.

'아직도 이만큼이나 되는 병력들이 나를 따른다는 건, 내가 틀리지 않았다는 증거다!'

나머지 절반의 병력이 더 이상 자신의 부름에 호응하지 않았다는 사실은 고르온 공작의 머릿속에 존재하지 않았다.

'프로커스 백작, 그놈만 죽이면!'

고르온 공작은 스스로를 다잡듯, 지금껏 수도 없이 되뇌었던 말을 다시 한 번 떠올렸다.

그때였다.

"누가 왔습니다!"

그레인이 갑자기 아래쪽을 보며 나지막이 외쳤다.

"음?"

깜짝 놀란 고르온 공작이 아래를 보니, 정상 방향에서 몇 기의 인마가 협곡의 안으로 천천히 들어서고 있었다.

"제국에서 움직인 그놈들인가?"

고르온 공작이 덤덤한 목소리로 말했다. 원래대로라면, 자신이 병력들과 함께 사라지고 원한을 곱씹어야 할 대상이지만 별다른 감흥이 없는 시큰둥한 반응이었다. 고르온 공작의 원한은 모두 리카이엔에게로 향해 있기 때문이었다.

협곡으로 들어선 이들은 모두 일곱이었다.

가운데 고급스러운 옷을 입은 사내가 있고, 사내를 중심으로 칼을 든 자들과 술법사로 보이는 자들 여섯이 호위하듯 자리를 잡고 움직이고 있었다.

걸음걸이나 작은 행동 하나하나가 잔뜩 힘이 들어간 것이, 라우트 산성에 있는 자들 중에서도 꽤 고위급인 듯 보였다.

"무슨 일일까요?"

그레인이 고개를 갸웃거리며 물었다. 정찰병이라면 몰라도, 저런 고위급으로 보이는 자가 멀리 있는 라우트 산성에서 이곳까지 올 이유가 없기 때문이었다.

"글쎄……."

고르온 공작 역시 이유를 추측해 내기가 힘들었다.

그러는 사이, 협곡으로 들어선 이들은 느긋하게 말을 몰아 산 아래쪽 방향으로 움직였다.

고르온 공작과 그레인은 최대한 아래쪽에서 자신들을 보지 못하도록 얼굴을 숨긴 상태로, 아래에 있는 이들의 움직임을 살폈다.

그리고 말을 탄 이들이 협곡의 중간 지점에 들어섰을 때였다.

"헛!"

고르온 공작이 헛바람을 들이키며 황급히 얼굴을 숨겼다. 가운데 있는 남자가 갑자기 고개를 들어 위를 쳐다본 것이었다. 그것도 마치 위쪽에 고르온 공작이 있다는 사실을 알고 있는 듯, 정확하게 눈이 마주친 것이었다.

"뭐지?"

깜짝 놀라는 그 순간.

"아버지!"

아직까지 아래를 살펴보던 그레인이 다급한 외침을 터트리며 검을 뽑아 들었다. 그와 동시에 절벽 아래에서 불쑥 솟아오른 하나의 인영.

차앙!

고르온 공작이 재빨리 허리에 차고 있던 롱소드를 뽑아 들고, 뒤쪽의 그늘막에서 쉬고 있던 병사들이 재빨리 몸을 일으켰다.

"누구냐!"

협곡 밑에서 뛰어오른, 정확하게 말하자면 하늘을 날 듯이 솟아오른 사내는 무리의 중심에 있던 자였다. 사내는 자신을 향해 검을 겨누고 있는 것을 보고서도 느긋한 표정으로 말을 걸었다.

"그대가 고르온 공작이오?"

이름을 불린 고르온 공작의 얼굴에 싸늘한 긴장감이 떠올랐다. 그리고 한편으로는 자신에 대해 정확하게 알고 있다는 사실에 두고 여러 가지 상념이 떠올랐다. 하지만 이럴 때 생각은 소용이 없었다. 이야기를 해 보는 것이 가장 좋은 방법.

"내가 고르온 공작이다. 너는?"

"반갑소. 내 이름을 바록이오. 향후 대륙의 주인이 되실 베르무크 님을 모시고 있소이다."

"뭐?"

대륙의 주인이라니. 황제라 해도 함부로 입에 올리기 힘든 말이었다. 하지만 고르온 공작은 고개를 끄덕일 수밖에 없었다. 그 역시 조사를 통해 누군가가 단번에 대륙을 집어삼켰다는 사실을 알고 있기 때문이었다.

"나한테 무슨 볼일이지?"

고르온 공작이 적개심이 가득한 목소리로 물었다. 따지고 보면, 이들 때문에 자신이 전장을 버리고 몸을 숨기지 않았던 가. 지금이야 모든 원한이 리카이엔에게 집중되어 있었지만, 이들 역시 고르온 공작이 편하게 이야기를 섞을 대상은 아니었던 것이다.

"제안할 것이 있어 왔소이다. 그러니 일단 검을 거두고 이야기를 하는 게 어떻겠소?"

여전히 느긋한 바록의 태도에 고르온 공작은 잠시 고민을 했지만, 결국 롱소드를 집어넣었다.

"좋다. 말해 보아라."

"그전에, 지금 이곳으로 오고 있는 자들 중에 누군가 원한이 있는 자가 있는 것 같은데 그게 누구인지 알 수 있겠소이까?"

고르온 공작이 망설임 없이 대답했다.

"프로커스 백작, 그 애송이다."

대답하는 고르온 공작의 모습에 바록은 만족스러운 미소를 지었다. 원한의 대상이 리카이엔이라서가 아니라, 대답하는 고르온 공작의 얼굴에 나타난 리카이엔에 대한 원한의 깊이 때문이었다.

그 원한이 너무 깊어, 목숨을 내놓고서라도 리카이엔을 죽이겠다는 결의가 보였기 때문이었다.

목숨을 걸고 무언가를 하려는 자들만큼 이용하기 쉬운 자들은 없는 법.

"후후, 그 자는 우리에게도 골칫거리지."

"잔말 말고 그 제안이라는 것부터 해 보아라."

"알겠소이다. 내 주인께서 고르온 공작 그대에게 병력과 함께 클리먼들을 지원해 주시겠다하오."

"클리먼?"

고르온 공작이 낯선 단어에 고개를 갸웃거리자 바록이 설명을 덧붙였다.

"바이론인들은 마법과 비슷한 클리머스라는 것을 사용하오. 그 클리머스를 쓰는 자들을 클리먼이라 하지. 어렵게 생각할 것 없이 마법사라고 생각하면 될 거요."

"그래서 너희 병력과 마법사들을 데리고, 그놈들을 처리하라는 말인가?"

"그렇소이다. 프로커스 백작만이 아니라, 이곳으로 오고

있는 모든 병력들을 상대해 주시오. 이곳의 지형은, 혈혈단신
으로도 능히 일천의 병력을 막는 것이 가능한 장소이지 않소?
그러니 병력과 클리면의 지원이 있다면 모두를 상대하는 것
도 어렵지는 않으리라 생각하오."

"으음······."

바로 대답하지 않고 고민하는 고르온 공작을 향해, 바록이
한 가지를 덧붙였다.

"베르무크 님께서 말씀하시기를, 그 일만 성공한다면 차후
에 큰 영지를 주겠다 하셨소."

고르온 공작이 복잡한 표정으로 물었다.

"네놈들의 신하가 되라는 말이냐?"

"그렇게 딱딱하게 생각할 필요는 없소. 어차피 이곳에서
전투를 한 후에 갈 곳도 없지 않소? 당신을 따르는 병력들을
위해서라도, 자신의 영지를 가지는 것이 나쁜 일은 아니라 생
각하오만?"

그 말에 고르온 공작의 시선이 잠시 뒤에 서 있는 병사들
에게로 향했다.

듣고 보니 바록의 말도 맞았다. 자신을 믿고 여기까지 와
준 병사들에게 해 줄 것이 없었다. 전투가 끝나면 자신도 갈
곳 없는 처지가 되기 때문이었다.

하지만 영지가 있다면? 그렇다면 저들 모두를 책임질 수
있게 되는 것이다.

고르온 공작의 시선이 이번에는 맞은편에 서 있는 그레인

에게로 향했다.

아들에게도 미안한 일이었다. 더 이상 델로스 왕국의 공작위는 아무런 의미도 가지지 못하는 작위였다. 아니, 왕국이 망한 이상 스스로 공작이라고 말하는 것조차 우스운 일이었다. 하지만 영지를 갖게 된다면……

더 이상 생각할 것도 없었다.

"좋다."

고르온 공작이 고개를 끄덕였다. 바록이 그럴 줄 알았다는 듯 미소를 지으며 이야기를 이어 가려는데, 고르온 공작이 먼저 말했다.

"단, 조건이 있다."

"조건이라? 또 무엇이 필요하오?"

아무것도 없는 패장에게 영지까지 준다고 하는데도 거기에 또 다른 조건을 거는 모습에, 바록은 염치도 없는 놈이라는 생각을 하면서도 흔쾌히 고개를 끄덕였다.

"첫째, 이곳에서의 전투에 대해서는 모든 결정은 내가 해야 한다. 다른 이의 간섭은 불가."

"물론이오."

"둘째, 절벽 위로 올라오는 병력은 마법사들로만 제한한다. 일반 병력들은 협곡 아래, 정상으로 향하는 출구 쪽에 매복했다가 놈들이 오면 길을 틀어막고 싸우도록 할 것."

"그러시오. 어차피 절벽 위로 올라오는 길이 막혀, 일반 병력들이 올라오는 게 힘든 참이니 문제될 것은 없소."

"셋째, 내가 죽더라도 약속은 유효하며 그 영지는 그레인이 받는 걸로 한다."

"후후, 걱정 마시오. 놈들만 전멸시키면 더 거칠 것도 없소이다."

끝이 보이지 않을 정도로 긴 행렬이 이어지고 있었다. 어떤 이는 말을 타고 있고, 어떤 이들은 걷고 있었다. 말들이 끄는 수레에는 한가득 짐이 실려 있었고 움직이는 모든 이들은 무기를 들고 있었다.

브렌 왕국의 서쪽 변방. 데론데스 요새를 지나 그로니스 제국으로 이어지는 길 위에 펼쳐진 기나긴 군대의 행군 모습이었다.

그리그 가장 선두에 리카이엔과 크리온테스 황제, 카이스, 조엘, 테하스, 프리엘타, 그리고 폴덴바인 백작과 포벤투스가 말머리를 나란히 한 채 저 멀리 보이는 라우트 산을 향해 가는 중이었다. 그곳에서 기다리고 있는 베르무크와의 결전을 위해.

그런데 이제 곧 큰 전쟁을 치러야 할 그들의 표정이 하나같이 어두웠다.

처음 아이젠 백작성을 떠날 때만 해도 이렇지는 않았다. 성에는 데릭과 힐더, 세디나, 아네스, 그리고 도번 후작이 남아 연금 상태의 영주들과 수용소의 왕국군을 관리하기로 했다. 성을 수비하기 위해 일부 병력을 남겨 놓았는데, 워낙 견고한 아이젠 백작성이다 보니 걱정을 할 정도는 아니었다.

이들의 표정이 어두워진 것은 불과 사흘 전의 일이었다.

"왜 그러셨을까?"

오랜만에 카이스가 입을 열었다.

사흘 전부터 카이스만이 아니라 모든 이들이 말을 아끼고 아꼈다. 회의에서 사무적인 대화를 하는 외에는 대부분 무거운 침묵으로 시간을 보냈다. 그날, 왕성으로부터 날아든 비보(悲報), 로바인 공작이 국왕 앞에서 자결을 했다는 소식을 들은 후부터.

리카이엔이 어둡지만 조금은 덤덤한 표정으로 말했다.

"자신만의 법칙이 있으셨을 테지. 장수로서, 신하로서."

로바인 공작이 떠날 때 이미 이런 결과에 대해 어느 정도 예상을 했기에 리카이엔은 크게 충격을 받지는 않았다. 하지만 놀라지 않았을 뿐, 우울한 기분이 드는 것은 어쩔 수가 없었다.

들려오는 소문에 따르면, 국왕에게 함께 죽자는 말도 했다고 한다. 진위 여부가 밝혀지지는 않았지만, 로바인 공작이라면 충분히 그랬을 수도 있다는 생각이 들었다. 국왕이 이대로 살아남아 봐야 험한 꼴을 겪고 고통에 몸부림치다 죽는 일밖에 없으니, 차라리 일찍 편하게 죽음을 맞이하는 게 나을 수도 있기 때문이었다.

"아무리 그래도……."

카이스가 말끝을 흐리며 고개를 설레설레 저었다. 그로서는 여전히 이해하기가 힘든 일이었다.

"어쩔 수 없는 일이다. 이미 가신 분을 살릴 방법은 없잖아."

"누가 그걸 모르냐? 그래도 마음이 안 편한 건 어쩔 수 없는 일이지. 우리가 벌인 이 일 때문에 그렇게 가신 거잖아."

"자식이 덩치에 안 맞게 소심한 소리 하고 앉아 있네. 그렇게 따지면, 넌 이번 전쟁에서의 모든 죽음에 대해서 책임을 져야 되는 거다."

"그, 그래도!"

"깊이 생각하지 마라. 어쩔 수 없는 일에 대해서 고민해 봐야 답 안 나온다."

마치 달관한 듯한 표정으로 말하는 리카이엔의 모습에, 카이스는 여전히 조금 불만스러운 표정을 짓고 있었다.

하지만 따지고 보면 리카이엔의 말이 틀린 것도 아니었다. 그렇게 흘러간 상황을 어찌하겠는가?

그때 가장 선두의 리카이엔이 천천히 고삐를 잡아당겼다. 리카이엔을 태운 말이 가벼운 투레질을 하며 발을 멈추는 사이, 리카이엔이 앞쪽을 쳐다보며 말했다.

"드디어 왔군."

두 눈 가득 들어오는 푸른 산. 험하기로 이름 높은 켈러맨 산맥의 한 줄기인 라우트 산이었다.

황제가 무심한 목소리로 말했다.

"내가 저길 공격하게 될 줄은 꿈에도 생각 못했군."

아직 눈에 보이지는 않지만, 어디를 말하는지는 분명했다.

라우트 산성.

성이 자리 잡은 후 전투가 벌어진 적은 없었지만 공략하기가 상당히 버거운 곳이었다. 황궁에 있을 당시만 해도 황도를 지켜 주는 든든한 장벽이었던 곳을, 자신의 손으로 공격해야 한다는 사실에 묘한 감흥을 느낀 것이었다.

옆에 있던 리카이엔이 말했다.

"이번에 무너트리면 저것도 다시 세워야 할 텐데?"

피식 웃으며 말하는 모습이, 로바인 공작의 죽음에 대한 감정을 이미 말끔히 털어 낸 모습이었다.

그것을 확인한 황제의 얼굴에, 아주 잠깐이지만 경계의 빛이 맴돌았다. 카이스나 폴덴바인 백작의 반응을 보니, 로바인 공작의 죽음은 그들에게 꽤 무거운 마음의 짐이었다. 지난 사흘 동안 사적인 말은 한마디도 하지 않던 리카이엔의 모습만 봐도 알 수 있었다. 그런데 지금은 이렇게 아무렇지도 않은 표정을 짓는 것을 보니, 그 마음의 짐을 완전히 털어 낸 모습이었다.

'이렇게 딱 맞춰서?'

시기적절하게도 전장이 될 라우트 산에 도착하자마자 감정을 추슬렀다는 것은 말이 되지 않는다. 다시 말해 이제 곧 전장으로 들어서기 때문에, 그동안의 무거운 마음을 말끔히 걷어 냈다고 보아야 했다.

황제는 그 사실을 두고 다른 것을 유추해 내었다. 리카이엔이 자신의 필요에 따라 언제든 감정을 조절할 수 있다는 사실이었다. 즉, 그가 원했다면 하루, 아니 한 시간 만에라도 로바인 공작의 죽음에 대해 털어 내는 것이 가능했다는 뜻이었다.

'인정하기는 싫지만, 무서운 놈인 건 분명해.'

이성으로 감정을 조절할 수 있다는 것은, 언제 어디서든 냉정하고 효율적인 결정을 내릴 수 있다는 뜻이다. 그런 인물을 상대하는 것은 여간 까다로운 일이 아니었다. 지금이야 손을 잡고 있지만, 이번 일이 끝나면 다시 서로 적이 될 가능성이 큰 리카이엔이었다. 크리온테스로서는 당연히 경계를 할 수밖에 없었다.

하지만 지금 그런 감정을 드러낼 필요는 없었다.

"이제부터는 우리 쪽에서 앞장서도록 하지."

황제의 말에 리카이엔이 고개를 끄덕였다.

"아무래도 그쪽 물건이니 그쪽이 더 잘 알겠지. 수고 좀 하라고."

리카이엔이 천천히 두로 물러서는 사이, 크리온테스가 파벤투스를 향해 명령했다.

"산 전체를 완전히 우리의 통제 하에 두도록."

"알겠습니다!"

"이상한 일이군."

크리온테스가 묘한 표정으로 고개를 갸웃거렸다. 그리고는 슬쩍 리카이엔을 향해 시선을 던졌다. 리카이엔 역시 같은 생각인지 크게 고개를 끄덕였다.

"확실히 이상하기는 하네."

카이스와 폴덴바인 백작, 그리고 보고를 가지고 온 포벤투스 역시 같은 생각을 하는 표정이었다.

"트베린 협곡 위에 매복을 하고, 협곡 위로 올라가는 길을 막고 있다는 건……."

크리온테스의 말을 리카이엔이 받았다.

"사생결단을 내겠다는 건데……."

그리고 포벤투스의 보고가 이어졌다.

"그런데 이상한 것이, 협곡의 절벽 위에 있는 병사들의 갑옷이 과거 델로스 왕국의 것이었다고 합니다."

보고를 들은 네 사람의 표정이 동시에 흠칫 굳어졌다.

"델로스 왕국?"

크리온테스의 물음에 포벤투스가 고개를 끄덕였다.

"그렇습니다."

그때 리카이엔이 갑자기 불쾌한 미소를 지으며 말했다.

"죽지도 못한 망령이 하필 이런 때에 튀어나오는군."

모두의 시선이 리카이엔을 향해 모였다. 그리고 황제가 모두의 의문을 담아 물었다.

"뭔가 알고 있는 거냐?"

"아마도 알고 있는 것 같아."

"알고 있는 것 같다고?"

"어처구니없는 늙은이가 하나 있거든."

"누굴 말하는 거냐?"

"고르온 공작."

Chapter 8.

격돌

수직에 가까운 각도로 아래를 향한 화살촉이 쏟아지는 햇빛을 받으며 새하얗게 빛을 뿜었다.

끼이이익!

활대가 부러질 정도로 휘어지니, 끊어질 듯 팽팽하게 당겨진 시위가 날 선 긴장감을 머금는다.

하나가 아니다. 서로 마주보고 있는 절벽을 따라 끝에서 끝까지 궁수들이 길게 늘어서 있다.

'이상한데?'

고르온 공작은 오른손에 든 검을 번쩍 치켜든 채, 엄습해오는 불안감을 애써 억눌렀다.

이제 들어 올린 검을 아래로 내리기만 하면, 길게 늘어서 있는 활들이 협곡 사이를 지나고 있는 군대를 향해 화살비를 내려줄 터였다.

하지만 고르온 공작은 쉬이 검을 내리지 못했다. 다시 한 번 생각해도 역시나 뭔가 이상했다.

'모를 리가 없을 텐데?'

매복을 하고는 있었지만, 매복을 들키지 않을 거라 생각하지는 않았다. 매복을 하기에 이처럼 훌륭한 곳을 적들이 확인하지 않을 리가 없기 때문이었다.

게다가 양쪽의 절벽 위에 모여 있는 병력의 수가 무려 1만 5천이었다. 그 정도의 머릿수라면 아무리 높은 절벽이라도, 그리고 아무리 숨을 죽이고 있어도 기척이 느껴질 수밖에 없었다.

아무리 생각해도 저들은 이쪽의 존재를 알고 있는 것이 분명했다. 그렇기 때문에 협곡 아래에서 펼쳐지고 있는 광경은 더욱 이상할 수밖에 없었다.

너무나 태연했다. 한 줄로 길게 늘어서서 발까지 맞추며 행군을 하는 모습은 지극히 비정상적인 상황이었다. 그것도 위쪽을 향해 시선 한 번 주지 않은 채.

'뭔가 있다!'

뇌리를 스치는 불길한 느낌, 오랜 세월 전장을 헤쳐 온 전투 감각이 발하는 요란한 경고성.

그 사이 가장 선두에서 걷던 자는 어느새 협곡의 출구 근방까지 도달해 있었다. 이제 조금만 더 가면 좌우로 높이 솟은 절벽 사이를 벗어날 것이다.

'조금만!'

애써 마음을 추스른 고르온 공작은 잠시 시간을 두기로 결정했다. 선두가 협곡을 벗어나는 순간, 협곡의 출구 좌우에서 매복하고 있는 베르무크의 군대가 저들을 공격할 것이다. 일단은 그 싸움의 추이를 지켜보는 것이 아무래도 안전할 것 같았다.

'이런!'

그런데 선두에서 걷던 자가 갑자기 걸음을 멈추더니 크게 심호흡을 했다. 그리고 더 이상 앞으로 나갈 생각이 없는 듯, 한참을 그 자리에 서서 움직이지 않았다.

'무슨 수작이지?'

고르온 공작은 자신의 감이 틀리지 않았다는 것을 확신하며 뚫어져라 선두의 사내를 노려보았다.

만일 사내가 멈춰 선 이유가, 고르온 공작을 조급하게 만드는 것이라면 그는 아주 확실하게 목적을 달성했다.

'어서 가라!'

고르온 공작은 당장이라도 치켜든 롱소드를 아래를 향해 휘두르고 싶은 충동을 최고의 인내심을 발휘해 억누르고 있는 중이었다.

그때, 선두의 사내가 땀이라도 닦으려는지 머리에 쓰고 있던 투구를 벗었다.

"헉!"

그와 동시에 고르온 공작의 두 눈이 접시만큼이나 커졌다. 짙은 그늘이 진 협곡에서도 선명하게 드러나는 시리도록 화려한 은발.

저런 머리카락을 가지고 있는 자는, 고르온 공작의 기억으로는 오직 한 명 리카이엔밖에 없었다. 그 사실이 머릿속에 떠오르는 순간, 고르온 공작이 애써 잡고 있던 이성의 끈이 툭 끊어졌다.

"프로커스 백작!"

버럭 소리를 지르는 순간, 고르온 공작의 롱소드가 위에서 아래를 향해 세차게 휘둘러졌다.

쏴아아아아!

좁은 협곡 사이로 폭우 같은 화살비가 쏟아졌다.

"저놈이!"

동시에 고르온 공작의 입에서 거친 외침이 터져 나왔다. 화살을 쏘는 순간, 갑자기 리카이엔이 고개를 들어 자신을 쳐다본 것이었다.

눈이 마주친 순간, 고르온 공작의 마음은 더욱 다급해졌다.

"뭣들 하느냐! 바위를 굴려라. 마법사들도 어서 움직여라!"

화살은 피하거나 쳐 내는 것이 가능했다. 하지만 커다란 바위는 그것이 불가능했다.

후우우웅!

거대한 압력을 잔뜩 끌어안은 바윗덩이들이 협곡 아래를 향해 거세게 내려앉았다.

쿵, 쿠쿵!

협곡 아래에서부터 바위 떨어지는 소리가 메아리치며 협곡 위까지 타고 올라갔다. 그리고 소리와 함께 협곡 위로 타고 오르는 또 하나의 소음.

탁, 타닥, 타닥!

갑자기 귓전에서 규칙적으로 울리는 가벼운 소음.

고르온 공작의 시선이 반사적으로 소음이 울려 퍼지는 쪽으로 향했다.

"저럴 수가!"

공작의 입에서 경악에 찬 외침이 터져 나왔다. 리카이엔이 절벽을 타고 위로 솟구치고 있는 모습을 본 탓이었다.

훌쩍 뛰어올라 오른쪽의 절벽을 발로 차는 순간, 리카이엔의 신형이 사선으로 솟아올랐다. 그리고 왼쪽의 절벽에 도달하는 순간, 다시 그 왼쪽의 절벽을 차고 사선으로 솟아올랐다. 그 과정을 몇 번 반복하는 순간, 리카이엔은 이미 절벽의 절반 이상을 올라온 상태였다.

좌우 절벽 사이의 거리가 아래쪽이 5미터, 꼭대기가 3미터 정도로 좁기 때문에 가능한 일이었다. 물론, 아무나 할 수 있는 일은 아니었지만.

"쏴, 쏴라! 저놈들 죽여라!"

고르온 공작이 버럭 소리를 지르며, 옆에 있던 병사의 활을 뺏어 들었다. 그리그는 스스로 시위를 당겼다.

슈우우욱!

급하게 쏘았음에도 불구하고 화살은 아주 정확하게, 그리고 힘차게 리카이엔을 향해 쇄도했다. 하지만 리카이엔의 손에 들린 철창은, 화살이 더 이상 파고 들어오는 것을 용납하지 않았다.

탁!

가볍게 화살을 쳐 내는 순간, 리카이엔은 이미 절벽 위에 도착해 있었다.

"멍청한 놈!"

고르온 공작을 향해 버럭 소리를 지른 리카이엔의 발이 거세게 바닥을 박찼다.

콰아앙!

강렬한 진각과 함께 리카이엔의 신형이 절벽 끝을 따라 튀어 나갔다.

"뭣들 하느냐! 저놈들 죽여라!"

목이 터져라 고함을 지른 고르온 공작이 앞뒤 잴 것 없이 리카이엔을 향해 달려갔다.

두 사람 사이의 거리가 순식간에 가까워졌다. 고르온 공작의 롱소드가 허공을 횡으로 가르며 리카이엔을 단번에 쪼갤 듯한 궤적을 그렸다. 그와 동시에 리카이엔의 입에서 터져 나온 외침.

"꺼져!"

까아앙!

말이 채 끝나기도 전에 고르온 공작의 롱소드가 두 동강이 나며 그 조각이 허공으로 붕 떠올랐다.

"흡!"

오른손에 실려 있던 무게가 갑자기 가벼워지는 것을 확인하는 찰나.

퍼어억!

"끅!"

옆구리로 파고드는 억센 충격에 고르온 공작은 저도 모르게 비명을 짓씹었다.

공작의 몸뚱이가 리카이엔이 철창을 휘두른 방향을 향해 길게 날아가 바닥에 처박혔다. 그리고 다시 한 번 울려 퍼지는 진각.

꽈앙!

단단한 바위 재질인 절벽 위에 리카이엔의 족적이 선명하게 찍혔다. 동시에 리카이엔의 철창이 절벽의 끝을 따라 일직선의 궤적을 그리기 시작했다.

"크아아악!"

비명이 울려 퍼졌다.

겨우 세 번이었다. 궁수들은 딱 세 번씩 활을 쏜 후, 속절없이 사방으로 튕겨 나갔다.

"저, 저놈이!"

겨우 충격에서 벗어난 고르온 공작이 황급히 몸을 일으켰다. 철창에 맞은 충격으로 갈비뼈가 두세 개는 부러진 것 같았지만, 지금의 그는 고통조차 느끼지 못하고 있었다. 그만큼 리카이엔에 대한 원한이 깊은 탓이었다.

하지만 고르온 공작은 리카이엔을 향해 다가갈 수 없었다. 절벽 아래에서 또 다시 펼쳐지는 어처구니없는 상황 때문이었다.

탁, 타타닥!

절벽으로 들어선 병사들이 너나 할 것 없이, 하나 같이 좌우 절벽을 교차로 밟으며 위로 올라오고 있었기 때문이었다. 사실은 병사가 아니라, 안톤과 볼프, 페르온을 위시한 프로커스 백작령의 기사들이었다.

양쪽의 절벽을 번갈아 밟으며 위로 솟아오르는 이 방법은, 보통의 병사들 아니, 기사들이라 해도 엄두도 내지 못할 방법이었다.

수도 없이 진각을 밟으며 하체를 단련해 온, 프로커스 백작령의 기사들만이 가능한 방법이었다.

"기사들은 무얼 하느냐!"

고르온 공작의 호통에 멍한 표정을 짓고 있던 기사들이, 그제야 정신을 차린 듯 황급히 움직였다.

"시작한 모양이군."

저 멀리 들려오는 소란스러운 소리에 베르무크가 기분 좋은 미소를 지어 보였다. 그리고 눈앞에는 없지만, 분명 존재하는 누군가를 향해 싸늘한 목소리로 말했다.

"이제부터는 네놈이 당할 차례다."

거사를 시작한 후, 베르무크와 리카이엔의 싸움은 항상 리카이엔의 의도대로 흘러갔다.

그렇게 될 수밖에 없었던 큰 이유는, 모든 싸움이 리카이엔이 무언가를 준비한 곳에서 싸웠기 때문이었다. 이미 모든 준비를 마친 적진으로 들어갔으니, 당하는 것은 어찌 보면 당연한 일이었다.

하지만 이번에는 달랐다.

이곳 라우트 산은, 써클루스가 정한 전장이었다. 그리고 싸움을 위해 준비한 것도 있었다.

'의외의 곳에서 쓰고 버리기에 딱 좋은 물건이 하나 굴러 들어왔단 말이지.'

베르무크가 아주 만족스러운 표정으로 고개를 끄덕였다.

'트베린 협곡에서의 매복이라니!'

한때 한 왕국의 군대의 한 축을 담당했던 지휘관이 저렇게 멍청하다는 사실에 베르무크는 실소를 금치 못했다. 아무런 소용도 없는 매복이었다. 그런 곳에 매복을 하고, 들어오는 입구를 막으며 스스로의 비장함을 부풀리는 어처구니없는 짓이라니. 생각하는 것만으로도 괜히 민망한 기분까지 들게 하는 짓이었다.

하지만 그 덕분에 괜찮은 계획이 떠올랐고, 그들을 이용해 전투에 이길 수 있다고 생각하니 아주 싫지는 않았다.

"흐음……."

잠시 상념을 멈춘 베르무크가 지그시 눈을 감았다. 그리고 천천히 마나를 움직였다.

머릿속으로 쏟아져 들어오는 무수히 많은 영상들. 산 곳곳에 흩어 놓은 영혼들을 통해, 전체의 상황을 파악하는 것이었다.

한창 싸움이 벌어지고 있는 트베린 협곡의 절벽 위, 트베린 협곡 안으로 달려 들어가는 병력들, 협곡과 라우트 산 입구 사이에 열을 지은 채 행군을 하고 있는 병력들, 그리고 아직 라우트 산으로 들어서지 못하고 아래에서 순서를 기다리는 자들까지.

"후우!"

엄청난 양의 정보들이 한꺼번에 머릿속으로 밀려 들어오는 것은 엄청난 고통을 감내해야 하는 일이었다. 하지만 베르무크는 짧은 호흡 한 번으로 그것을 억누르며, 머릿속에 담긴 영상들을 모두 받아들였다.

머릿속의 영상들을 모두 확인한 베르무크가 천천히 눈을 뜨며 말했다.

"이제 우리도 움직일 때가 됐군."

"뛰어!"

크게 한 소리 내지른 후, 협곡을 향해 전력으로 질주하는 이는 카이스였다. 그 뒤로 리카이엔과 카이스가 공들여 키운 두 사람의 연합 병력들이 이를 악물고 달리고 있었다.

타악!

카이스의 발이 트베린 협곡에 첫 발을 내디뎠다. 그 순간

카이스가 재빨리 호흡을 바꾸며 다시 한 번 크게 외쳤다.

"단번에 정상까지!"

버럭 소리를 지르는 순간, 카이스는 이미 협곡의 깊은 곳으로 들어서고 있었다.

"우아아아아!"

거대한 함성이 트베린 협곡의 양쪽 절벽 사이로 메아리쳤다. 소리만으로 협곡을 무너트릴 것 같은 기세였다.

두두두두!

함성과 함께 병력들의 발소리가 협곡을 뒤흔드는 사이, 순식간에 2천여 명의 병사들이 협곡을 통과했다.

그리고 그 순간.

콰르르르릉!

갑자기 굉음이 울려 퍼졌다. 어디선가 쏟아져 내리는 거대한 바위와 흙더미들이 낸 소리였다. 그리고 트베린 협곡의 출구가 완전히 막혔다.

카이스가 통솔해 들어온 2천여 병력들의 뒤가 막힌 것이었다.

와아아아아!

"음!"

갑작스러운 소리에 급히 발을 멈춘 카이스의 귓전을 때리는 거대한 함성. 길 좌우의 숲에서 터져 나온 소리였다.

"여기가 진짜 매복인가?!"

쿵, 쿠쿠쿵!

길이 막힌 것은 트베린 협곡의 출구만이 아니었다. 산 아래쪽에서 들어가는 입구 역시 갑자기 튀어나온 흙더미와 돌무더기로 인해 완전히 막혔다.

트베린 협곡을 경계로 선봉으로 나섰던 병력들과 완전히 단절된 것이었다.

"클클! 이정도로 우리를 막을 수는 없지!"

버럭 소리를 지르며 손에 든 지팡이를 치켜든 이는 테하스였다.

고오오오!

테하스 주변으로 거대한 마나가 몰려들더니 어느새 지팡이 끝이 찬연한 빛을 발하며 뭉클뭉클 마나가 뭉치기 시작했다.

찰나의 순간에 순식간에 눈덩이처럼 불어난 마나 덩어리가 협곡의 입구를 막고 있는 돌무더기를 향해 기세 좋게 날아갔다.

요란한 굉음과 함께 길을 막고 있던 돌무더기가 순식간에 사라지고, 협곡으로 통하는 길이 열렸다.

'저게 무슨!'

테하스 뒤에 서 있던 파벤투스가 입을 쩍 벌린 채 다물 생각조차 못하고 있었다.

황혼의 기사단의 수장으로서, 많은 종류의 마법사들을 겪어 보았고 그 만큼이나 많은 마법에 대해 알고 있었다. 그런 파벤투스가 보기에도 지금 테하스가 펼친 것은 마법이 아니었다.

마법이라는 것은, 어떠한 성질을 지닌 마나를 시전자의 뜻에 따라 재배열하여 원하는 효과를 이끌어 내는 것이다. 하지만 테하스가 사용한 마나는 성질을 지니고 있지 않았다. 그야말로 순수한 마나만을 움직여 그 마나의 힘으로 돌무더기를 치운 것이었다.

순수한 마나는 무궁무진한 힘을 갈무리하고 있지만, 그것을 뜻대로 움직이는 것은 거의 불가능에 가까운 일이었다. 마법사들이 마법을 이용해 마나에 성질을 부여하는 이유가 바로 그것이었다. 특정한 성질을 지니게 되는 순간, 마나는 원래 가지고 있던 커다란 힘을 잃지만, 그렇게 해야만 마음먹은 대로 마나를 움직일 수 있기 때문이었다.

그러니 순수한 마나 자체를 이용한 것이 마법이라 불리기는 힘든 일이다.

"뭐하나? 한시가 급한 상황에!"

테하스가 멍하니 서 있는 파벤투스의 주의를 환기시켰다.

"마이스터 테하스! 바, 방금 그것은!"

"클클, 그 계곡 안에서 수련한 사람은 버르장머리만이 아니거든! 어서 가세!"

잡담을 나눌 때가 아니라는 것을 상기한 파벤투스가 큰 소리로 외쳤다.

"전군 전진!"

그때였다.

"와아아아아!"

길 좌우의 숲에서 거대한 함성이 터져 나왔다. 소리를 들은 파벤투스가 굳은 표정으로 사방을 살폈다.

"여기도 매복인가!"

"이 무엄한 놈들!"

분노에 찬 외침과 함께 불쑥 솟아오른 것은 시뻘건 빛의 덩어리. 화려한 세공이 촘촘히 박혀 있는 가드 위로 날렵하게 뻗은 검신을 붉은 빛 무리가 감싸고 있었다.

그궁, 그궁!

핏빛의 오러가 마치 이글거리는 불꽃처럼 일렁일 때마다, 검신이 무시무시한 검명(劍鳴)을 토해 낸다.

"오러 블레이드!"

광포한 붉은 기운에 놀란 몇몇 영주들이 경악에 찬 목소리로 외쳤다.

제국의 황제가 마스터급의 검사였다니. 대단한 검술을 가지고 있다는 소문은 들었었지만, 이정도까지일 줄은 몰랐기에 기겁을 한 것이다.

"뭣들 하는가! 어서 싸우지 않고!"

"예, 예!"

가장 먼저 트베린 협곡을 통과한 전위대를 카이스가, 연합군에 속한 제국군 절반의 병력으로 이루어진 본대 1진을 파벤투스와 테하스가, 브렌 왕국군을 주축으로 하는 본대 2진을 크리온테스가, 마지막으로 아직 산으로 들어오지 못하고 기다리고 있는 나머지 본진 3대를 폴덴바인 백작이 이끌고 있었다.

그리고 지금 갑자기 숲에서 들이닥친 기습으로 각각의 연계가 끊어진 상태였다.

크리온테스의 추상같은 호통에 영주들이 또 한 번 놀라 주춤거리는 사이, 황제가 말을 덧붙였다.

"좌우 숲에 적어도 5만은 도사리고 있다! 대열을 정비하되 숲으로 들어가지는 마라!"

"대열을 정비하라!"

"움직이지 말고 자리를 고수하라!"

영주들이 황급히 황제의 말을 반복해서 외쳤다. 그렇게 외치는 영주들의 얼굴 한편에는 안도의 표정이 떠올라 있었다. 저렇게 무서운 실력을 갖고 있는 황제가 지금은 같은 편이라는 사실이 그나마 위안이 된 덕이었다.

붉은 오러블레이드가 황제의 보검 플루타의 검신을 타고 불쑥 솟아오르더니, 원래의 검신보다 무려 1미터는 더 길게 뻗어 나왔다.

플루타가 횡으로 긴 궤적을 그리는 순간, 아무것도 없는 허공에 핏빛의 무지가가 펼쳐졌다.

좌아아악!

방금까지는 분명 사람의 형상을 하고 있던 네 개의 덩어리가 순식간에 조각조각 잘리며 허공으로 떠올랐다.

플루타에서 뿜어져 나오는 무시무시한 검명에 비명 소리마저 묻히고, 핏빛으로 빛나는 오러블레이드로 인해 사방으로 뿜어져 오르는 피조차 분간이 되지 않는다.

전율이 일어날 정도로 공포스러운 소음이 가득하지만 기묘하게도 정적이 내리깔린 듯한 광경.

"크아아악!"

크리온테스의 좌우 숲에서 시작된 기습이, 뒤쪽에 있는 기사들과 일반 병사들에게도 덮쳐 왔다.

슉, 슈슉!

길의 좌우를 감싸고 있는 커다란 나무들 사이에서 시퍼런 살기를 머금은 화살들이 날아들었다.

푸푹, 타탕!

일부는 누군가의 몸속을 파고들고, 일부는 갑옷과 방패에 막혀 힘없이 바닥으로 떨어진다.

"응사하라! 쏴라!"

곳곳에서 장교들의 외침이 터져 나오고, 길 위의 병사들에게서도 화살이 뻗어 나갔다.

팍, 파팍!

하지만 적들은 두꺼운 나무 뒤에 몸을 숨기고 있기에, 날아간 화살들은 헛되이 나무에 틀어박힌다.

그리고 아주 잠깐의 찰나에 다시 숲에서부터 날아드는 화살비.

"씨부럴!"

움직이지 말라고 외쳤던 크리온테스의 입에서, 황제와는 어울리지 않는 거친 외침이 터져 나왔다.

리카이엔과 카이스 두 사람과 함께 움직인 탓에 저도 모르게 천박한 말이 입에 붙은 거라는 생각이 잠시 머릿속을 스쳤다. 하지만 지금은 그런 것을 생각할 때가 아니었다.

이대로 움직이지 않고 있으면, 적의 공격은 아군을 죽이고 아군의 공격은 적을 죽이지 못하는 상황만 이어질 뿐이었다. 숲에는 적들의 함정이 있을지도 모르지만, 가만히 서서 죽기를 기다리는 것보다는 함정으로 뛰어드는 것이 낫다.

그러면서도 머릿속을 떠나지 않는 한 가지 의문.

'분명 트베린 협곡 위 말고는 아무것도 없었는데!'

정찰을 했을 때만해도 라우트 산은 깨끗했다. 그런데 순식간에 이 많은 병력들이 어디서 튀어나온 것일까?

하지만 그런 고민을 풀 때가 아니었다.

재빨리 사방을 살피는 황제의 눈에, 숲 곳곳에서 웅크리고 있는 기척들이 보였다.

'저것도 함정인가?'

하지만 급박한 전투 중에 망설임은 더 큰 죽음을 불러오는 법이었다.

"기사들을 선두로 나를 따르라! 숲으로 들어간다!"

외침과 동시에 크리온테스의 신형이 숲으로 뛰어들었다.

스걱!

날렵한 소음이 터지는 순간, 크리온테스를 중심으로 서너

그루의 나무들이 단번에 둥치 부분이 잘리며 사방으로 넘어
갔다.

"기사들은 길을 뚫어라!"

말이 끝나기가 무섭게, 50여 명의 기사들이 크리온테스가
들어선 숲을 향해 몸을 날렸다.

제국의 황혼의 기사단 소속 기사들이었다. 황혼의 기사단
단장인 파벤투스는 본대 1진을 지휘하고 있었지만, 나머지
황혼의 기사들은 모두 본대 2진에 속해 황제의 명령을 따르
고 있었던 것이다.

"쏴라!"

외침과 동시에 하늘 높이 솟아오른 화살들이 거대한 장막
이 되어 하늘을 가린다.

쏴아아아!

소나기 같은 소리가 울리는가 싶더니, 땅 위에 드리워진
거대한 그림자가 숲을 향해 파도처럼 밀려나간다.

콰르르르!

화살이 내리치는 소리가 천둥처럼 숲을 뒤흔들었다. 숲 곳
곳에서 단말마의 비명이 울려 퍼진다 싶은 순간.

쏴아아아아!

이번에는 숲에서 거대한 화살의 파도가 하늘 높이 솟아올
랐다.

"대열을 정비하라!"

폴덴바인 백작의 입에서 우렁찬 외침이 터져 나왔다. 굳이 따지면 학자에 가까운 성향을 지닌 폴덴바인 백작이었다. 그럼에도 불구하고 그는 이번 전쟁의 지휘관으로 나섰다. 자신의 뜻을 위해 세력을 모았는데, 뒤에서 입으로만 주절대는 것은 그의 신념이 허락하지 않았기 때문이다. 그렇다고 아무것도 모르는 상태로 전투를 지휘하는 어리석은 짓을 하는 것도 아니었다. 충분할 정도의 자료를 보았고, 전투와 전술, 용병술에 대해 많은 연구를 했다.

"방패수들 앞으로!"

"위를 막아라!"

"빈틈을 만들지 마라!"

본대 3진 곳곳에서 기사들과 장교들의 외침이 터져 나왔다.

철컹, 철컹!

쇠가 맞부딪치는 소리와 함께 거대한 방패들이 서로 맞물리며 물 샐 틈 없는 방어벽을 만들어 냈다.

그리고 그 순간.

콰콰콰쾅!

병사들의 정면과 머리 위를 막고 있는 방패 위로 거센 화살비가 내리쳤다.

"크아아악!"

곳곳에서 비명이 터져 나왔다. 아무리 방패수들이 막고 있다 해도, 완벽한 방어를 바랄 수는 없는 법.

"응사하라!"

서로 주고받기를 하듯, 다시 한 번 연합군 진영에서 화살
비가 솟구치며 하늘에 거대한 포물선을 그렸다.

'으음!'

폴덴바인 백작은 미간에 깊은 주름을 접으며 고민에 잠겼
다.

'들어가야 하는 건가?'

본진 3대는 아직 움직일 때가 아니었다. 하지만 이대로 싸
우는 것은 결코 득이 될 수 없었다.

숲에 몸을 숨긴 채 원거리 공격을 하는 적을 상대로, 아무
것도 없는 평야 지대에 진을 치고 있는 것은 극도로 불리한
전세였다.

이대로 원거리 공격을 주고받다 보면, 아군의 손해는 기하
급수적으로 늘어날 터.

'어쩔 수 없지!'

같이 숲으로 들어가 싸우는 수밖에 없었다.

마침 쏘아 올린 화살들이 포물선의 최고점을 찍고 아래로
향하는 순간이었다.

"전군, 돌격!"

폴덴바인 백작의 입에서 진군의 명령이 터져 나왔다.

"히이이이익!"

안색이 새하얗게 변한 병사의 입에서 터져 나온 것은 겁에

질린 비명이었다. 초점을 잃어버린 병사의 눈동자에 비친 은발의 사내는 이미 사람이 아니었다. 눈빛만으로도 사람의 생사를 가늠하는 사신.

사신의 거대한 낫이 병사의 머리 위로 떨어지기도 전에, 병사는 이미 정신을 놓은 상태였다.

하지만 사신의 낫, 아니 피에 흠뻑 젖어 있는 철창에는 일말의 자비도 깃들어 있지 않았다.

좌아아아악!

또 한 번, 긴 핏줄기가 허공을 수놓았다.

트베린 협곡 절벽의 윗부분. 평평한 바위 지대가 시뻘건 피로 물들어 있었다. 절벽 위쪽은 넓고 평평하기는 하지만 경사가 전혀 없는 것은 아니었다. 낭떠러지를 향해 아주 조금 내리막을 형성하고 있었다.

그 완만한 경사를 따라 핏물이 흘러 절벽 아래로 후드득 떨어지고 있었다. 협곡 아래에서 보면 마치 피의 비가 내리는 듯한 무시무시한 풍경일 것이다.

하지만 절벽 위에 펼쳐진 광경은 그보다 더욱 무시무시했다. 절벽 위로 타고 올라온 리카이엔의 기사들은 모두 200여 명. 그리고 절벽 위에서 대기하고 있던 병력이 1만 5천 명이었다.

일당백까지는 아니지만, 한 명당 일흔다섯을 상대해야만 이길 수 있는 전투였다. 단순히 생각하면 가능한 일이 아니었다. 아무리 강하다 해도 75명을 상대하는 것은 보통의 체력으로 할 수 있는 일이 아니었다.

하지만 지금 절벽 위에는 그 불가능한 일이 현실로 나타나고 있었다.

온몸에 피를 뒤집어쓴 채 무지막지한 기세로 철창을 휘두르는 기사들은 대략 150여 명. 그리고 남아 있는 고르온 공작의 병력들은 2천 명 남짓이었다.

여전히 수적으로는 리카이엔과 기사들이 열세였지만, 전황은 정반대였다. 고르온 공작의 병사들은 좌우 절벽의 막혀 있는 길 쪽으로 내몰린 상태였다.

"오, 오지 마!"

"으아아악!"

겁에 질린 비명이 사방에서 터져 나왔다.

"길이, 길이 막혔……!"

"길을 열어!"

들어오는 입구가 막혀 있다는 사실을 알고 있었음에도 불구하고, 바위들을 무너트려 막혀 있는 길을 두드려 대는 병사들의 모습은 절망적이었다.

슈아아아!

하지만 철창에는 일말의 망설임도 없었다.

한 번 휘두를 때마다 병사들이 바닥으로 무너져 내렸다.

"컥, 커헉!"

절벽 끝에 쓰러진 채 바닥을 가득 메우고 있는 병사들의 시신을 보는 고르온 공작의 표정은, 이미 이 세상 사람의 것이 아니었다.

머릿속이 새하얗게 변해 아무런 생각도 떠오르지 않았다. 그저 탁 풀어진 눈동자로 망연자실 죽어 가는 병사들의 모습을 볼 뿐이었다.

"크, 크흑! 프로커스 백……작!"

그러다 갑자기 정신을 차린 듯, 고르온 공작이 벌떡 몸을 일으켰다. 손에는 반 토막이 난 롱소드가 들려 있었지만, 상관없었다. 놈에게 검이라도 한 번 휘둘러 볼 수 있으면 그걸로 만족했다. 더 이상 희망 따위는 고르온 공작의 머릿속에 남아 있지 않았다.

"죽어라!"

노성을 터트리며 절벽 끝에서 리카이엔을 향해 달려가는 고르온 공작.

철벅, 철벅!

바닥을 타고 흐르는 핏물이 철벅거리는 소리를 내며 고르온 공작의 발에 진득하게 엉겨 붙지만, 고르온 공작의 발은 멈출 줄 몰랐다.

쉬우욱, 콰득!

"퀵!"

공작의 발을 멈춘 것은 난데없이 날아든 한 대의 화살. 무지막지한 힘으로 날아든 화살이, 공작의 장갑을 꿰뚫고 바닥에 틀어박힌 것이었다.

"윽, 으윽!"

몸에는 조금도 상처를 주지 않고, 갑옷만을 꿰뚫어 바닥에 꿰어 버리는 놀라운 궁술.

"이이이익!"

공작의 입에서 비명이 터져 나왔다. 갑옷과 함께 바닥에 박힌 몸을 일으키기 위한 기합이었다.

"헉!"

하지만 부릅뜬 공작의 눈에 또 한 대의 화살이 들어왔다. 이번에는 하늘 높이 솟아올랐다가 아래로 떨어지는 화살.

콰아악!

두 번째 화살은 공작의 견갑을 꿰뚫었다. 하지만 공작의 몸에는 여전히 상처가 없었다.

그리고 뒤이어 날아든 화살들.

콱, 콰콱!

무려 다섯 대의 화살이 더 날아들었다. 공작은 화살이 날아올 때마다 두 눈을 질끈 감았지만, 단 한 대도 공작의 몸에 상처를 낸 것은 없었다.

"거기서 움직이지 마요."

귓속으로 파고든 것은 여자의 목소리. 깜짝 놀란 고르온 공작이 고개만 움직여 소리가 들린 쪽으로 시선을 던졌다. 시커먼 활을 들고 이쪽을 보고 있는 여자의 모습이 보였다. 그리고 그 여자 뒤로 보이는 살육의 장면.

"아악!"

"크아아악!"

병사들의 비명이 고르온 공작의 귓전을 거세게 두드려 댔다. 하지만 이미 사자가 땅에 박혀 버린 공작이 할 수 있는 일은 단 한 가지밖에 없었다. 병사들이 죽어 가는 모습을 보지 않기 위해 두 눈을 질끈 감는 것뿐이었다.

"살려 줘!"

마지막으로 메아리치는 단말마의 비명을 끝으로 더 이상의 비명을 들려오지 않았다.

1만 5천에 달했던 병사들이, 200여 명의 기사들에게 전멸당한 것이었다.

서로의 머릿수만 따질 때는 불가능한 결과였지만, 그 속을 자세히 들여다보면 충분히 그럴 수밖에 없는 결과였다.

가장 큰 이유는 훈련 정도였다.

리카이엔의 기사들이 사선을 넘나드는 단련을 해 온 반면, 고르온 공작의 병력들은 대부분이 신분을 숨기고 최대한 평범한 모습으로 지내 왔었다. 그러다가 고르온 공작의 부름에 급히 달려온 이들이었다. 손에서 무기를 놓은 지 1년이 넘은 병사들인 것이다.

훈련 정도로만 따져 보면, 어른과 아이의 싸움이나 마찬가지였다.

그리고 정신력의 문제였다. 갑자기 절벽을 박차고 뛰어오른 기사들의 모습은, 안전한 절벽에서 수성전을 하듯 전투를 하면 된다고 생각하던 고르온 공작의 병사들을 정신적 공황 상태로 몰아가기에 부족함이 없었다. 그리고 혼란 뒤에 병사들의 정신을 좀먹은 것은 공포였다.

최상급의 실력을 가진 기사들을 상대로 겁을 집어 먹었다는 것은, 이미 죽었다는 말과 다름없었다.

"프로커스 백작, 네놈……!"

울부짖는 목소리로 외치는 고르온 공작. 그때 갑자기 다급한 발소리가 공작의 귓전을 때렸다.

"아버지!"

깜짝 놀라 눈동자를 돌려보니, 그레인이 이쪽을 향해 달려오고 있었다. 아마 죽은 병사들의 시신 속에 숨어서 상황을 지켜보고 있었던 모양이다.

아들의 모습을 확인한 고르온 공작이, 더 이상 나오지 않는 목소리를 쥐어짜 절규했다.

"오지 마라! 도망 쳐!"

하지만 아들은 아버지의 말을 듣지 않았다. 그리고 달려오는 그레인을 향해 섬뜩한 바람소리가 날아들었다.

푸우우욱!

한 대의 화살이 그레인의 목을 꿰뚫고, 뒤통수로 화살촉을 삐죽 드러냈다.

박혀든 화살의 힘에 격하게 상체가 뒤흔들리고, 이어 무릎이 떨리며 그대로 힘을 잃고 무너진다.

"그, 그레인!"

눈을 감을 시간도 없었다. 그레인의 죽음은 고르온 공작의 뇌리 깊숙한 곳에 선명하게 각인되었다.

"프로커스!"

고르온 공작이 피를 토할 듯한 목소리로 악을 써 댔다. 그리고 그 외침 사이로 들리는 차분하고 규칙적인 소리.

철벅, 철벅!

바닥에 고인 핏물을 밟고 다가오는 발소리였다. 고개를 돌려보니 리카이엔이 이쪽을 향해 천천히 다가오고 있었다.

"이놈! 죽어서라도 네놈을 저주할 것이다! 네놈의 핏줄은 대대손손 남자는 병신으로 태어날 것이고, 여자는 창녀가 될 것이다!"

입으로 마구 주워섬기는 외침에 리카이엔이 저도 모르게 차가운 미소를 지어 보였다. 그리고 나직하게 말했다.

"그때의 내 판단이 틀렸군."

"뭐라고?!"

"완전히 쓰레기는 아닌 줄 알았는데⋯⋯. 이건 쓰레기도 못 되는 물건이야."

"네, 네놈이 감히 나에게 그런 말을!"

"아니라면 뭐지? 너 때문에 죽은 저 병사들은?"

"이놈, 저들을 죽인 것은 네놈이다!"

"지랄하네."

리카이엔은 더 이상 말을 섞을 필요를 느끼지 못하는지 휙하고 방향을 틀었다. 그리고 한쪽에 도열해 있는 기사들을 향해 말했다.

"베르무크 놈이 다른 수작을 부리는 모양이야. 산 전체가 전장으로 바뀌었다. 우선은 카이스를 먼저 지원한다."

리카이엔의 명령에 기사들이 신속하게 절벽 아래를 향해 뛰어내렸다. 내려갈 때도 올라올 때와 크게 다르지 않은 방법이다. 좌우의 절벽을 교차로 밟으며 속도를 죽이고 안전하게 아래로 내려선다.

모든 기사들이 아래로 내려간 후, 리카이엔과 시위를 풀고 있는 율리아만이 절벽 위에 남아 있었다. 그리고 두 사람도 절벽 아래를 향해 걸음을 옮겼다.

"나도 죽이고 가라!"

고르온 공작이 더 이상 움직이지 못하는 몸으로 외쳤다. 하지만 돌아온 것은 리카이엔의 차가운 목소리였다.

"네가 한 짓을 되새기면서 천천히 뒈져."

"이 잔인한 놈!"

고르온 공작이 절망 가득한 목소리로 외쳤지만, 리카이엔은 더 이상 절벽 위에 있지 않았다.

"오늘따라 좀 무자비하신데요?"

리카이엔과 함께 바닥으로 내려선 율리아가 말했다.

"내가 언제는 적에게 자비를 베푼 적이 있었나?"

"그래도 깔끔하게 죽여줬지 저렇게 고통 속에서 죽게 한 적은 없었잖아요."

"저 쓰레기와 전혀 다른 선택을 하신 분을 알 거든."

그렇게 말하는 리카이엔은, 평소와는 달리 꽤나 감정적인 목소리였다.

율리아가 그럴 줄 알았다는 듯 고개를 끄덕였다. 리카이엔이 말하는 '다른 선택을 하신 분'이 누구인지 알기 때문이었다. 바로 로바인 공작이었다.

자신의 병력과 자신을 따르는 영주들, 그리고 자신을 믿고 명령을 내린 국왕 모두에게 자신이 할 수 있는 모든 것을 한 후, 스스로의 목숨으로 책임을 진 사람이었다.

그 방법이 정답인지 아닌지는 알 수 없지만, 그래도 자신이 할 수 있는 최선의 것을 다했다.

리카이엔은 그 로바인 공작을 생각하니, 고르온 공작을 용서할 수가 없었던 것이다. 자신이 누군가에게 벌을 내릴 자격이 있는지 따위의 뜬구름 잡는 듯한 선문답 따위는 필요 없었다. 할 수 있으면 하는 것이니까.

"그나저나 베르무크 그놈이 무슨 생각을 하고 있는 거지?"

더 이상 로바인 공작과 고르온 공작에 대해 생각하기 싫다는 듯, 리카이엔이 재빨리 화제를 돌렸다.

절벽 위에서 살펴본 바로는, 적들은 자신들의 병력들을 숲으로 끌어들이고 있었다.

방향도 제각각이다. 카이스의 전위대는 북쪽 능선으로, 테하스와 파벤투스의 본더 1진은 남쪽의 숲으로, 크리온테스의 본대 2진은 북동쪽의 골짜기로, 폴덴바인 백작의 본대 3진은 동쪽의 숲으로 끌어들이고 있었다.

그리고 각각의 부대가 둘 또는 셋으로 나뉘어지고 있는 것도 눈에 들어왔다.

"무슨 꿍꿍이인지는 몰라도, 일단은 전위대부터 돕는다."

카이스의 전위대는, 이번 연합군의 최정예 병력들이었다. 리카이엔과 카이스 두 사람이 1년 동안 공들여 키운 그들이 자유로워져야 다른 본대를 도울 수 있었다.

"따라와!"

큰 소리로 외친 리카이엔이 전위대가 있는 곳을 향해 몸을 날렸다.

Chapter 9.

베르무크의 음모

숲을 형성하는 것은 나무와 풀, 바위다. 그중 대부분을 차지하는 것이 바로 나두. 어른 세 사람이 둘러싸도 손을 맞잡기가 힘들 정도로 거대한 것도 있고, 발에 차여 휘청일 정도로 앙상하게 솟아오른 잡목도 있다. 하지만 크건 작건 그 나무들은 사람의 움직임을 방해한다는 공통점을 가지고 있었다.

그런 숲에서 일어나는 전투는 당연히 혼전 양상일 수밖에 없었다.

번번이 나무줄기에 가로 막히는 화살은 무용지물이다. 아무리 작게 휘둘러도 결국 나무에 걸리고 마는 창과 같은 장병도 소용이 없다. 나무에 걸리지 않는 선에서 그나마 자유롭게 휘두르는 것이 가능한 것은 길게 잡아도 검, 짧으면 손발이었다.

그러니 짧은 간격을 유지하기 위해 서로 맞붙을 수밖에 없고, 일직선의 이동이 불가능하니 잘게 흩어지다 보면 결국 난 전이 되는 것이다.

하지만 폴덴바인 백작은, 숲에서의 전투를 난전으로 이끌지 않았다.

콰르륵, 우지지직!

곳곳에서 요란한 소리가 울려 퍼졌다.

콰아앙!

그리고 굉음과 함께 풀썩 피어오르는 짙은 먼지.

하지만 한 차례 바람이 불고 나면, 혹은 먼지가 가라앉고 나면 눈앞이 훤히 트인다. 앞으로 가로막고 있던 나무들이 넘어갔기 때문이었다.

폴덴바인 백작의 묘안이었다.

본대 3진에는 아주 많은 바이론인 클리먼들이 속해 있었는데, 바쁘게 움직여야 하는 1진이나 2진에 비해 3진은 후방에서 지원을 하기 때문에 그렇게 편성된 것이었다.

그리고 폴덴바인 백작은 그 클리먼들을 움직여 숲을 밀어내고 있었다.

써클루스에 가담하지 않은 대부분의 바이론인들이 테하스에게 힘을 보태 주었고, 그중 술법을 쓸 수 있는 클리머스들을 모두 이번 전쟁에 동원했기에 가능한 일이었다.

선두의 클리먼들이 가로로 한 줄의 나무들을 쓰러트린 후 뒤로 빠지면, 다음 줄에 서 있던 클리먼들이 앞으로 나서고, 또 그 다음 줄이 나서는 방식이었다.

나무들이 무너지는 굉음 사이에 적들의 비명이 섞여 있었다. 넘어가는 나무에 깔려 죽은 적들의 외침이었다.

길을 만드는 동시에, 적들이 쉽게 공격을 할 수 없도록 하는 일석이조의 전술.

폴덴바인 백작이 전투와 전술에 대해 연구한 지 얼마 되지 않았다는 것을 생각하면, 그의 전술 감각은 아주 훌륭하다고 볼 수 있었다.

쿠우웅!

또 한 번 나무들이 무너지는 소리가 들렸다. 이번에는 적들도 미리 뒤로 빠졌는지 비명은 들리지 않았다.

나무를 무너트린 앞줄의 클리먼들이 뒤로 빠지고, 다음 줄의 클리먼들이 앞으로 나서는 것을 보며 폴덴바인 백작은 이마에 흐르는 땀을 훔쳤다.

'힘들군!'

아주 느린 전진이었다. 꽤나 안정적이기는 하지만, 속도가 느리다 보니 조바심이 일어나는 것은 어쩔 수 없었다. 이러다 적들이 완전히 후퇴해 버린다면, 괜히 힘만 소모한 꼴이 되기 때문이었다.

그럼에도 불구하고 폴덴바인 백작은 인내심을 최대한으로 끌어 올리고 있었다. 성급한 움직임이 어떤 결과를 가져오는지, 그가 보았던 수많은 전술 관련 책자들에 명확하게 나와 있었기 때문이었다.

그때였다.

무너지고 있는 나무들과 그 뒤의 숲 너머로 갑자기 소란스러운 소리가 들려왔다.

"윽!"

폴덴바인 백작의 입에서 신음이 새어나왔다. 소란스러운 소리는 당연히 적들이 움직이는 소리였다. 문제는 그 소리가 점점 멀어지고 있다는 점. 즉, 폴덴바인 백작이 걱정하던 적들의 후퇴가 시작된 것이었다.

게다가 두 갈래로 나뉘어 움직이고 있었다.

"어떻게 하지?"

정확하게 확인하지는 못했지만, 적의 수는 이쪽보다 확실히 적었다. 하지만 현재 라우트 산 곳곳에서 벌어지고 있는 전투에 충분히 영향을 미칠 수 있는 정도는 되었다.

'둘로 나누느냐, 한쪽만 쫓느냐?'

본대 3진의 병력을 절반으로 나눈다 해도, 적에게 각개격파 당할 정도의 규모는 아니었다. 하지만 폴덴바인 백작은 쉬이 결정을 할 수 없었다.

적의 의도를 파악할 수 없기 때문이었다. 적의 의도를 파악하지도 못한 채 끌려가는 것은 전투 중에 절대 금해야 할 행동. 그렇다면 결론은 나온 것이나 마찬가지였다.

하지만 폴덴바인 백작은 여전히 결정을 내릴 수 없었다. 한쪽만 쫓다가 자유로워진 써클루스군이 우회하여 뒤를 노린다면 큰일이기 때문이었다.

'어떻게 하지?'

폴덴바인 백작의 표정이 다급해졌다. 지금은 고민에 잠겨 있을 때가 아니었다.

"둘로 나누어 적을 쫓는다!"

결국 둘 다 포기할 수 없었던 폴덴바인 백작은 그런 결정을 내릴 수밖에 없었다.

피아의 식별조차 불가능한 혼전, 하지만 크리온테스의 손에 들린 플루타는 한 치의 오차도 없이 적의 목을 꿰뚫고 있었다.

현기증마저 일으키게 하는 짙은 혈향이 코끝에 매달린 채 떠날 생각을 않는다. 하지만 크리온테스는 이미 외부로부터의 모든 자극을 완전히 무시하고 있었다.

플루타의 검신에는, 처음에 맺혀 있던 오러블레이드가 아닌 붉은 빛 아지랑이가 점점이 피어오르고 있었다. 힘을 허비하지 않기 위해 필요한 만큼의 기운만을 끌어 올린 것이었다.

쉬이이익!

크리온테스의 등 뒤에서 섬뜩한 예기가 피어올랐다. 하지만 크리온테스는 조금도 당황하지 않고 빠르게 방향을 틀었다.

"히이이익!"

순간, 크리온테스의 귓전을 때린 것은 전투 상황과는 너무도 어울리지 않는 질린 비명. 그리고 힘없이 바닥으로 떨어지는 아밍소드였다.

크리온테스를 향해 아밍소드를 휘두르던 적병이 저도 모르게 주춤거리며 손에 들린 검을 놓쳐 버린 것이었다.

자신이 베어 넘긴 적병의 피로 온몸이 붉게 물든 크리온테스는 더 이상 현세의 존재가 아니었다. 사람의 형체를 한 시뻘건 무언가가, 두 눈동자에서 살기만을 줄줄이 뿜어내는 그 모습에 적병은 그 자리에 그대로 얼어붙었다.

하지만 겁에 질린 병사라고해서 적이 아닌 것은 아니었다.

오러소드까지 맺혀 있는 검날이 너무나도 가볍게 적병의 목을 날렸다. 흔히 인간의 뼈를 잘라 낼 때 나는 소름끼치는 단절음 따위는 들리지 않았다. 아주 가벼운 마찰음만이 잠깐 울릴 뿐이었다.

파아아앗!

잘린 목에서 피를 뿜으며 적병의 몸뚱이가 그대로 넘어갔다. 하지만 보검 플루타의 검신은, 한 점의 핏방울도 허용하지 않겠다는 듯 여전히 깨끗했다.

온몸에 피를 뒤집어쓴 주인과 너무나 상반되는 모습. 하지만 그렇기에 크리온테스의 모습은 더욱더 기괴하고 무서웠다. 시뻘건 인간이 새하얀 검을 들고 있는 기묘한 장면은 충분히 그럴 만했다.

"안 되겠군!"

전황을 살피던 크리온테스의 입에서 조급함이 가득 밴 목소리가 새어나왔다.

그 자신은 수도 없이 적들을 도륙하고 있었지만, 전황 자체는 그리 유리한 상황이 아니었기 때문이었다.

그가 아무리 마스터의 실력을 갖고 있고 황혼의 기사들 또

한 익스퍼트를 상회하는 실력자라 해도, 양쪽을 합쳐 7만에 육박하는 전투의 승패를 좌우할 수는 없기 때문이었다.

게다가 그 7만이라는 숫자가, 드넓은 라우트 산의 길고 깊은 계곡을 가득 메우그 있다면 더욱더 그럴 수밖에 없었다.

좀 더 정확하게 보면, 그들이 있는 곳은 라우트 산이 아니었다. 라우트 산과 그 북쪽에 있는 헤일런 산이 만들어 내고 있는 계곡과 그 좌우의 비탈, 그리고 그 위쪽의 숲이었다.

험하기로 유명한 캘러멘 산맥은 대륙의 등뼈라고 불릴 정도로 거대한 산맥이었고, 각각의 산들이 차지하는 면적 또한 엄청났다. 그렇기에 두 개의 산이 맞닿아 있는 계곡에 7만이라는 엄청난 수의 병력이 들어갈 수 있는 것이었다.

어쨌든 그만큼이나 넓게 펼쳐진 전장이다 보니, 아무리 마스터라 해도 제대로 전투를 이끌 수가 없었다.

잠시 고민하던 크리온테스가 뭔가를 결심한 듯, 곳곳에 흩어져 있는 기사들을 향해 외쳤다.

"기사들을 나를 따라오라!"

외침과 동시에 크리온테스가 골짜기의 틈을 따라 산 위쪽을 향해 내달리기 시작했다.

"흐아아앗!"

함성과 함께 십여 명의 적병이 크리온테스의 앞을 가로막았지만, 플루타는 크리온테스의 앞을 막는 존재들을 용납하지 않았다.

좌아아악!

비탈과 비탈이 만나는 골짜기를 따라 흐르는 핏물 위에, 플루타가 만들어 낸 핏줄기가 더해졌다.

콰콰콰콰!

크리온테스의 질주는, 마치 거센 기마대의 돌격이라도 되는 양 거칠 것이 없었다.

앞을 가로막는 것들을 단숨에 끊어 내며 골짜기 끝까지 뛰어오른 크리온테스. 뒤이어 황혼의 기사들 역시 골짜기 끝에 도착했다.

크리온테스의 뒤, 골짜기의 끝은 막다른 길이었다. 급하기 짝이 없는 가파른 비탈이라 쉬이 올라갈 수 없는 길이었다. 다시 말해 크리온테스의 퇴로가 막혀 있는 셈.

그것을 확인한 크리온테스가 뒤로 돌았다. 눈앞에 펼쳐진 것은, 곳곳에서 기합과 비명이 난무하고 있는 어지러운 계곡의 상황.

"후우욱!"

크게 숨을 들이마신 크리온테스가 온몸의 힘을 가득 담아 외쳤다.

"황제가 여기 있다! 황제를 잡아라!"

골짜기 가득 황제의 외침이 메아리쳤다. 그리고 그 외침을 듣는 순간, 황제의 의도를 깨달은 황혼의 기사들이 같은 내용의 외침을 목이 터져라 부르짖었다.

"황제가 골짜기 끝에 있다!"

"황제를 잡는 자에게 큰 상이 있을 것이다!"

이런 상황에서까지 무례니 뭐니 따지고 드는 멍청한 황제가 아니라는 것을 알기에, 황혼의 기사들은 아무런 거리낌도 없이 악을 써 댔다.

'이것들이!'

크리온테스가 저도 모르게 울컥한 표정을 지었다. 상황도 알고 이유도 알고 있음에도 불구하고, 당장 달려가 기사들의 뒤통수를 후려치고 싶은 충동이 불쑥 솟아오르는 것은 어쩔 수가 없었다. 물론 지금은 그럴 때가 절대 아니었다.

하지만 황제는 끝내 속으로 다짐을 하고 말았다.

'이놈들, 끝나고 보자!'

그러다 황제의 얼굴에 흠칫하는 표정이 떠올랐다.

'내가 언제부터 이렇게 감정적이 된 거지?'

과거였다면 이 정도는 흔쾌히 무시할 수 있었다. 아무리 자신의 권위를 중히 여긴다 해도 상황에 따라서는 그 어떤 것이라도 무시할 수 있을 만큼 냉정을 유지했기 때문이었다.

'젠장, 그 자식 때문이군!'

크리온테스가 다시 한 번 리카이엔을 떠올리며 인상을 구기는 순간, 골짜기의 전황이 변했다.

"와아아아아아!"

"잡아라! 황제를 잡아라!"

"죽여!"

곳곳에서 적병들이 큰 소리로 외치며 골짜기 끝을 향해 몰려오고 있었다.

크리온테스는 리카이엔, 카이스, 폴덴바인 백작과 함께 이번 전쟁의 가장 중심인물 중 하나였다. 특히나 연합군 병력의 절반 이상을 차지하고 있는 제국군의 구심점이었다. 그런 황제가 죽는다면, 적군의 사기를 완전히 꺾고 완벽하게 우위를 점할 수 있을 것이다. 그러니 적들이 황제를 향해 몰려오는 것은 아주 당연한 일이었다.

그리고 그 모습을 목격한 황제가 싸늘한 미소를 머금었다.

중구난방으로 날뛰는 흐름을 통제하기란 쉬운 일이 아니었다. 하지만 오직 한 방향으로만 가는 흐름을 통제하는 것은 그리 어려운 일이 아니었다.

크리온테스는 어지러운 난전 상황을 자신의 뜻대로 통제하기 위해 스스로 미끼가 된 것이었다.

"모두 정신 차려!"

크리온테스의 목소리에 황혼의 기사들이 급히 호흡을 골랐다. 그들은 황제의 의도를 정확하게 이해하고 있었다.

크리온테스의 성격을 생각하면, 몰려오는 적을 향해 다시 돌진할 것이 분명했다. 그때 자신들은 황제의 전위대가 되어야 했다.

"와아아아아!"

그리고 또 다른 종류의 함성이 울려 퍼졌다.

이번에는 연합군 병사들의 함성이었다. 황제를 공격하는 적군의 후미를 노리며 달려오고 있었다.

본대 2진의 병사들은 모두 브렌 왕국군이었지만, 황제가 죽는다면 자신들 역시 위험해진다는 것을 알기 때문에 모두들 필사적으로 황제를 보호하려는 것이었다.

콰직!

연합군 병사의 손에 들린 배틀 엑스가 적병의 뒤통수를 그대로 쪼갰다.

우당탕탕!

산비탈을 내려가던 적병은 머리에 배틀 엑스가 박힌 상태 그대로 비탈을 굴러 내려가기 시작했다.

"어어, 어어!"

배틀 엑스를 휘두른 병사가 기겁을 하며 손잡이를 잡아당기지만, 좀처럼 빠질 생각을 않는다. 이대로 가다가는 시체와 함께 비탈을 굴러 내려가야 한다는 생각이 병사의 머릿속에서 번뜩였다. 그렇다면 해야 할 일은, 배틀 엑스를 손에서 놓는 것. 하지만 그런 생각을 떠올린 순간, 병사는 이미 자신의 배틀 엑스에 끌려 비탈을 구르고 있었다.

"으어어어억!"

세상이 정신없이 회전했다. 시야에 담긴 것들이 돌아가는 속도가 빨라질수록, 병사의 온몸을 두드려 대는 묵직한 통증은 배가 되고 있었다.

"크아아악!"

앞서 내려가던 다른 써클루스군의 병사들이 걸리며 차례차례 비탈을 나뒹굴기 시작했다.

콰아아앙!

마침내 골짜기 바닥에 도착했을 때, 배틀 엑스를 휘둘렀던 병사는 이미 산 사람이 아니었다. 그리고 그에 얽혀 떠밀려온 써클루스군의 병사들 역시 온몸이 찌그러진 채 죽어 있었다.

콰지지직!

그리고 그 위로 거친 발길질이 이어졌다.

발아래 시체가 밟히는 것쯤은 전투 중에는 흔한 일이다. 문제는 지금 있는 위치가 가파른 골짜기 안이라는 점.

"크어어억!"

비명과 함께 시체 위에 산 사람이 엎어지고, 다시 그 위로 거친 발자국이 찍히기 시작했다. 엎치고 덮쳐지며 시체 위에 시체가 쌓인다.

곳곳에서 비슷한 광경이 만들어지고 있었다. 하지만 아까의 전투와는 분명히 다른 양상이었다. 모든 병력들이 골짜기 끝을 향해 몰려오는 상황.

크리온테스가 섬뜩한 살기를 머금은 채 플루타에 마나를 밀어 넣기 시작했다.

우우우웅!

플루타의 검신이 잘게 떨리며 소름끼치는 검명을 울려 댔다. 하지만 황제 앞에 서 있는 황혼의 기사들에게는, 진군의 북소리와 마찬가지였다.

그리고 마침내 명령이 떨어졌다.

"뛰어!"

황제의 커다란 외침에 황혼의 기사들이, 이쪽을 향해 달려오고 있는 써클루스군을 향해 몸을 날렸다.

'뭐지?!'

테하스의 얼굴이 의혹으로 물들었다.

'도대체 뭐냐?'

수백 수천 개의 손들이 발목을 잡고 땅 아래로 끌고 들어가는 듯한 섬뜩한 느낌이 테하스의 신경을 자극하고 있었다.

하지만 테하스의 얼굴이 의혹으로 물든 이유는 다른 데 있었다.

분명히 아주 잘 알고 있는 기운이었다. 하지만 아무리 기억을 더듬어 봐도, 단 한 번도 느껴 본 적이 없는 낯선 기운이었다.

알고 있음에도 불구하고 너무나도 낯선 감각. 그 모순된 느낌이 테하스를 곤혹스러운 상태로 몰고 갔다.

"스승님, 왜 그러세요!"

숲 저편에 뭉쳐서 화살을 쏘아 대고 있는 적진을 향해 프리엘라가 손을 뻗으며 외쳐 물었다.

"크아아아악!"

순간 적진에서 기겁한 비명이 터져 나오는가 싶더니, 순식간에 땅이 뒤집히며 적병들을 그대로 집어 삼켰다.

"아, 아무것도 아니다!"

황급히 도리질을 친 테하스가 횡으로 지팡이를 휘둘렀다. 지극히 찰나의 순간이지만, 거대하게 뭉쳐진 마나가 숲의 나무들을 그대로 짓뭉개기 시작했다. 물론, 그 사이에 있던 적병들 역시 똑같은 운명을 맞이했다.

전투는 일방적으로 펼쳐지고 있었다.

마이스터급 마법사인 테하스와 컨덕터급을 넘어 마이스터를 향해 가고 있는 프리엘라가 있기에 가능한 일이었다.

'역시 마이스터!'

파벤투스는 감탄에 감탄을 거듭하고 있었다.

두 사람의 마법으로 가장 가까운 적들을 밀어내고, 그 사이 전진한 병력들이 후퇴하지 못한 적들을 전멸시킨다.

한 치의 오차도 없이, 그리고 숨 가쁘도록 빠르게 이어지는 연계 공격에 써클루스군은 제대로 된 저항 한 번 못하고 우수수 넘겨졌다.

물론 아직까지도 적들의 수는 많았다. 그 방법 자체가 일시에 많은 적들을 없앨 수는 없기 때문에, 시간이 걸리는 탓이었다. 하지만 더 없이 확실한 방법이었다.

파벤투스는 이대로 간다면, 자신들을 기습했던 병력들을 모두 쓸어버릴 수 있으리라 생각했다.

하지만 마음에 걸리는 것이 있었다. 조금 전부터 테하스의 표정이 딱딱하게 굳어 있기 때문이었다.

'뭔가 몸에 이상이라도……'

불길한 생각이 엄습해 오자, 파벤투스가 급히 테하스 곁으로 가 물었다.

"마이스터, 혹시 무슨 문제라도 있는 것입니까?"

파벤투스의 물음에 테하스가 뻗어가던 손을 급히 멈췄다.

'역시 이상하군!'

파벤투스가 이렇게 물어본다는 것은, 자신의 표정이 그만큼 심각하다는 뜻이었다. 그 모순된 감각 때문에 표정이 좋지 않다는 정도로만 생각했는데 사실은 그게 아니었던 모양이다.

자신도 모르게 그만큼이나 표정을 굳히고 있었다는 것은, 스스로도 정확히 알지는 못하지만 분명 아주 위험하고 중대한 무언가가 있다는 뜻이었다.

"잠시 멈춥시다!"

테하스의 말에 파벤투스가 두 말 않고 고개를 끄덕였다.

"제자리에서 경계!"

파벤투스의 명령에 제국군들이 일사불란하게 자리를 잡고 방패를 치켜들었다. 그 뒤로 궁수들이 시위에 화살을 먹인 채 날카롭게 눈을 빛냈다.

"으음!"

제국군이 테하스와 프리엘라, 파벤투스를 감싸며 경계망을 형성하는 사이, 테하스는 다시 한 번 자신의 기억을 더듬었다. 하지만 이내 세차게 그개를 저었다. 역시나 생각나는 것이 없었다.

아무리 고민해도 답이 나오지 않자, 테하스가 프리엘라를 향해 말했다.

"프리엘라, 나를 좀 올려 주려무나!"

"네, 네?"

깜짝 놀란 프리엘라가 당혹스러운 표정으로 되물었다. 테하스의 올려 달라는 말은, 허공으로 몸을 띄워 달라는 말이었다. 하지만 그것은 아주 작은 실수로도 띄워 올린 대상을 땅바닥으로 곤두박질치게 할 수 있었다.

그런 마법을 자신에게 쓰라고 하니, 프리엘라가 기겁을 할 수밖에.

하지만 프리엘라는 두 번 말하지 않았다. 그저 몸이 떠오르는 순간을 대비하고 있을 뿐이었다.

"하아!"

이런 때에는 아무리 말을 해도 소용이 없었다. 프리엘라가 긴 한숨을 내쉬며 마법을 준비했다.

"템페스타스 카틸루스(Tempestas Catillus)!"

외침과 동시에 광폭한 마나들이 서로 엉기기 시작했다.

고오오오오!

동시에 테하스의 발아래에서 세찬 바람이 피어올랐다. 마치 넓적한 접시 모양으로 소용돌이치는 바람이 테하스의 발목을 휘감는가 싶더니, 어느새 그녀의 몸을 하늘 높이 띄워 올리기 시작했다.

원래는 대상을 하늘 높이 띄워 올렸다가 바닥으로 내동댕이치는 마법이었지만, 미세하게 조정을 하면 이런 식의 이용도 가능했다.

세찬 바람의 접시는 테하스를 순식간에 하늘 높이 들어 올렸다.

라우트 산 전체가 한눈에 내려다보일 정도까지 솟구쳐 오른 테하스가 세심한 눈길로 전황을 살폈다.

산 곳곳이 붉게 물들 정도로 처절한 전투가 곳곳에서 펼쳐지고 있었다.

리카이엔과 기사단, 그리고 카이스의 전위대는 북쪽 능선을 오르내리며 적들을 몰아치고 있었다. 북쪽 능선에는 이미 나무들이 보이지 않고 있었다. 대신 시체들이 나무의 자리를 대신하고 있었다.

크리온테스가 이끄는 본대 2진은, 북동쪽 골짜기를 타고 핏물이 계곡을 이룰 정도로 처절한 싸움을 벌이고 있었다. 폴덴바인 백작의 본대 3진은 여러 갈래로 나뉘어 흩어져 움직이는 적들을 쫓고 있었다.

그런데 테하스의 눈에 이상한 것이 보였다.

"저건!"

전투와 아주 동떨어진 곳에서 병력들이 이동하고 있는 것이었다. 아군은 아니니 써클루스군이 분명했다. 한두 곳이 아니었다. 무려 다섯 군데에서 적병들의 움직임이 보였다.

"뭐지?"

다시 한 번 전장을 살피던 테하스는 또 한 가지 이상한 점을 발견했다.

자신들을 상대하는 적들의 수가, 자신들보다 현저히 적은 것이었다. 빽빽하게 나무들이 자라고 있는 숲에서는 확실하게 확인이 되지 않았는데, 이렇게 위에서 보니 싸우고 있는 적병의 수가 자신들의 절반밖에 되지 않았다.

자신들과 써클루스군의 병력은 거의 비슷한 규모였다. 그렇다면 나머지 절반은, 방금 보았던 산에서 이동 중인 병력들.

"뭘 노리는 거지?"

병력들이 이동하고 있는 방향은, 아무리 봐도 전투와는 무관한 지역이었다. 그곳에 왜 가는지 이해할 수가 없었다.

그때였다.

"흡!"

테하스가 헛바람을 집어삼키며 황급히 몸의 중심을 낮췄다. 아까 느꼈던 그 이상한 기운이 다시 한 번 엄습해 온 탓이었다.

'이 높은 곳에서?'

의문을 품는 순간 어쨌든 한 가지는 확실해졌다. 써클루스군은 전투에서 이길 생각을 하고 있는 것이 아니었다. 무언가 다른 것을 준비하고 있었다.

'클리머스!'

아까 프리엘라의 반응으로 보아, 프리엘라는 자신이 느낀 그 끌어당기는 듯한 느낌을 받지 못한 듯했다. 그렇다면 클리머스에 능한 자신만이 느끼는 감각이라는 뜻. 역으로 클리머스를 쓰기 때문에 느껴지는 감각이었다.

동시에 테하스의 뇌리에 번개처럼 꽂히는 기억 하나.

'마치 하늘까지 통째로 잡아당기는 것 같은 느낌이었다.'

그녀의 나이만큼이나 오래된 기억 속에 묻혀 있던 누군가의 회상. 바이론 왕국의 마지막 왕세자, 테하스의 친오빠가 그녀에게 해 주었던 말이었다.

"안 돼!"

두 눈을 부릅뜬 테하스가 기겁을 하며 외쳤다. 그 회상은 다름 아닌 바이론 왕국 멸망 당시의 기억이기 때문이었다.

그녀가 모순된 감각을 느낀 것도 바로 그 이유였다. 이야기를 들어 알고는 있었으나, 직접 겪어 본 적이 없기에 낯설었던 것이다.

"내려가겠다!"

테하스의 외침이 들렸는지 어떤지 모르지만, 그녀를 받쳐 주고 있던 바람이 서서히 내려앉기 시작했다.

"스, 스승님, 왜 그러세요?"

얼굴이 새하얗게 질려 있는 테하스의 모습에, 프리엘라가 걱정스러운 목소리로 물었다. 하지만 설명을 해 주고 있을 시간이 없었다.

"파벤투스, 지금 당장 병력을 산 아래로 물리시오!"

"네? 그게 무슨 말씀이십니까, 마이스터!"

"설명할 시간이 없스! 어서!"

파벤투스를 재촉한 테하스가 이번에는 프리엘라를 향해 말했다.

"너는 당장 가서 클리먼들을 모아 오거라!"

"네?"

프리엘라가 놀란 표정으로 되물었다. 전위대와 본대의 세

개 편제는 필요에 의해 나뉜 것이었다. 그런데 그 필요를 모조리 무시하고 클리먼들을 데리고 오라니 놀랄 수밖에.

하지만 테하스는 지금 설명을 할 때가 아니었다.

"일단 트베린 협곡으로 모이도록 해라!"

말을 마친 테하스가 황급히 몸을 날렸다. 술법을 펼친 것인지, 한줄기 바람이라도 된 양 순식간에 프리엘라와 파벤투스의 눈앞에서 사라져 버렸다.

"일단 내려갑시다!"

파벤투스가 급히 프리엘라를 잡아끌며 외쳤다. 알 수 없지만 테하스가 저렇게 다급하게 말을 했다면 분명 타당한 이유가 있으리라.

"마녀!"

베르무크가 와락 인상을 구기며 외쳤다.

곳곳에 뿌려 놓은 영혼들을 통해 머릿속으로 흘러 들어오는 산 전체의 모습 중, 한 광경이 베르무크의 시선에 잡힌 것이었다. 마녀라 불리는 테하스가 갑자기 어디론가 다급하게 달려가는 모습이었다.

그 전에 머릿속으로 흘러들어온 것은, 테하스가 하늘 높이 떠올라 라우트 산 전체의 모습을 살피는 광경이었다.

베르무크가 뇌를 통째로 잡아 흔드는 지독한 통증에 부르르 어깨를 떨며, 제어하고 있던 영혼들의 모든 움직임을 정지시켰다.

머릿속으로 흘러들어오는 모든 영상은, 단순히 머릿속에 그려지는 그림 같은 것이 아니었다. 각각의 영혼이 가지고 있는 기운들과 함께 들어오는 것. 당연히 그 고통을 이루 헤아릴 수 없었다.

그리고 처음 영혼들과 이어지는 순간과 그것을 다시 끊는 순간의 고통은 그 몇 배에 해당하는 것이었다.

빠드득!

어금니를 악물고 고통의 순간을 참아 낸 베르무크가 급히 눈을 떴다.

"마스터, 괜찮으십니까?!"

베르무크 곁을 지키고 있던 바록이 걱정스러운 표정으로 물었다.

"괜찮다. 그보다 문제가 생겼다."

"문제라니요?"

"마녀, 마녀가 우리의 계획을 눈치챘다."

"네에?!"

바록이 말끝을 길게 늘이며 놀란 표정을 외쳤다.

"그간의 사정을 알 수는 없지만 '재생'에 대해 알고 있는 모양이야."

"그것은 100여 년 이전의 일이 아닙니까!"

"마녀의 나이가 100살이 넘었다는 걸 생각해."

"하지만 그 당시 다녀 테하스는 겨우 걸음마를 하던 때입니다!"

자신들이 마녀라 부르는 존재가 걸음마를 하던 시기를 이야기한다는 게 뭔가 어색했지만, 분명한 사실이었다. 그들이 '재생'이라 일컫는 그것이 일어났던 그 시기에 테하스는 겨우 두세 살 나이였다. 재생에 대해 기억을 하고 있을 리가 없었다.

"누군가에게 들었을 수도 있지. 아무튼 눈치를 챈 게 분명하다. 조금 이르기는 하지만 당장 시작해라!"

지체할 시간이 없었다. 바록이 황급히 고개를 끄덕인 후, 연기처럼 그 자리에서 사라졌다.

콰드득!

단단하게 다져진 땅바닥의 흙이 치즈처럼 으깨진다.

선명한 족적을 뒤로한 채, 맹렬하게 튀어나가는 하나의 신형. 그리고 그 신형이 그러쥔 철창의 창극에 한줄기 마나가 피어올랐다.

"댄싱 플레임!"

가벼운 외침이 터지는 순간, 허공에서 갑자기 불꽃이 피어올랐다. 아주 작은 불꽃, 눈높이 어림에서 일렬로 화르륵 피어오른 불꽃은 순간적으로 피어올랐다가 바로 사그라졌다.

지극히 찰나의 순간에 명멸해 버린 작은 불꽃들. 여느 공격 마법처럼 뜨겁지도 않고, 눈이 부실 정도로 환하지도 않은 말 그대로 잠시 떠올랐다 사라진 불꽃들이었다.

하지만 그 잠깐의 명멸이 전투에 끼치는 영향은 절대 작지 않았다.

"헛!"

열을 맞춰 선 채 적을 노려보던 써클루스군 기사들이, 갑자기 피어오른 불꽃이 화들짝 놀라며 물러섰다.

잔뜩 긴장한 채 싸울 준비를 하고 있는데, 눈앞에서 불꽃이 피어오르면 당연히 나올 수밖에 없는 반응이었다. 하지만 달려드는 적에게서 시선을 떼고, 순간적이지만 중심이 무너졌다. 그리고 그 중심이 무너진 순간, 단단한 철창이 기사들의 품안으로 쇄도했다

콰지직!

창극이 가슴을 보호하는 흉갑을 종이짝처럼 꿰뚫는다.

푸욱!

철창이 다시 뽑혀 나올 때, 뻥 뚫릴 구멍으로 굵은 핏줄기가 뿜어져 나온다.

"크아아악!"

콰앙!

비명에 이어 마지막으로 터져 나오는 소음은, 무거운 갑옷채로 뻣뻣하게 바닥으로 곤두박질치며 울리는 쇳소리다.

프로커스 백작령의 기사단장 안톤은, 원래는 전투 마법사였다. 마법의 수준은 높지 않지만, 다양한 활용법을 통해 전투에 도움을 주는 것이 전투마법사였다. 그리고 그런 전투마법사가 기사가 되어 있었다.

마법과 기사의 창술. 이 두 가지가 합쳐진 효과는 무시무

시했다.

한창 서로를 향해 병장기를 휘둘러 대는 전투 중에, 갑작스러운 상황으로 인해 생기는 그 찰나의 방심은 전투의 승패를 완전히 한쪽으로 기울어지게 하는데 충분한 것이었다.

안톤만이 아니었다. 곳곳에서 아주 작은 마법과 기사들의 돌격이 어우러지며 무시무시한 위력을 내보이고 있었다.

기사들 중 자질이 있는 이들만을 모아 테하스가 마법을 가르쳤고, 안톤이 전투 중에 효과적인 마법의 사용에 대해 훈련시켰다.

그 덕분에 프로커스 백작가의 기사단은, 아주 강력한 기사단으로 거듭날 수 있었다.

'쳇! 이렇게 빨리 내보이게 될 줄이야!'

안톤이 다시 한 번 마법을 펼치며 속으로 투덜거렸다. 사실, 이 전투 방식은 비장의 한 수로 숨겨 놓은 것이었다. 트베린 협곡에서 그 많은 적들과 싸울 때도 쓰지 않았던 이유가 바로 그것이었다.

물론 이것은 미리 안다고 해서 어찌할 수 있는 것이 아니었다. 전투에 집중하고 있는 중에 생기는 갑작스러운 상황은, 아무리 방비를 한다 해도 반사적인 반응이 나올 수밖에 없기 때문이었다.

다만 숨기는 것이 많으면 많을수록 더 유리해지는 법이기에 최대한 숨기려 했던 것이다.

하지만 그러기에는 시간이 너무 없었다. 전위대와 맞붙은 적들을 처리해야만, 본대를 도우러 가는 것이 가능했다. 그래서 어쩔 수 없이, 숨겨 둔 비장의 한 수를 선보인 것이었다.

"크아아악!"

쥐어짜는 듯한 비명과 함께 써클루스군 마지막 기사의 숨이 끊어졌다.

"후우!"

저 멀리 앞서 있던 리카이엔이 재빨리 이쪽으로 돌아왔다.

"일단, 여기는 정리가 됐으니 이제 본대를 도우러 가야지."

잠시 후 도착한 카이스가 신속하게 상황을 정리했다.

"일단 전위대는 황제를 도우러 간다. 아무래도 총지휘관과 일반 병력 사이에 접점이 부족해, 이런 급박한 상황에서는 전투 수행이 조금은 버거울 거다."

"나는 본대 3진을 도우러 가야겠군. 경험이 부족한 백작님이 무슨 상황에 처했는지 알 수가 없다."

"1진은 괜찮겠지?"

"그렇겠지. 다른 사람도 아닌 할망구가 함께 있으니."

그때였다.

콰아아!

거대한 바람소리와 함께 무지막지한 압력이 이쪽을 향해 몰아쳤다.

"무슨!"

깜짝 놀란 안톤과 카이스가 좌우로 몸을 날리고, 리카이엔이 재빨리 철창을 휘둘렀다.

"흡!"

하지만 쇄도해 오는 '그것'의 정체를 확인한 순간 당혹스러운 표정으로 급히 바닥을 박찼다.

콰아악!

리카이엔의 몸이 붕 떠오르는 순간, 달려들던 그것이 방금 리카이엔이 있던 자리를 뚫고 지나갔다.

"할망구!"

땅으로 내려서는 리카이엔이 버럭 소리를 질렀다. 테하스가 이곳에서 나타나는 게 이해가 되지 않았다.

"당장 내려가거라!"

"응? 갑자기 그게 또 뭔 소리…… 음?"

영문을 몰라 되묻던 리카이엔이, 갑자기 두 눈을 크게 뜨고 테하스의 모습을 살폈다. 눈동자가 격하게 흔들리고 있는 것은 물론 어깨까지 부르르 떨고 있었기 때문이다.

천하의 테하스가 이런 모습을 보이다니. 상상도 해 보지 못한 모습.

리카이엔은 앞뒤 잴 것 없이 급히 주변을 향해 외쳤다.

"일단 후퇴한다! 산 아래로 뛰어!"

말을 하는 도중에 리카이엔은 이미 테하스를 들쳐 업고 달리고 있었다.

씽, 씨잉!

세찬 바람 소리가 귓바퀴를 쓸고 지나가니 조금 정신이 돌아왔다. 그 기척을 눈치챈 리카이엔이 재차 물었다.

"무슨 일이요?"

"놈들이 그것을 하려고 한다!"

"그것이라니?"

"바이론 왕국을 멸망시킨 그 저주 받은 클리머스를!"

"뭐, 헉!"

어찌나 놀랐는지 달리는데 거칠 것이 없던 리카이엔이 순간적으로 중심을 잃으며 앞으로 꼬꾸라질 뻔했다.

"크으윽!"

애써 중심을 잡은 리카이엔이, 다시 진각을 차며 길을 따라 내달렸다.

"자세히 말해 보쇼!"

"자세한 것은 나도 모른다. 하지만 베르무크 그놈이 그걸 하려 한다는 것은 분명하다!"

나름의 확신이 있으니 이렇게 말하는 것일 터.

"제길, 씹어 먹어도 시원찮을 새끼!"

리카이엔이 버럭 욕을 뱉으면서도 쉬지 않고 발을 놀렸다. 그리고 순식간에 트베린 협곡으로 들어섰다.

"잠깐!"

협곡으로 들어서자마자 테하스가 급히 외쳤다.

"왜, 왜?"

리카이엔이 재빨리 걸음을 멈추고 고개만 돌려 되물었다.

"난 여기서 내려다오."

"응? 뭔 소리야?"

"놈들이 그 빌어먹을 짓을 시작하면 그 피해가 어디까지 미칠지 알 수가 없다. 최대한 놈들을 막아야지!"

"가능한 거요?"

"해 보는 수밖에!"

결연한 표정으로 말하는 테하스의 모습에 리카이엔은 그녀를 말릴 수 없다는 것을 깨달았다. 그리고 자신도 결심을 했다.

"그럼 같이합시다."

"뭐?! 너, 너는 당장 내려가라, 이놈아!"

"쳇, 아무리 버르장머리라도 다 죽어 가는 할망구한테 짐 떠맡기는 짓은 하지 않수다!"

"이, 이놈이!"

"같이 막아 보자고. 그 새끼도 영혼을 쓴다며. 혹시 알아? 내 힘이 그 자식을 막을 수 있을지."

리카이엔이 이를 악문 채, 잔뜩 일그러진 웃음을 지으며 말했다.

"그 개새끼 죽이는 데 안 끼워 주면 나 발광할 거요."

Chapter 10.

결전

"도대체 왜!"

테하스가 실성을 터트리며 산 아래에서부터 이쪽을 향해 달려오는 인마들을 향해 어이없는 표정을 지어 보였다.

프리엘라와 클리먼들이 말을 타고 올라오는, 테하스가 시킨 일이었으니 놀랄 일이 아니었다. 하지만 그 뒤로 여전히 이어지고 있는 행렬이 그녀를 기겁하게 만든 것이었다.

클리먼들의 뒤에 바짝 붙어 달려 올라오는 것은 크리온테스였다. 다음으로 카이스의 얼굴이 보이고, 그 뒤로도 무수히 많은 인마가 뿌연 먼지를 일으키며 달려오고 있었다.

"무슨 짓이냐!?"

테하스가 노성을 터트리며 크리온테스를 향해 호통을 내질렀다. 리카이엔 한 명이야 그러려니 할 수 있었다. 놈들이 사용하는 그 술법의 기븐 바탕은 영혼의 힘이었고, 리카이엔도 영력을 사용하니 그 속에서도 살아남을 가능성이 아주 크기 때문이다.

하지만 다른 이들은 그렇지 않았다. 그 술법이 발현되는 즉시, 모두 한 줌의 먼지가 되어 사라질 것이 뻔했다.

"어서 내려가라!"

테하스가 버럭 소리를 지르지만, 크리온테스를 포함해 올라온 모든 이들이 그녀의 말을 무시한 채 말에서 내리고 있었다.

"늦지는 않은 모양이군."

크리온테스가 잠시 주변을 둘러보더니, 리카이엔을 향해 말했다. 산 전체에 기묘한 위화감이 퍼지고 있는 것은 느껴지지만, 그래도 아직 심각한 느낌이 들지 않았기 때문에 할 수 있는 말이었다.

"그나마 길이 넓어 다행이다."

리카이엔이 크리온테스를 향해 반가운 표정을 지으며 말했다. 이 라우트 산의 산길은, 먼 과거에는 교역로로 쓰였던 길이니만큼 아직까지 말을 달리기에 그리 불편함이 없었던 것이다.

아까의 전투에서 말을 타지 않았던 것은, 기마대가 아무런 소용이 없는 산이기 때문이었다. 하지만 지금은 빠른 이동이 필수인 만큼, 반드시 말이 필요했다.

"백작님, 저희도 함께 가겠습니다!"

카이스 뒤로 따라온 안톤과 기사들이 굳은 표정으로 리카이엔 앞에 모여 섰다.

리카이엔이 슬쩍 고개를 돌려보니 크리온테스 앞에 황혼의 기사단이 도열해 있었고, 카이스 앞에도 그의 기사들이 열을 맞춰 싸움을 준비하고 있었다. 그리고 리카이엔의 시선이 마지막으로 테하스에게로 향했다.

"그냥 좀 끼워 주쇼. 그 새끼 죽여 버리면 되는 거잖아."

느긋한 표정으로 말하는 리카이엔의 모습에, 테하스는 속이 터질 지경이었다.

이들은 놈들의 그 술법이 얼마나 무서운지 조금도 모르고 있었다. 하룻밤에 하나의 왕국을 아무것도 없는 사막으로 만들어 버린 놈들의 힘을.

물론, 테하스 본인도 정확하게 그것을 목격한 적은 없었다. 하지만 바이론 왕국에 변고가 생길 당시, 그녀 역시 왕성에 머물고 있었다. 머리는 그날의 사건을 기억하지 못하지만, 몸은 본능적으로 그것을 알고 있었던 것이다. 그 증거가 애써 힘을 주어도 부들부들 떨리는 두 손이었다.

그때, 리카이엔이 아무도 없는 협곡의 정상 방향 출구를 향해 말을 걸었다.

"상황이 어떠냐?"

모두의 시선이 협곡의 출구로 향하는 순간, 갑자기 뚝 떨어지기라도 한 듯 조엘이 불쑥 모습을 드러냈다. 그러고는 인상을 찌푸린 채 고개를 설레설레 저었다.

"더럽다."

"응?"

"이것들 제정신이 아닌 게 분명하다."

"무슨 말이냐?"

베르무크가 사용한다는 술법을 두고 하는 말이겠거니 생각은 하지만, 테하스조차도 그 술법을 확실히 알지 못하니 이해를 못하는 것은 당연한 일이었다.

"집어삼키고 있다고 해야 하나?"

조엘이 고민스러운 표정으로 이야기를 시작했다.

"삼켜?"

"어, 그러니까……. 땅이 사람을 잡아먹고 있다고 하는 게 좀 더 그럴싸하겠네."

"뭔 소리냐?"

"베르무크인가 하는 그 새끼, 자기 병사들을 죽이고 있다."

"뭐!"

깜짝 놀란 리카이엔이 큰소리로 되물었다. 그리고 조엘이 설명을 덧붙였다.

"땅에 구멍이 뚫려 있는데, 주변에 있던 놈의 병사들이 뭔가에 낚아채기라도 한 것처럼 그 안으로 끌려 들어가더라고."

조엘의 설명에 리카이엔은 이해는 할 수 없지만, 돌아가는 꼴이 대강 짐작이 되었다.

"원래는 우리가 끌려 들어갔어야 할 구멍이군!"

테하스의 말에 따르면, 문제의 그 술법 역시 영혼을 이용하는 술법의 한 종류인 듯했다. 그렇다면 필요한 재료는 다름 아닌 살아 있는 인간의 영혼.

"그런 것 같다. 그런데 우리가 없으니까, 자기 병사들이라도 밀어 넣는 거겠지."

"그래서 이상하게 기습을 하고, 뜬금없는 곳으로 유인했던 거였군."

두 사람의 대화에 다른 이들도 이해를 한 듯 고개를 끄덕였다. 리카이엔이 테하스를 향해 말했다.

"할망구, 지금 가서 그 구멍을 막아 버리든가, 아니면 베르무크라는 놈을 족치면 막을 수 있는 거 아니요?"

하지만 테하스라고 해도 그것에 대해 아는 것이 거의 없었다. 테하스는 다시 한 번 협곡으로 올라온 이들을 향해 내려가라고 말을 하려다 바로 생각을 접었다. 말을 해 봐야 들어먹을 리가 없다는 걸 잘 알고 있기 때문이었다.

테하스는 헛기침으로 목을 가다듬은 후, 쏟아 내기라도 하듯 급하게 이야기를 시작했다.

"내가 들은 것도 별다른 것이 없다. 죽은 오라버니는 그 힘이 하늘까지도 잡아당기는 것 같다고 말했었다. 놈의 술법이 뭔가 아주 강력한 흡입력이나 인력을 바탕으로 한다는 뜻이겠지."

"그게 다요?"

"하나가 더 있다."

"하나가 더?"

"그래, 그 반대의 상황."

리카이엔이 순간적으로 이해를 못한 듯 고개를 외로 꼬며 테하스를 보았다.

"끌어당기던 힘이 갑자기 역으로 뒤집어져 내뿜었다고 하더구나."

가만히 이야기를 듣고 있던 조엘은 머릿속으로 잡아당겼다가 다시 밀었으면 제자리에 가야 하는 것이 아닌가 하는 생각을 했다. 도대체 그게 왜 무서운 걸까?

조엘이 특별히 소리를 내어 묻지 않았음에도 불구하고 테하스가 대답을 꺼냈다.

"끌어당겼던 것들이 가지고 있는 힘만 내뿜었다고 했다."

"힘만?"

"그래, 그리고 그 힘에 못 이겨 땅 위에 있던 대부분의 것들이 그대로 한 줌의 먼지가 되어 흩어졌다고 한다."

"그래도 어느 정도는 사람들이 살아남지 않았소?"

"단지 운이 좋았던 것뿐이다."

테하스가 기억에도 남아 있지 않은 그날이 떠오르기라도 하는 듯, 긴 한숨을 내쉰 후 설명을 더했다.

"나에게 이야기를 전해 준 오라버니는 놈들의 술법이 완벽하지 않은 덕분이었던 것 같다고 했지."

"술법이 완벽하지 않아서 살아남은 사람들이 있었던 거라는 말이오?"

"아마도 그럴 거라는 추측일 뿐이다. 확실한 것은 알 수 없지."

그 말을 끝으로 테하스는 더 할 말이 없는 듯 입을 꾹 다물었다. 아마도 그녀가 아는 것도 거기까지인 탓이리라.

고개를 끄덕인 리카이엔이 조엘을 향해 말했다.

"그 구멍이라는 게 어디에 있는 거냐?"

"음…… 정확하게 말하면 열 곳."

"열?"

"라우트 산성을 중심으로 크게 원을 그리면서 열 개의 구멍이 뚫려 있다. 그거 알아내는 사이에 죽은 우리 애들이 부지기수다."

잠시 무언가를 생각하던 리카이엔이 테하스를 향해 급히 물었다.

"할망구, 베르무크 그 개새끼가 있는 곳은 중심인 라우트 산성이겠지?"

"일종의 마법진과 비슷한 방식인 듯하니, 그 중심에 있을 가능성이 크지."

"시간은 얼마나 남았소?"

"오라버니는 하늘도 잡아당길 것 같다고 말을 했었는데, 너희가 아직까지 그 힘을 느끼지 못하는 걸로 봐서는 조금은 여유가 있는 것 같다. 하지만 장담은 할 수 없다."

테하스의 말이 끝나기가 무섭게, 리카이엔이 옆에 서 있는 말의 등에 훌쩍 올라탔다.

모두들 깜짝 놀라 리카이엔을 쳐다보는 사이, 리카이엔이 기사들을 향해 외쳤다.

"따라와! 이랴!"

외침과 함께 리카이엔이 길을 따라 말을 몰기 시작했다.

"어딜 가는 게냐!"

다급하게 외치는 테하스를 향해 리카이엔이 큰소리로 대답했다.

"그 개새끼 잡으러 갈 테니, 시간 좀 끌어……."

말이 채 끝나기도 전에 리카이엔은 산길의 모퉁이를 돌고 있었다. 그리고 어느새 각자 말에 올라탄 프로커스 백작령의 기사들도 길을 따라 올라가고 있었다.

"저, 저 무식한 놈들!"

테하스가 질려 버린 표정으로 외쳤다. 하지만 저렇게 달려나간 리카이엔을 막을 방법이 없다는 것 또한 알고 있었다.

"할 수 없지!"

이를 악문 테하스가 모여 있는 이들을 향해 말했다.

"지금부터 얘기하는 것은 전부 다 추측에 의한 것이다. 그렇기에 확실한 방법인지 알 수 없고, 만약 내 추측이 틀릴 경우 살아남을 수 있을 거라 장담할 수 없다."

테하스는 지금이라도 내려갈 사람은 내려가라는 의미로 한 말이었지만, 누구 하나 그런 기미가 보이지 않았다.

'쯧쯧, 하나같이 똑같은 놈들!'

속으로 혀를 찬 테하스가 긴 한숨과 함께 설명을 시작했다.

"대략적인 상황으로 보아, 놈의 마법진은 두 가지 역할을 한다. 첫 번째는 영혼이 있는 것들을 삼키는 것. 그리고 두 번째는 그 영혼들의 힘을 역류시키는 것."

테하스의 의도를 단번에 이해한 크리온테스가 말했다.

"그럼 영혼을 못 삼키게 해야 되겠군. 그래야 역류시키지 못할 테니."

"내 추측으로는 그렇다."

"그럼 어떻게 못 삼키게 해야 되는 거지?"

테하스가 단호한 표정으로 말했다.

"죽여라."

"음?"

"그 문제의 구멍이 산 채로 사람들을 끌어당기고 있다는 것은, 죽은 이들의 영혼은 삼킬 수 없기 때문일 가능성이 크다. 그러니 삼킬 수 있는 영혼이 존재하지 못하도록 하는 거다. 물론, 지금도 거기에 대해서는 확신이 없다."

"거기 갔다가 우리까지 끌려 들어갈 가능성도 있을 텐데?"

"일단은 클리먼들을 데리고 가라. 하지만 결국 해 줄 수 있는 말은, 버티라는 말밖에 없다."

자신 없는 목소리로 말하는 테하스를 향해 카이스가 시큰둥한 목소리로 말했다.

"이러나저러나 죽는 건 매한가지면, 일단 해 보는 수밖에 없는 거지. 산 밑으로 내려간 병력들도 죄다 동원해야겠군."

테하스가 굳은 표정으로 고개를 끄덕였다. 여기 있는 사람들만으로 어찌해 볼 수 있는 규모가 아니기 때문이었다.

그리고 프리엘라와 함께 온 클리먼들을 향해 말했다.

"너희는 사람을 나눠 방금 말한 열 곳의 구멍으로 가거라. 가서 그 구멍의 힘을 저지해야 한다."

"무슨 방법이라도……."

"없다."

"네에?!"

프리엘라가 당황스러운 표정으로 외쳤다.

방법이 없다니. 그러면 어떻게 그것을 막으란 말인가?

"현장에 도착해 각자의 판단으로 어떻게든 해라."

말을 하는 테하스도 답답한 표정이었다. 그녀 역시 처음 접하는 것이니 방법을 알 리가 만무했다. 하지만 손 놓고 앉아 있을 수는 없으니 어쩔 수가 없었다.

"언제 일이 터질지 모른다. 일단은 움직여라!"

두두두두!

요란한 말발굽 소리가 산 곳곳에 메아리쳤다. 가장 선두에서 말을 달리던 리카이엔이 두 눈을 가늘게 좁히며 길 위쪽으로 보이는 성벽을 노려보았다.

그리고 성벽 위에서 한 떼의 사람들이 바쁘게 움직인다 싶은 순간, 성벽 위에 오만 가지 생각들이 한꺼번에 떠올랐다.

어떤 것은 불이고, 어떤 것은 물이었으며, 눈이 부실 정도의 빛 덩어리가 일렁이는가 싶으면 성벽 아래 땅에서 불쑥불쑥 거대한 것이 솟아올랐다.

성벽 위에 있던 클리먼들이 리카이엔을 향해 클리머스를 펼친 것이었다.

"으득!"

리카이엔이 이를 악문 채 철창을 번쩍 치켜들었다. 동시에 단전 깊은 곳에서부터 거센 바람 같은 기운이 솟구치며 창극에 매달렸다. 리카이엔만이 가지고 있는 독특하면서도 거대한 기운, 영력이었다.

가능하면 이런 곳에서 힘을 소진하고 싶지는 않았지만, 저 술법들을 상대할 방법을 찾는 데 허비할 시간이 없었다.

각양각색의 굉음과 함께 리카이엔을 덮쳐드는 무지막지한 기운들.

지이이잉!

리카이엔의 철창이 마치 살아 있는 생물이라도 된 듯 창대가 거칠게 요동쳤다. 동시에 철창의 창극에 시리도록 푸른 거대한 빛 덩어리가 맺혔다.

쾌아앙!

격한 폭음과 동시에 짙은 먼지구름이 솟아올랐다. 라우트 산성을 포함해 그 인근을 완전히 휘감을 정도로 거대한 먼지구름. 그만큼 방금 전의 충돌이 거셌다는 뜻이었다.

그리고 그 먼지가 리카이엔에게는 천운이나 다름없는 기회를 주었다.

짙은 먼지로 인해 성벽 위에 있는 놈들의 시선이 가려진 틈을 타, 성벽에 도착할 수 있었던 것이다.

리카이엔이 말의 속도를 조금도 늦추지 않은 채 성문을 향해 창을 뻗었다.

우지끈!

견고하기 짝이 없는 성문이 맥없이 뜯겨 나간다. 그리고 리카이엔과 기사들이 들이닥쳤다.

"전부 죽여!"

리카이엔의 외침과 동시에 말에서 뛰어내린 기사들이 사방으로 흩어졌다.

쾅, 콰쾅!

"크아아악!"

곳곳에서 굉음이 터지고, 적의 것인지, 아군의 것인지 분간이 되지 않는 비명이 난무했다. 하지만 리카이엔은 거기에 신경을 쓸 수 없었다.

질끈 두 눈을 감고 전신의 공력을 완전히 풀어헤치며 사방으로 기감을 퍼트렸다.

'어디냐!'

베르무크의 위치를 찾는 것은 그리 어렵지 않았다. 기감을 끌어 올리자마자 전신의 신경을 긁어 대는 맹렬한 기운이 한 곳으로 흘러 들어가고 있었기 때문이었다.

번쩍 눈을 뜬 리카이엔이 방향을 가늠했다. 산성의 중심에 보이는 뾰족한 첨탑. 그곳으로 기운이 흘러 들어가고 있었다.

"나와, 이 개새끼야!"

버럭 소리를 지른 리카이엔이 앞뒤 잴 것도 없이 첨탑을 향해 몸을 날렸다.

"크윽!"

크리온테스가 이를 악물었다. 마치 거대한 해일이 등을 떠밀기라도 하듯, 온몸이 앞으로 쏠렸다.

'이게 그 망할 흡입력인가!'

크리온테스는 이곳에 오기 전까지만 해도 크게 대수롭지 않게 여겼었다. 힘이 없는 자들만이 끌려 들어가는 거라 생각했었다.

하지만 지금은 그 생각을 완전히 수정해야 했다.

"오지 마라!"

크리온테스가 뒤따라오려는 황혼의 기사들을 향해 버럭 소리를 질렀다. 급한 성격 탓에 먼저 뛰어든 것이 어찌 보면 다행인 것 같았다.

그렇지 않고 황혼의 기사들이 먼저 들어왔다면, 틀림없이 저 힘에 떠밀려 갔을 것이다.

황혼의 기사들이 주춤거리는 사이, 크리온테스는 온몸의 마나를 쥐어짜며 자신을 밀어붙이는 힘에 대항했다.

그때, 크리온테스의 귓속으로 한 줄기 비명이 파고들었다.

"시, 싫어!"

절망스러운 외침을 터트리며 나무줄기를 끌어안고 있는 써클루스군 병사의 모습이 눈에 들어왔다. 두 팔로 나무를 부둥켜안고 있는데, 다리는 이미 허공에 뜬 채 깃발이라도 된 듯

심하게 흔들리고 있었다.

'저걸 죽여야 하는 건가?'

살기 위해 나무줄기를 부둥켜안고 있는 자를 죽일 생각을 하니, 그만큼 기분이 더러울 수가 없었다. 하지만 그것 때문에 해야 할 일을 안 할 수는 없는 법.

베르무크라는 놈이 무슨 생각으로 이 짓을 벌이는지는 알 수 없었지만, 이 술법의 위력이 어느 정도일지 알 수 없는 지금은 무슨 수를 써서라도 막아야 했다.

테하스의 말에 따르면, 과거 바이론 왕국에서 사용된 술법은 미완성의 것. 그렇다면 100여 년이 지난 지금 그 술법이 완성되었을 수도 있었다. 그리고 완성된 술법의 범위가 어디까지인지는 짐작도 할 수 없었다.

그러니 막는 수밖에 없었다.

슈아아악!

크리온테스의 손에 들린 플루타가 시뻘건 살기를 머금었다.

"죽어라!"

앙칼진 외침과 함께 리카이엔의 앞을 막은 것은 루디아와 비엔, 그리고 마랄이었다. 그리고 세 사람의 손은 이미 리카이엔을 향해 공격을 날린 후였다.

"뒈져!"

일갈을 터트리는 순간, 리카이엔은 단숨에 세 번의 진각을 밟았다.

쿠웅!

돌로 만든 바닥이 거대한 망치로 내려치기라도 한 듯 격한 굉음을 울리며 내려앉았다.

"헉!"

루디아를 포함한 세 사람이 기겁을 하며 황급히 뒤로 물러났다. 눈앞에 있던 리카이엔의 모습이 돌바닥이 내려앉는 순간 사라져 버린 것이었다.

"끄으윽!"

뒤이어 세 사람의 입에서 새어 나온 것은 짓눌린 신음이었다. 어느새 그들의 배에는 커다란 구멍이 뚫려 시뻘건 선혈이 울컥울컥 뿜어져 나오고 있었다.

"어, 언제!"

뭐라 형용할 말조차 떠오르지 않을 정도로 빠른 공격에 루디아는 정신이 아득하지는 순간까지도 그것에 대해 믿을 수 없다는 표정을 짓고 있었다.

하지만 쓰러지는 세 사람의 주변에 리카이엔의 모습은 없었다.

"음!"

리카이엔의 감각으로 기묘한 살기가 파고들었다. 마치 맹수와도 같은 사나운 기세였다.

'어디지?'

리카이엔은 급히 발을 멈추며 사방을 살폈다.

크허어어엉!

짐승의 포효와도 같은 소리가 환청처럼 리카이엔의 귓가에 울려 퍼졌다. 그와 동시에 가슴팍으로 파고드는 거친 기운.

'음!'

순간, 리카이엔의 코끝으로 짙은 노린내가 스쳤다. 그와 함께 희미하게 일렁이는 거대한 그림자가 눈에 들어왔다.

'곰?'

몇 번을 눈을 깜빡이며 다시 확인해 보아도, 시커먼 그림자의 형태는 곰이었다. 그것도 리카이엔보다 네 배는 큰 거대한 곰. 그리고 그것을 확인한 순간, 방금 맡았던 노린내가 강렬하게 후각을 자극했다.

'영혼!'

리카이엔은 단번에 눈앞에 있는 그림자의 정체를 파악했다. 특별한 유추 과정이 있는 것은 아니었다. 저도 모르게 그렇게 느꼈고, 확신이 생긴 것이었다.

그리고 영혼이라는 확신이 드는 순간, 싸울 방법도 떠올랐다.

온몸을 타고 도는 공력에 한 줌의 영력을 보탰다. 동시에 리카이엔의 철창은 물론, 그의 온몸이 푸른빛에 휘감겼다. 그리고 일직선으로 길게 뻗은 거센 창격.

크허어어엉!

영혼이 다시 한 번 울부짖었다. 하지만 리카이엔의 창은 멈추지 않았다.

"거기냐!"

콰악!

오른발로 바닥을 차는 순간, 리카이엔의 신형은 왼쪽을 향해 쏘아져 나갔다.

콰콰쾅!

요란한 소리와 함께 왼쪽에 세워져 있던 돌벽이 무너지고, 그 속에서 인영 하나가 불쑥 튀어나왔다. 시퍼런 안광을 쏟아 내며 튀어나온 인영을 쫓던 리카이엔의 두 눈에서 불똥이 튀었다.

"그때의 그 망할 놈!"

인영의 정체는 베르무크의 오른팔인 바록이었다. 그리고 리카이엔은 리온 자작과의 영지전에서 이긴 직후에, 리온 자작령에서 실종된 사람들의 행방을 찾던 중 바록과 만난 적이 있었다. 그때의 얼굴을 아직 기억하고 있는 것이었다.

하지만 그 이상의 생각을 할 때가 아니었다. 앞을 막는다면 없애버리는 수밖에.

하지만 바록은 만만치 않았다.

리카이엔이 날린 동격을 모조리 막아 내고 있었다. 물론 막았다 해도 거대한 충격이 몰려와 비틀거리기는 했지만, 꿋꿋하게 버티며 리카이엔의 길을 막아섰다.

"제길!"

리카이엔이 와락 인상을 구겼다. 바록을 이기지 못해서가 아니었다. 첨탑으로 흘러 들어가는 기운이 점점 더 강해지고

있었기 때문이었다. 이대로라면 당장이라도 그 술법이 완성
될 수 있었다.

"비켜!"

버럭 소리를 지른 리카이엔의 철창에 거대한 푸른 빛줄기
가 맺혔다.

"크윽!"

바록이 이를 악문 채 자신이 가지고 있는 모든 힘을 끌어
올렸다. 그의 술법은 인간이 아닌 짐승의 혼을 부리는 것이었
다.

지금까지 리카이엔의 공격을 막아 낼 때마다, 하나씩 가지
고 있던 영혼이 소멸되었었다. 그것만으로도 벅찬데, 지금 리
카이엔의 철창에 맺힌 힘은 방금까지 보았던 그것과는 차원
이 다른 것이었다.

무려 다섯 개나 되는 영혼을 불러들여, 방어막을 만들었다.

하지만 리카이엔이 노린 것은 바록이 아니었다.

"크헉!"

바록의 입에서 비명이 터져 나왔다. 리카이엔의 철창에서
뻗어 나온 푸른빛이, 첨탑의 중간 부분을 향해 날아가고 있었
던 것이다.

"안 돼!"

단말마와도 같은 비명을 내지른 바록의 몸뚱이가 그대로
허공으로 솟아올랐다.

바록은 자신의 품 안에서 천둥이 친다는 생각을 했다. 표

현할 말을 찾을 수도 없을 정도로 거대한 소리가 터져 나온 탓이었다.

"쿨럭!"

입에서 붉은 피를 토해 낸 바룩의 두 눈이 절망으로 물들었다. 온몸을 던져 막았음에도 불구하고, 리카이엔이 쏘아 낸 기운이 자신의 몸뚱이 채 첨탑을 향해 쇄도하고 있는 것을 확인한 탓이었다.

콰아앙!

첨탑의 중간 어림에서 와르륵 벽돌이 무너지고 먼지가 터져 나왔다. 동시에 도끼에 찍힌 나무줄기처럼, 무너진 중간 부분의 위쪽이 기우뚱 쓰러지기 시작했다.

"후우우!"

리카이엔이 재빨리 호흡을 가다듬었다. 그와 동시에 아래로 낙하하는 첨탑의 꼭대기 부분에서 시커먼 무언가가 길쭉하게 뻗어 나왔다.

"흐아아압!"

첨탑 꼭대기에서 지금까지와는 다른 강렬한 기운이 솟구친다고 느낀 순간, 이미 공격에 대비하고 있던 리카이엔은 조금도 당황하지 않고 철창을 휘둘렀다.

빠드득!

창을 뻗는 순간, 리카이엔은 창극을 타고 들어오는 섬뜩한 감각에 저도 모르게 이를 갈아붙였다. 흑색 일색인 검은 줄기는 영혼의 응집체. 그 영혼들의 고통에 찬 절규가 리카이엔의 신경을 난도질하듯 긁어내린 탓이었다.

　영력을 사용하는 리카이엔이기에 느낄 수 있는 감각이었다. 하지만 다음 순간, 리카이엔은 기겁할 수밖에 없었다.

　철창으로 후려쳤던 검은 줄기가 갑자기 흐느적거리는가 싶더니 거대한 천처럼 리카이엔의 몸을 휘감아 버린 것이었다.

　"이 개새끼!"

　절로 욕이 터져 나왔다. 검은 줄기에 몸이 휩싸인 순간, 방금 느꼈던 그 감각이 다시 한 번 온몸의 감각을 휩쓸고 지나간 탓이었다.

　새삼 산 채로 인간의 영혼을 뽑아낸다고 했던 테하스의 말이 크게 다가왔다.

　하지만 불행인지 다행인지, 리카이엔은 영혼들의 고통에 찬 절규에 마음 아파해 줄 정도로 감성이 풍부하지 않았다.

　촤아아악!

　재빨리 영력을 끌어 올린 리카이엔이 자신의 몸을 묶고 있던 검은 줄기를 그대로 찢어발겼다. 그와 동시에 잿빛의 연기가 피어올랐다.

　본능적으로 그 연기가 영혼들이 소멸되는 광경이라는 것을 알아차린 리카이엔이 싸늘한 미소를 머금었다.

　"죽어!"

　일갈을 터트린 순간, 리카이엔의 진각이 땅을 뒤흔들었다.

　"으어어엇!"

크리온테스의 입에서 비명도, 신음도 아닌 당혹성이 터져 나왔다. 그러는 그의 온몸이 넘어지지도, 서지도 못한 상태로 중심을 잃은 채 비틀거리고 있었다.

하지만 이런 곳에서 꼴사납게 바닥을 구를 수는 없었다.

"으으읏!"

크리온테스는 기합과 함께 온몸에 잔뜩 힘을 주며 넘어지려는 몸을 겨우 바로 세웠다. 하지만 다음 순간, 크리온테스의 얼굴이 갑자기 붉으락푸르락 달아올랐다. 두 손을 앞으로 쭉 뻗고, 한 쪽 발을 들고 뒤로 쭉 뻗은 모습을 하고 있는 자신을 발견한 탓이었다. 이런 꼴로 중심을 잡을 거라면, 차라리 넘어지는 게 나을 뻔했다.

"도대체 뭐지?"

크리온테스가 애써 정색을 하며 의심스러운 눈초리로 사방을 살폈다.

한쪽에서 밀어닥치던 힘에 저항하고 있는데, 갑자기 그 밀던 힘이 없어지면 누구라도 넘어지는 것이 당연한 일이었다. 방금 크리온테스에게 벌어진 일이 그것이었다.

뒤쪽 먼 곳에 있는 '구멍'이라는 것을 향해 자신을 밀어대던 거대한 압력이 갑자기 사라져 버린 것이었다.

"설마 좀 있으면 힘을 방출하려고?"

그때, 크리온테스의 뒤에서 늙수그레한 목소리가 들렸다.

"아니다."

크리온테스가 구멍으로 끌려 들어가는 이들을 베어 넘기는 동안 혈혈단신으로 구멍에 다가가 그것을 살펴보던 테하스의 목소리였다.

"아니라고?"

걱정스러운 표정으로 묻는 크리온테스를 향해 테하스가 고개를 끄덕였다.

"구멍을 통해 산성으로 흘러 들어가던 기운이 갑자기 끊어졌다."

"그 말은 혹시 리카이엔이?"

"아마도 그런 것 같다. 버르장머리가 베르무크 놈을 방해하고 있는 게지."

"흠, 그럼 리카이엔 그놈이 베르무크를 없애면 다 끝나겠군."

크리온테스가 희망적인 표정으로 말했지만, 테하스는 단호하게 고개를 저었다.

"놈이 언제 무슨 짓을 할지 알 수 없는 한, 안심하기에는 이르다. 나는 다시 저쪽을 조사할 테니, 너는 네 일을 하도록 해라."

"그러지!"

고개를 끄덕인 크리온테스가 재빨리 다가오는 황혼의 기사들에게 시선을 던지는 동시에 검을 휘둘렀다.

"당장 사라지지 않으면 그대로 참수를 시켜 주마!"

갑작스레 사라진 거대한 압력에 정신을 놓고 멍하니 있던 써클루스군 병사들이 크리온테스의 외침에 후다닥 자리에서 일어났다. 그리고 엉덩이가 땅에서 떨어지는 순간, 뒤도 돌아보지 않고 산 아래를 향해 달리기 시작했다.

그 모습을 가만히 지켜보던 크리온테스가 팔짱을 낀 채 고개를 삐딱하게 꼬며 입맛을 다셨다.

왠지 스스로가 자상해진 것 같다는 생각이 들어 괜히 기분이 찜찜해진 탓이었다.

라우트 산성을 지키는 써클루스 조직원들을 상대로 창을 휘두르던 기사들이 홑급히 몸을 날렸다.

콰르르릉!

기사들이 산성에서 빠져나오기가 무섭게, 견고하게 서 있던 성벽이 와르르 무너졌다.

"괴물들!"

기겁한 표정으로 서 있는 안톤 옆으로 다가온 율리아가 질린 표정으로 혀를 내두르며 말했다. 그리고 안톤이 멍하니 고개를 끄덕였다. 그녀의 말 그대로, 지금 성안에서는 인간이라 부르기 힘든 두 괴물이 싸우고 있었다.

성이 무너진 이유도, 바로 그 괴물들의 싸움으로 인해 터져 나온 힘을 성벽이 버티지 못한 탓이었다.

"허억, 허억!"

리카이엔이 거친 숨을 몰아쉬며 어깨를 들썩였다. 이렇게나 숨이 찰 정도로 싸운 게 도대체 언제였는지 기억이 가물거릴 정도였다. 그만큼, 베르무크는 리카이엔이 지금껏 만났던 그 어떤 놈들보다 강했다.

그러다 문득 리카이엔의 신경을 자꾸 건드리는 무언가가 떠올랐다.

베르무크의 얼굴을 처음 보는데도 불구하고, 꼭 어디선가 본 듯한 느낌이 든 것이었다.

"저런 새끼를 본 적이 있을 리가……."

리카이엔은 허공에 시커먼 검을 열 자루나 띄워 놓은 채 자신을 노려보는 베르무크의 얼굴을 다시 한 번 살펴보았다. 분명 오늘 처음 보는 얼굴이었다.

그때, 베르무크의 주위에 떠 있던 열 자루 중 다섯 자루의 검이 매섭게 날아들었다.

창, 차차창!

처음 찢어발긴 그 검은 줄기와는 차원이 달랐다. 한 번 부딪칠 때마다 온몸의 뼈마디가 욱신거릴 정도로 무시무시한 기운이었다.

응집력의 차이였다. 같은 힘이라 해도 한 점에 모아 놓은 것과 넓은 면에 퍼트려 놓는 것은 전혀 다른 위력을 낸다. 지금 베르무크가 띄워 놓고 있는 열 자루의 검이 바로 한 점에 모인 힘과 같은 것이었다.

"크하앗!"

기합인지, 비명인지 알 수 없는 외침을 터트리는 순간, 리카이엔의 철창에서 불쑥 푸른빛이 뻗어 나왔다. 그리고 커다란 궤적을 그린다.

콰아앙!

다시 원래의 자리로 돌아가는 다섯 자루의 검 중 하나를 노린 창격이었다.

"크흑, 발버둥 쳐 봤자 너만 괴로울 뿐이다!"

베르무크가 마치 어린아이를 가지고 노는 듯한 표정으로 말했다. 그리고 그 말이 끝나기가 무섭게, 허공에 검은 기운이 뭉치며 검의 형상으로 변했다.

"지치지도 않는군!'

리카이엔이 질린 표정으로 말했다. 아무리 없애도 저놈의 검은 끊임없이 재생되었다. 리카이엔이 영혼을 소멸시켰음에도 끊임없이 반복되는 광경.

'도대체 얼마나 영혼을 긁어모은 거냐?'

그런 생각을 하던 리카이엔의 머릿속에 다시 한 번 아까의 의문이 떠올랐다. 그리고 참지 못하고 입을 열었다.

"너 나 본 적 있냐?"

그리고 돌아온 대답은 리카이엔이 전혀 상상도 하지 못한 것이었다.

"있지. 네놈을 죽이려고 한 적도 있고, 이야기를 한 적도 있으니까."

"뭐?"

자신을 죽이려 한 적이 있다는 말에 리카이엔이 두 눈을 화등잔만 하게 떴다.

"도대체 언제……? 음!"

그러다 갑자기 머릿속에 떠오르는 광경. 페르온의 얼굴을 한 누군가가 자신을 죽이려 했던 그 모습.

"설마 너, 그때 그!"

"기억이 나는 모양이군!"

"이이!"

"지금 보니 네놈이 나를 알아볼 수 있었던 건 영혼을 다룰 수 있기 때문이었던 모양이군. 페르온이라는 그 기사와 내 영혼이 달랐기에 알아챘던 거였어."

베르무크는 과거에 떠올렸던 의문의 해답을 찾은 것이 기쁘기라도 한 듯 묘한 웃음을 지었다. 그사이 리카이엔은 또 한 가지를 떠올렸다.

어디선가 본 적이 있는데, 처음 본다는 이 기묘한 느낌은 과거에도 한 번 겪은 적이 있기 때문이었다. 바로 도번 후작의 생일 연회에서 아이젠 백작을 만났을 때였다. 그 당시 아이젠 백작 옆에 서 있던 그의 심복, 도벨을 보았을 때였다.

"설마 도벨?"

"아이젠 백작이기도 했지."

"크흐흐. 좋은 거 알려 줘서 고맙구나!"

아주 잠깐이었지만, 이야기를 하는 동안 완전히 호흡을 고른 리카이엔이 다시 한 번 기운을 끌어 올렸다.

"소용없다는 걸 이제는 알 때가 되지 않았나?"

베르무크가 진심으로 궁금하다는 표정으로 지으며 열 자루의 검을 한꺼번에 날렸다.

카카카칵!

길게 휘두른 철창의 궤적에 네 자루의 검이 걸리며 힘없이 뒤로 날아간다. 그 틈을 타고 나머지 여섯 자루의 검이 리카이엔의 사방으로 노리고 날아들었다.

하지만 리카이엔은 이미 그 자리에 없었다. 거세게 바닥을 박차는 순간, 그의 몸은 철창과 함께 베르무크의 품 안으로 파고들고 있었다.

"어림없는 수작!"

베르무크가 버럭 소리를 지르는 순간,

구우웅!

기이한 굉음과 함께 리카이엔의 몸이 철창과 함께 뒤로 튕겨 나갔다.

"크윽!"

가까스로 중심을 잡은 리카이엔이 옅은 신음을 흘리며 퉤 입안에 고인 것을 뱉었다. 그 짧은 순간 동안 받은 충격이 얼마나 컸는지, 순식간에 내장이 진탕되어 토혈을 한 것이었다.

"후우!"

재빨리 호흡을 고른 리카이엔의 눈빛이 변했다. 그와 함께 또 한 가지가 돌변했다.

"음?"

베르무크가 저도 모르게 고개를 갸웃거렸다. 리카이엔의 철창이 갑자기 흐느즈거리며 느리게 움직인 탓이었다.

"뭐하는 수작이냐!"

날카로운 목소리로 일갈을 내지른 베르무크가 양손을 들어 올렸다. 그 순간 허공에 또다시 십여 개의 검은 기운이 뭉클 피어오르더니, 떠 있는 검이 순식간에 스무 자루로 늘어났다.

완벽하게 마무리를 하려는 듯, 크게 들어 올린 베르무크의 양손이 앞으로 뻗어 나갔다.

쉬우우우욱!

매섭게 울리는 스무 줄기의 파공성.

"큭!"

리카이엔이 갑자기 픽 웃음을 터트리더니 창을 뻗었다.

그리고 베르무크 역시 회심의 미소를 지었다.

"미친놈!

자신이 날린 검을 상대하기에 리카이엔의 철창은 너무 느리게 움직인 탓이었다.

파바바밧!

하지만 갑자기 귓전을 스치는 기묘한 소리에 베르무크는 두 눈을 크게 뜰 수밖에 없었다. 하품이 나올 정도로 느린 리카이엔의 철창이 자신이 날린 스무 자루의 검을 하나도 남김 없이 모두 소멸시켜 버린 것이었다.

"어떻게!?"

믿을 수 없다는 표정으로 외치는 베르무크를 향해 리카이엔은 철창으로 대답을 했다.

"그냥 뒈져!"

"헙!"

베르무크는 다시 한 번 기겁을 하며 뒤로 물러났다. 리카이엔이 아주 느리게 발을 뻗는 것을 분명히 보았는데, 어느 순간 자신의 품 안에서 창을 밀어넣고 있었던 것이다.

"지이잉!

리카이엔의 창이 또다시 베르무크를 보호하고 있는 영혼의 장막이 두드렸다. 하지만 결과는 정반대였다.

"크억!"

분명 막았음에도 불구하고, 어깨가 마구 뒤흔들릴 듯한 충격이 온몸을 두드린 것이었다.

"어, 어떻게!"

대경실색한 베르무크가 황급히 몸을 허공으로 띄웠다. 땅에 서서 싸우면 크게 불리하다는 것을 본능적으로 깨달은 것이었다.

하지만 리카이엔은 그런 것 따위는 아무런 상관도 없다는 표정을 지으며, 큰소리로 베르무크의 물음에 답해 주었다.

"혈하창이라는 거다!"

버럭 소리를 지르는 순간, 허공에 떠 있던 베르무크의 품 안에서 다시 한 번 리카이엔이 불쑥 나타났다.

"하아앗!"

베르무크가 큰 기합을 터트리며, 온 힘을 다해 리카이엔의 공격을 막았다.

"흡!"

그리고 그 순간, 베르무크는 단 한 번도 느껴 본 적이 없는 기묘한 감각에 저도 모르게 헛바람을 들이켰다.

"이게 도대체 뭐냐?!"

영혼들을 응축해 리카이엔의 창을 막는 순간, 손끝에 쥐고 있던 영혼들이 갑자기 쑥 빠져나가는 느낌을 받은 것이었다.

하지만 리카이엔은 더 이상 친절하게 답해 주지 않았다.

"넌 몰라도 돼!"

마치 약이라도 올리듯 키득거리며 말하며 철창을 뻗었다.

'이거 누구에게 감사를 해야 하나!'

리카이엔이 영력으로도 혈하창을 펼칠 수 있다는 것을 깨달은 것은, 크로한과 싸울 당시였다. 그때 거대한 압력으로 몰아치던 크로한의 공격을 막으며 깨달은 것이었다.

"너 오늘 진짜 뒈진다!"

리카이엔이 엄포를 놓으며 철창을 휘둘렀다.

"이게 정말 효과가 있는 겁니까?"

카이스가 꼭 쉬 마려운 사람처럼 기괴한 표정으로 고개를 갸웃거렸다. 그런 그의 마음속에 떠오른 생각은 방금 던진 질문과 똑같았다.

'정말 효과가 있을까? 이런 걸로?'

카이스가 말한 '이런 거'는 다른 아닌 거대한 바위였다. 정확하게 말하면, 사람들을 끌어당기는 무지막지한 힘이 나오던 구멍 위에 놓인 큰 바위였다. 구멍을 완전히 덮을 정도로 거대한.

쉽게 말하면 뚜껑을 덮어 놓은 것 같은 모양이었다.

바로 몇 분 전, 카이스와 프리엘라가 나란히 쪼그리고 앉아 더 이상 사람을 끌어당기지 않는 구멍을 살펴보고 있을 때였다. 갑자기 튀어나온 테하스가 카이스에게 이 바위를 옮겨 구멍을 덮으라고 시킨 것이었다.

따악!

카이스는 갑자기 눈앞에 불똥이 튀는 것을 목격하며 버럭 큰소리를 내질렀다.

"아, 왜요!"

"이놈아, 어른이 그렇다면 그런 줄 알 것이지."

"그래도 이거 너무 간단해서 어처구니가 없잖아요!"

"그러면 가만히 생각해 보아라."

"뭘요?"

"사람들이 저 구멍으로 끌려 들어갈 때, 나무나 돌멩이들도 같이 빨려 들어가더냐?"

"음?"

카이스가 황급히 기억을 더듬었다.

"어? 그러고 보니!"

사람들이 바람에 날리는 낙엽이라도 된 듯, 힘없이 날려가 구멍으로 빨려 들어가는 것은 보았다. 그런데 구멍 바로 옆에 있는 돌멩이는 멀쩡하게 그 자리를 지키고 있었다.

"지, 진짜 효과가 있을지도……."

"아마 효과가 있을 거다."

"엥? 아, 아마?"

"그럼 나도 처음 보는 건데 어찌 확신을 하겠느냐?"

"쳇!"

"아무튼 열 개의 구멍을 모두 막았으니, 일단은 기다려 보는 수밖에 없다. 주변의 사람들은 모두 물러가게 했으니, 적어도 놈이 힘을 더 모으는 일은 없을 것이다."

"그럼 우리도 이제 좀 멀찍이 떨어져야겠……. 컥!"

카이스가 갑자기 사레라도 들린 듯 받은기침을 해 대며 용을 쓰기 시작했다. 방금 바위로 막은 구멍에서 갑자기 무시무시한 기운이 솟구치는가 싶더니, 거대한 압력이 밀려와 자신을 구멍 쪽으로 밀어낸 것이었다.

"크아아아악!"

비명을 지르며 온몸에 힘을 주었다. 하지만 구멍과 너무 가까웠던 나머지 카이스의 몸뚱이는 쉴 새 없이 구멍 쪽으로 밀리고 있었다.

"이봐요! 이거 어쩔 거요!"

카이스가 버럭 소리를 질렀다. 하지만 카이스의 말에 대답해 주는 사람은 없었다.

'설마 벌써 빨려 들어갔나!?'

카이스는 소름이 쫙 끼치는 것을 느끼며 온몸에 힘을 주었다. 하지만 밀려오는 압력이 너무 거셌다.

철퍽!

카이스의 몸이 그대로 바위를 향해 돌진했다.

"크어억!"

카이스가 비명을 지르며, 온몸을 찌르르 울리는 충격에 몸부림쳤다.

"음!"

그러다 갑자기 무언가를 깨달았다.

"오, 오오!"

자신의 몸이 구멍 위를 덮은 바위에 찰싹 달라붙어 있기는 했지만, 구멍으로 빨려 들어가지는 않았기 때문이었다.

그리고 테하스와 프리엘라가 대답을 할 수 없는 이유도 알게 되었다.

너무 강한 힘에 밀려 바위에 부딪치는 바람에, 그대로 기절해 버린 탓이었다.

"크하하하, 이제 됐다!"

카이스가 등판이 바위에 철썩 달라붙은 채로 뭐가 그리 좋은지 앙천대소를 터트렸다.

"크흐흐, 원래는 이 산에 있는 네놈들을 모두 죽여야 되지만, 네놈 하나만 없애도 충분할 것 같구나!"

베르무크는 리카이엔이 뛰어오를 수 없을 정도로 높은 곳까지 몸을 띄운 채 의기양양하게 외쳤다.

과거 바이론 왕국을 멸망시킨 이 술법은 '재생'이라 명명된 것이었다.

인간들의 영혼을 흡수해, 그것을 순수한 자신의 힘으로 탈

바꿈시키는 것이 목적인 술법이었다.

하지만 결과는 실패였다. 인간들의 영혼을 빨아들이는 것까지는 성공했지만, 그것이 시전자의 힘으로 변하지 못하고 그대로 역류해 땅 위로 분출된 것이었다. 그리고 그 결과가 바이론 왕국의 멸망이었다.

사람들은 육신과 영혼이 모두 소멸되었고, 땅 위에 있던 건물들은 그대로 먼지가 되었으며, 황무지에 가까웠지만 왕가의 노력으로 농사를 지을 수 있게 바뀌었던 땅은 사막이 되었다.

그리고 재생이라는 클리머스는, 그 이름은 그대로 간직한 채 전혀 다른 방향으로 연구되고 발전되었다. 인간의 영혼을 자신의 힘으로 만드는 것이 아니라, 그 자체를 이용해 원하는 곳을 파괴시키는 술법으로 변한 것이었다.

그리고 오랜 연구와 거듭된 실패 끝에 '재생'은 마침내 완벽한 하나의 클리머스로 자리를 잡았다. 시전자가 원하는 곳에 원하는 만큼의 충격을 줄 수 있는, 쉽게 말해 완벽하게 제어가 가능한 술법이 된 것이었다. 다만, 그만큼의 인간의 영혼이 재료가 되어야 한다는 불편함은 여전히 남아 있었다.

베르무크는 처음부터 이 술법을 사용할 생각은 없었다. 하지만 고르온 공작이 나타난 순간, 생각을 바꾸었다.

그와 그의 병력이 리카이엔의 주의를 끌어 주는 역할을 해 주기 때문이었다. 수족처럼 움직여 줄 자신의 병력들을 1만 5천이나 헛되이 낭비하기가 싫었던 것이다.

하지만 계획은 뜻대로 흘러가지 않았다. 리카이엔은 겨우 200여 명의 기사들만으로 고르온 공작의 군대를 전멸시켰다.

그리고 그것을 확인한 베르무크는 미련 없이 생각을 바꾸었다. 리카이엔의 병력이 아니라 자신의 병력들을 이용해 리카이엔과 그의 병력들을 없애기만 하면 된다고 마음을 고쳐먹은 것이었다.

저들이 죽고 나면 어차피 세상은 자신의 것. 괜히 고민할 필요가 없었던 것이다.

"네놈의 영혼을 영원히 저 깊은 곳에 처박아 주마."

카이스가 리카이엔을 향해 으름장을 놓으며 번쩍 들어 올린 두 손을 불끈 주먹을 쥐었다.

"아니!"

베르무크의 입에서 실성이 터져 나왔다. 아까 모았던 영혼들 외에 더 이상의 영혼들이 모이지 않았던 것이다.

"설마 그 틈에 산을 빠져나갔단 말인가!"

그럴 리가 없다는 표정으로 황급히 산 곳곳으로 시선을 던졌다. 그리고 거듭 확인했다. 자신이 만들어 놓은 구멍 주위에 분명히 사람들이 고여 있었다.

그럼에도 불구하고 영혼이 모이지 않는다.

'뭐지!?'

갑작스러운 상황에 베르무크의 얼굴에 당혹스러운 표정이 떠올랐다.

하지만 그것도 잠시.

"흥, 네놈 하나는 이 정도 힘으로도 충분하다. 죽어라!"

버럭 소리를 지르는 동시에 베르무크의 두 손이 아래를 향해 뻗었다.

위이이잉!

정체를 알 수 없는 기묘한 소음과 함께, 엄청난 기운이 리카이엔의 머리 위로 쏟아져 내렸다.

베르무크는 자신이 내던진 기운과 리카이엔을 동시에 내려다보며 회심의 미소를 지었다.

"음?"

베르무크가 갑자기 멈칫하며 고개를 갸웃거렸다. 갑자기 고개를 치켜든 리카이엔과 두 눈이 마주쳤기 때문이었다. 아니, 정확하게는 눈이 마주친 리카이엔이 피식 웃고 있었기 때문이었다.

"설마!"

베르무크는 뇌리를 스치는 불길한 생각을 애써 부정했다. 놈이 쓰는 이상한 수법이 대단하기는 하지만, 설마 이 정도나 되는 기운을 받아칠 수는 없을 거라 생각했다.

콰콰, 콰콰콰콱!

하지만 갑자기 들려온 이질적인 소음에 베르무크는 두 눈을 크게 뜰 수밖에 없었다.

"크흐으으윽!"

악다문 리카이엔의 입술 사이로 울컥울컥 핏물이 비집고 나왔다.

'개새끼는 개새낀데, 제대로 미친 개새끼구만!'

속으로 그런 생각을 하는 동시에, 리카이엔은 단전 깊은 곳에 잠자고 있는 모든 영력을 죄다 끌어올렸다.

콰콱, 콰콰콱!

기운을 받쳐 들고 있는 철창 끝에 맺힌 푸른빛이 점점 더 선명하게 형체를 드러내기 시작했다. 마치 오러 블레이드처럼 철창의 형태로 빛나는 푸른빛이 점점 그 크기를 더했다.

'환장하겠군!'

리카이엔이 이를 악문 채 쓴웃음을 지었다.

몸속에 흐르는 피가 그대로 증발해 버릴 정도로 뜨거운 기운이 온몸을 타고 돌았다. 마지막 한 방울까지 쥐어짠 영력이 기혈을 타고 돌며 모든 공력을 태우고 있었던 것이다. 그리고 그렇게 타 버린 공력이 영력에 더해지며 리카이엔의 철창에 맺히고 있었다.

그 덕분에 이 거대한 힘을 받쳐 들 수 있는 것이었다.

문제는 그다음이다.

받아 내기는 했는데, 되돌릴 힘이 없었던 것이다. 좀 어지간해야 받아치지, 이건 도저히 받아칠 수준이 아니었다.

그때였다.

우우우웅!

조금 전까지 익숙하게 들었던 소리가 귓전을 맴돌았다.

"제기랄!"

리카이엔이 입속에 고여 있던 피를 뿜으며 버럭 소리를 질렀다. 베르무크가 리카이엔을 향해 검게 물든 열 자루의 창을 날린 것이었다.

"죽어라!"

베르무크의 입에서 환희에 찬 목소리가 터져 나왔다.

그와 동시에 리카이엔의 몸에 검은 창이 박혔다.

푸우욱!

무언가가 관통하는 듯한 격렬한 통증.

"끄윽!"

리카이엔이 비명을 지르며 그대로 무릎을 꿇었다. 여전히 머리 위의 거대한 기운을 받쳐 들고는 있었지만, 이대로 한 번 만 더 당한다면 틀림없이 죽을 것 같았다.

그리고 당연하다는 듯 또 한 자루의 창이 리카이엔을 향해 날아들었다.

"에라이, 씨부럴!"

리카이엔이 버럭 욕을 뱉으며 두 눈을 질끈 감았다. 그리고 마음속으로 크게 외쳤다.

'미안하다, 친구야. 제길, 더럽게 재수가 없었다!'

그 순간, 전혀 생각지 못한 일이 벌어졌다.

"음!"

리카이엔의 몸에 박혀 있던 첫 번째 창이 갑자기 사그라지는 것이었다. 이상한 일은 그뿐만이 아니었다. 창이 없어지는 순간, 리카이엔의 단전 깊숙한 곳에 한 줄기 힘이 솟구치기 시작했다.

'영력!'

세찬 바람처럼 피어오르는 그 기운은 분명 영력이었다.

'어떻게 된 일이지?'

이해할 수 없는 일에 당황하는 찰나, 두 번째 창이 리카이엔의 가슴을 꿰뚫었다. 그리고 리카이엔은 그제야 뭔가 하나 아주 이상한 것을 발견했다. 분명 가슴이 창에 꿰뚫렸는데, 피 한 방울 나지 않은 것이었다.

그리고 모든 상황이 이해가 되었다.

두 번째 창이 박혀드는 순간, 또 한 줄기의 영력이 피어올랐다. 그리고 그 영력이 온몸의 혈맥에 힘을 불어넣었다.

"크크큭, 크하하하!"

미친 듯이 웃어 대는 리카이엔을 보며 베르무크가 경멸 어린 미소를 지어 보였다.

"제대로 미쳐 버린 모양이구…… 헉!"

너무 놀라 말문이 막힌 듯, 베르무크는 멍한 표정으로 리카이엔을 내려다보았다.

무릎 꿇고 있던 리카이엔이 갑자기 무릎을 펴고 몸을 일으켰던 것이다. 아니, 그뿐만이 아니었다. 철창을 움직이고 있었다.

마치 창끝에 얹혀 있는 무언가를 위로 쳐올리려는 듯한 모습이었다.

"서, 설마!"

베르무크가 수도 없이 설마를 외치는 순간, 리카이엔이 두 팔에 힘을 주었다.

"죽어!"

일갈을 터트리는 순간, 리카이엔의 창에 얹혀 있던 거대한 기운이 그대로 허공을 향해 쏘아 올려졌다.

"크아아아아악!"

베르무크의 비명과 동시에 라우트 산성 전체가 눈이 멀어 버릴 것 같은 강렬한 빛에 휩싸였다.

"크아아아악!"

그 여파를 고스란히 받은 리카이엔이 그대로 정신을 놓고 말았다.

"끄으으윽!"

거대한 빛에 휩싸인 후 정적에 잠겨 있던 라우트 산성에 다시 소리가 들릴 때까지는 그리 오랜 시간이 흐르지 않았다. 하지만 신음을 흘리는 리카이엔은 억겁의 시간을 겪은 듯한 느낌이었다.

철컹!

리카이엔은 정신을 잃으면서도 손에서 놓치지 않은 철창을 지팡이 삼아 힘겹게 몸을 일으켰다. 그리고 억지로 눈을 뜨고 주위를 둘러보더니, 갑자기 나지막이 웃음을 터트렸다.

"크흐흐흐!"

그리 멀리 떨어지지 않은 곳에 온몸을 꿈틀거리며 웅크려 있는 무언가를 보았기 때문이었다.

"질기게도 살아 있네!"

리카이엔이 한마디 툭 뱉으며, 철창에 의지해 걸음을 옮겼다.

그리 멀지 않은 거리였음에도 불구하고, 리카이엔이 베르무크 옆에 도착하는 데는 꽤나 긴 시간이 걸렸다.

"후우, 후우!"

베르무크 옆에 선 리카이엔이 회심의 미소를 지으며 말했다.

"생각해 보니까, 미친개는 패 죽여야 된다더라."

말이 끝나기가 무섭게, 리카이엔의 철창이 갑자기 개 때려잡는 몽둥이로 변했다.

그리고 허겁지겁 라우트 산성으로 뛰어 들어온 리카이엔의 동료들은 사람을 개 패듯 때려잡는 리카이엔을 목격할 수 있었다.

〈『철혈백작 리카이엔』 完〉

에필로그

어둠 속에 희뿌연 무언가가 안개처럼 피어올랐다.

"여어, 오랜만이야!"

형체도 없는 희뿌연 무언가를 향해 반갑게 손을 흔드는 이는 차가우면서도 화사한 느낌을 주는 은발의 사내였다.

은발의 사내를 향해 희뿌연 형체에서 소리가 새어 나왔다.

―영혼을 부르는 건 절대 하면 안 된다고 했잖아!

책망하는 기색이 역력한 목소리였다. 하지만 은발의 사내는 어깨를 으쓱거리며 아무렇지도 않은 듯 말했다.

"그래도 보고는 해야지."

―나 참!

희뿌연 형체가 어처구니없다는 듯 고개를 설레설레 젓는다. 그리고 그 순간, 희뿌연 형체가 제대로 된 모양을 갖추기 시작했다.

윗부분에는 반짝이는 은발로 뒤덮인 얼굴이 나타나고, 그 아래로 점점 사람의 형체를 갖추기 시작했다.

그리고 그 순간, 손을 흔들던 은발의 사내의 모습도 바뀌기 시작했다. 빛나던 은발이 검은 머리로 바뀌고, 눈썹과 눈동자 또한 짙은 검은색으로 바뀌고 있었다.

"크크, 이렇게 보니까 좀 덜 어색하네."

─자네도 그래, 윤명.

"아무튼, 어떠냐? 이 정도면 약속은 제대로 지켰지?"

─으음, 그렇기는 한데…….

"문제라도 있냐?"

─가문을 살려 달라고는 했지만, 왕가로 만들어 달라고 한 적은 없지 않나 싶어서.

"크흐흐. 뭐, 상황이 이렇게 흐르더라고. 내가 별수 있겠냐?"

─뭐, 그렇기는 하지. 아무튼 윤명.

"왜?"

─고맙다.

"알면 됐어."

그때 어둠의 바깥에서 누군가의 목소리가 들려왔다.

"왕세자 전하, 폐하께서 찾으십니다!"

그 소리를 들은 리카이엔의 영혼이 빙긋 웃으며 말했다.

─왕세자 전하, 저도 이만 물러가도록 하겠습니다.

"오랜만에 만났는데 너무 매정하게 가는 거 아니냐?"

─이 정도가 적당한 거지.

"그런가? 뭐, 그러면 어쩔 수 없지. 잘 가라."

손을 흔드는 장윤명을 향해 리카이엔이 마주 손을 흔들어 주었다. 그리고 천천히 뒤로 돌아 걸어 나가려다가 갑자기 발을 멈췄다.

─아참.

"왜? 할 말이 남았냐?"

─이제 다시는 보지 말자.

"흐음. 뭐, 그러도록 하자."

말이 끝나기가 무섭게 리카이엔의 영혼이 연기처럼 사라졌다. 그리고 장윤명의 모습도 다시 리카이엔의 모습으로 돌아와 있었다.

"전하!"

다시 한 번 밖에서 들려온 소리에 리카이엔이 고개를 설레설레 저으며 문을 열었다.

"왜 그러나, 라울 집사장관?"

"폐하께서 찾으신다니까요."

"알았다. 가자."

라울의 뒤를 따라 긴 복도를 걷던 리카이엔이 문득 궁금해진 표정으로 물었다.

"그런데 아버지께서 무슨 일로 나를? 오늘은 찾으실 일이 없었던 걸로 기억하는데?"

"그게, 전하의 혼사 문제로 찾으시는 듯합니다."

"응? 아, 또……."

리카이엔이 입맛을 다시며 살짝 인상을 찡그렸다. 그리고
는 구시렁거리며 말했다.

"난 그냥 정해 주는 대로 한다고 몇 번이나 말씀드렸는데,
왜 그리 고집을 피우시는지……."

그때 리카이엔의 귓속으로 생각지 못한 이야기가 들렸다.

"그렇지 않아도 폐하께서 이제는 그러시려고 마음을 정하
신 듯합니다."

"응? 진짜냐?"

리카이엔이 놀란 표정으로 되물었다. 그리고 라울이 의미
심장한 미소를 지으며 고개를 끄덕였다.

"틀림없습니다."

"너 뭔가 알고 있는 것 같은데?"

"폐하께서 왕세자비로 누구를 생각하고 계신지 알기 때문
이지요."

"응? 벌써?"

리카이엔이 미간을 파르르 떨며 물었다.

"예, 확실히 그렇게 들었습니다."

"누, 누군데?"

"바이론 왕국의 프리엘라 왕녀님……."

"허억!"

리카이엔이 헛바람을 들이키며 황급히 두 발을 멈췄다.

"진짜냐?"

"예."

그때, 긴 복도 너머에서 기꺼움이 가득한 커다란 웃음소리가 들려왔다.

"아, 이건 좀 아닌데……."

리카이엔이 후들거리는 무릎을 억지로 끌며, 웃음소리가 들려오는 쪽으로 걸어갔다.

철혈백작 리카이엔

1판 1쇄 찍음 2011년 1월 5일
1판 1쇄 펴냄 2011년 1월 7일

지은이 | 윤지겸
펴낸이 | 정 필
펴낸곳 | 도서출판 **뿔미디어**

기획 | 이주현, 한성재
편집책임 | 심재영
편집 | 장상수, 이재권, 조주영, 주종숙, 이진선
관리, 영업 | 김미영

본문, 표지 인쇄 | 광문인쇄소
제본 | 성보제책사

출판등록 | 2002년 9월 11일 (제081-1-132호)
주소 | 부천시 원미구 상3동 533-3 아트프라자 503호 (우)420-861
전화 | 032)651-6513 / 팩스 032)651-6094
E-mail | BBULMEDIA@paran.com
홈페이지 | www.bbulmedia.com

값 8,000원

ISBN 978-89-6359-833-8 04810
ISBN 978-89-6359-298-5 04810 (세트)

BBULMEDIA

http://www.bbulmedia.com